Krischan Koch
Friedhof der Krustentiere

AF214988

Der Herbststurm fegt durch Fredenbüll und bringt nichts Gutes in den nordfriesischen Küstenort. Schimmelreiter Hauke Schröder findet seinen geliebten Ford Mustang mitten im Watt mit einer Toten auf dem Beifahrersitz, eine Einbruchserie verunsichert die Dorfbewohner, und auf der gegenüberliegenden Hallig Westeroog gehen unheimliche Dinge vor sich. Eine gruselige Gestalt versetzt die wenigen Gäste des Hallig-Hotels, in dem Polizistentochter Tadje gerade ihr Praktikum absolviert, in Angst und Schrecken. Als aus der Hotelküche das größte Messer verschwindet und auch noch die Telefonverbindung zum Festland abreißt, wird die Lage auf der Hallig mehr als brenzlig. Dorfpolizist Thies Detlefsen und ganz Fredenbüll durchleben eine wahre Horrornacht.

Krischan Koch wurde 1953 in Hamburg geboren. Die für einen Autor üblichen Karrierestationen als Seefahrer, Rockmusiker und Kneipenwirt hat er sich geschenkt. Stattdessen macht er Kabarett und Kurzfilme und schreibt Filmkritiken u. a. für ›DIE ZEIT‹ und den NDR. Koch lebt mit seiner Frau in Hamburg und auf der Nordseeinsel Amrum, wo er mit Blick aufs Watt seine Kriminalromane schreibt. Mit seinem Helden, dem Fredenbüller Dorfpolizisten Thies Detlefsen, verbindet ihn die Liebe zur Nordsee, zu Krabbenbrötchen und einem chronisch krisengeschüttelten Fußballverein.

Krischan Koch

Friedhof der Krustentiere

Ein Küsten-Krimi

dtv

Originalausgabe 2020
5. Auflage 2024
© 2020 dtv Verlagsgesellschaft mbH & Co. KG, München
Umschlagillustration: dtv unter Verwendung eines Bildes
von Gerhard Glück
Satz: C.H.Beck.Media.Solutions, Nördlingen
Gesetzt aus der Garamond 9,75/13,8'
Druck und Bindung: Druckerei C.H.Beck, Nördlingen
Gedruckt auf säurefreiem, chlorfrei gebleichtem Papier
Printed in Germany · ISBN 978-3-423-21921-1

Für Manner und Tobarben

»Manchmal ist es besser, tot zu sein.«
Stephen King, ›Friedhof der Kuscheltiere‹

Der Sturm peitscht die hohen Wellen auf das schmale Ufer der Warft. Der Garten und die umliegende Wiese sind überschwemmt. Das alte Hotel scheint direkt in der Nordsee zu stehen und jeden Moment ganz vom Meer verschlungen zu werden. Der Vollmond wirft die hin und her zuckenden Schatten der Bäume, die im Sturm ihr letztes Laub verloren haben, auf das Gemäuer des großen Hauses. Hinter den undichten Fenstern flackern Kerzen in ausgehöhlten Kürbissen. Die Dachbalken ächzen und stöhnen. Bei jeder Bö geht ein Pfeifen durch das Dach, als würde ein Riese über den Rand eines gigantischen Flaschenhalses blasen. Die klapprigen Fenster zittern im Wind. Eine Tür knarzt, als schreie sie um Hilfe.

Sabine muss in ihrem Zimmer wohl eingeschlafen sein. Schweigen ist anstrengend. Als erste gemeinsame Übung ihres Workshops »Hellsehen und Hellfühlen« wurde ihnen zwei Tage Schweigen auferlegt, um fürs Erste in sich selbst hineinzusehen und -zuhören. Für Sabine ist das gar nicht so einfach. Sie teilt sich normalerweise gern mit, privat und auch in ihrem Beruf. Sie ist Arzthelferin in einer Unfallpraxis, und da spricht sie gern mit den Patienten. Während sie gebrochene Arme eingipst oder dem Doktor die Nadel zum Nähen blutender Platzwunden reicht, ist sie immer zu einem kleinen Plausch aufgelegt. Schweigen ist für Sabine regelrechte Folter. Nach der gemeinsamen stummen Sitzung in der Bibliothek des Hallig-Hotels war sie so erledigt, dass sie sich in ihrem Zimmer kurz aufs Bett gelegt hat und dann für eine Weile richtig weg gewesen sein muss.

Als sie wieder aufwacht, ist es dunkel. Das fahle Mondlicht hat den Schatten des Fensterkreuzes und die Regenschlieren auf die Blümchentapete geworfen. So ganz sicher ist sie sich gar nicht, ob sie wirklich wach ist. Ihr kommt alles seltsam unwirklich vor. Vor dem Fenster hört sie den Sturm heulen, die Möwen kreischen und die Gischt an die Böschung schlagen.

Jetzt stolpert sie, geblendet von dem kalten Neonlicht, schlaftrunken durch den von endlosen Zimmertüren gesäumten Flur. Das blutige Rot und das saftige Orange der Sechsecke auf dem großgemusterten Teppichboden springen ihr förmlich entgegen. Sie hat muffigen Teppichgeruch in der Nase, gleichzeitig glaubt sie, feuchtes schlickiges Watt zu riechen. Das Muster des Teppichs ist klar und geometrisch und gleichzeitig psychedelisch. Sabine spürt einen Druck im Kopf. Sie balanciert auf den braunen Linien zwischen dem Rot und Orange im Zickzack durch das Teppichlabyrinth. Dabei achtet sie panisch darauf, nicht auf die roten Sechsecke zu treten. Auf keinen Fall die roten Hexagone! Plötzlich rast vor ihr ein Taschenkrebs in schnellen Seitwärtsschritten über den Boden. Überfallartig schnappt er sich mit seiner Schere eine große, über den Teppich krabbelnde Kakerlake. Das Krustentier stoppt für einen Moment und verleibt sich den Käfer auf der Stelle ein. Dann verschwindet es unter dem großen Spalt einer Zimmertür.

Sabine hetzt weiter über den Flur. Und dann sitzt plötzlich ein kleiner Junge vor ihr auf dem Boden. Er geht in dem Teppichmuster fast unter. Er schiebt kleine Spielzeugautos auf den braunen Linien zwischen den roten Hexagonen entlang, wie auf einem sechseckigen Kreisverkehr. Er sieht kurz zu ihr auf, mit einem stechenden Blick. Aus seinem Mund läuft ein dickflüssiger Tropfen Spucke, der auf der Unterlippe hängen bleibt. Dann fährt er mit den Autos stumm weiter, als müsse der Verkehr unaufhörlich fließen.

Aus einem der Zimmer hört Sabine das Lachen mehrerer Mädchen. Sie kann das Zimmer nicht genau lokalisieren. Es scheint abwechselnd aus verschiedenen Räumen zu kommen. Ausgelassenes, schrilles, höhnisches und auch etwas hysterisches Mädchenlachen. Im nächsten Moment ist der Junge wieder verschwunden, wie weggezaubert. Dann erscheinen ganz am Ende des Flurs zwei Mädchen. Sie tragen die gleichen hellblauen Kleidchen mit rosa Rüschen an den kurzen Ärmeln, und auch sonst gleichen sie sich wie ein Ei dem anderen. Es sind offenbar Zwillinge. Ihre duftigen Kleidchen haben auf dem ganzen Oberkörper Schnitte, aus denen Blut fließt. Im nächsten Moment lösen sich die Körper der Mädchen vor Sabines Augen wieder auf, als würden sie zerfallen. Sie schüttelt irritiert den Kopf. Was geht hier vor sich?

Jetzt bemerkt sie, dass eine der Zimmertüren in der Mitte zersplittert ist. Sie sieht aus wie mit einer Axt eingeschlagen. Unter der Tür schießt eine rote Flüssigkeit hervor, die wie eine Welle gegen die Wände schlägt. Auf der Tür erscheinen große handgeschriebene rote Buchstaben. Sabine liest REDRÖM. Was hat das zu bedeuten? Redröm. Für Sabine klingt es nach einer Kommode von Ikea, irgendwie schwedisch oder dänisch. Dänemark ist nicht weit, nur ein paar Kilometer oder Seemeilen entfernt.

Weiter zum Überlegen kommt sie nicht. Auf einmal gibt es ein Surren in den elektrischen Leitungen, ein Flackern in den Neonröhren an der Decke, dann fällt das Licht ganz aus. Es ist stockdunkel. Nur die roten Sechsecke glühen unheimlich nach. Sie meint, Schreie zu hören, vom Dachboden, wo der Hotelchef Meinhard Meyer angeblich sein Atelier hat. Irgendwo im Flur öffnet sich knarrend eine Tür, dann fällt sie in einem Windzug knallend zu. Aus einem fahlen Lichtkegel des Mondes, der durch ein schmales kleines Fenster unter der Decke hereinfällt, sieht sie einen Schatten auf sich zukommen, erst in Zeitlupe, und dann ist er ihr auf einmal ganz nah, wie in einem Film, aus dem ein Stück herausgeschnitten wurde. Die große silberne Klinge eines Messers blitzt kurz auf. Sie meint, jemanden ganz nah an sich vorbeihuschen zu spüren, und eine Hand zu fühlen, die nach ihre greift. Sie bemerkt den Luftzug.

Sabine will schreien, aber sie darf nicht. Sie hat sich ja verpflichtet, zu schweigen. Und sie kann auch gar nicht schreien. Ihre Kehle ist vor Angst wie zugeschnürt. Dann ist aus einem der Zimmer ganz am Ende des Flures ein weit entferntes leises, aber trotzdem durchdringendes Mädchenschreien zu hören.

2

»Dat is total gruselig.« Postbote Klaas steht der Schrecken im Gesicht, als er mit seiner Posttasche »De Hidde Kist« betritt. Eine Sturmbö reißt ihm fast die Tür aus der Hand.

»Wat is denn los?« Imbisswirtin Antje unterbricht das Reinigen der Fritteuse. »Hast du ihn gesprochen?«

»Eben nich.«

Klaas und Antje machen sich Sorgen, weil Piet Paulsen schon den zweiten Tag im Imbiss fehlt. »Ich hab heute sogar Post für ihn und hab geklingelt, aber Piet hat nich aufgemacht.« Klaas ist wirklich beunruhigt.

»Klaas, nu mal ganz ruhig, er war vielleicht nich da«, versucht Dorfpolizist Thies Detlefsen, seinen Freund zu beruhigen. »Piet hat möglicherweise ja auch mal wat anderes vor.«

»Wat anderes?« Antje überlegt. »Wat denn?«

»Ich sag's euch, da war jemand … da war 'ne Stimme!« Klaas macht ein Gesicht, als hätte er eine Erscheinung gehabt.

»'ne Stimme?« Antje sieht den Postboten staunend an. Aus der Bürste, mit der sie gerade den Frittierkorb reinigt, tropft der Seifenschaum.

»Is ja geil, Klaas hört neuerdings Stimmen.« Bounty grient und schiebt sich einen Kokosriegel in den Mund. Imbisshund Susi sieht von ihrem Fressnapf auf. Tadjes

Freund Lasse, der neuerdings immer mal in der »Hidden Kist« reinschaut und heute Nachmittag den angestammten Platz des Schimmelreiters auf einem Barhocker vor dem »Action Star Explosion Compact« eingenommen hat, dreht sich kurz um. Dann steckt er die nächsten Zwanzigcentmünzen in den Daddelautomaten, der mit einem schrillen »Dadadüdadadüdüdüda« antwortet. Die Imbissrunde hat sich mittlerweile an den Sound gewöhnt und hört gar nicht mehr hin.

»Nee, Bounty, dat bilde ich mir nich ein. Piet hat mit ihr gesprochen, dat hab ich ganz deutlich gehört«, beteuert Klaas. »Und zwar war dat 'ne Frauenstimme.«

»'ne Frau?« Auch Thies mag es nicht ganz glauben.

»Hat vielleicht neuerdings 'ne Freundin?«, kichert der blasse Lasse und behält dabei weiter die rotierenden Walzen mit den Dollarzeichen, Kleeblättern und Ananas im Blick. Er drückt die leuchtenden Tasten des »Explosion«, der daraufhin ein finales »Blblblblblbl« von sich gibt.

»Das war bestimmt seine Nichte«, fällt Bounty ein. »Die kommt doch neuerdings manchmal aus Hamburg vorbei, um zu sehen, ob er mit seinem neuen Knie klarkommt. Macht sich offenbar Sorgen.«

»Er is mit seinem Knie ja auch immer noch nicht wieder richtig in Gang«, stellt Thies fest.

»Dat war nich seine Nichte.« Klaas ist sich sicher. »Die heißt doch Steffi, oder? Ich hab 'n ganz anderen Namen verstanden. Alex … oder so ähnlich. Weiß auch nich, ich konnte dat nich genau hören.«

»Alexandra!«, rufen Antje und Thies gleich im Chor.

»Na klar, die hat Piet zu Hause die Haare geschnitten,

damit er mit seinem Knie nich in den Salon rübergehen muss.« Thies ist jetzt überzeugt, eine Erklärung gefunden zu haben.

»Alexandra? Nee, der Name war kürzer«, protestiert Klaas. »Und die Stimme klang auch anders. Alexandras Stimme ist ja so … na ja, so 'n büschen sexy!«

Lasse grient die rotierenden Ananas und Tomaten an.

»Die klang dagegen fast wie aus 'm Automaten«, überlegt der Postbote. »So wat wie Warteschleife oder dat Fräulein aus der Zentrale oder so.«

»Wat denn für 'n Automat?« Thies pustet in seinen heißen Coffee to go.

»Eine Stimme aus dem Nirwana der digitalen Welt.« Bounty wirkt, als hätte er schon ein hübsches Tütchen geraucht. Die anderen sehen ihn prüfend an. Aber dann klingt er ganz nüchtern. »Piet hat doch jetzt auch Internet. Das hat seine Nichte ihm eingerichtet.«

»Die heißt Alexa«, schaltet sich Lasse vom Spielautomaten in die Diskussion ein. »Habt ihr noch gar nichts davon gehört?«

»Alexa? Nö. Wer is dat denn?« Thies stellt den Kaffeebecher auf dem Stehtisch ab. Susi gibt ein leises Knurren von sich.

»Das nennt sich digitale Haushaltshilfe …« Lasse dreht sich um, während der »Explosion« müde ein einzelnes Zwanzigcentstück in die Münzmulde kleckern lässt.

»Hat Piet neuerdings 'ne Putzfrau?« Klaas staunt.

Antje legt die Bürste beiseite. »Dat hätte er doch erzählt.«

»Nee, das is so eine kleine runde Box mit Lautsprecher,

die informiert dich, wenn was im Kühlschrank fehlt, oder spielt dir Musik vor und sagt dir, was du so machen sollst.« So ganz genau weiß das Lasse auch wieder nicht.

»Ein Kasten, der Piet sagt, was er machen soll? Dat kannst du vergessen. Der lässt sich doch nicht mal von mir wat sagen.« Die vollschlanke Imbisswirtin schüttelt den Kopf.

»Diese Alexa erinnert ihn, wann er seine Pillen nehmen soll, und erzählt ihm, was es heute Abend im Fernsehen gibt ...«

»... oder wenn der HSV mal wieder 'n neuen Trainer hat und wann Piet in der ›Hidden Kist‹ vorbeischauen muss.« Bounty hat schon von Alexa gehört.

»Diese Alexa, ich glaub, das heißt offiziell ›Intelligenter Assistent‹«, überlegt Lasse.

»Intelligenter Assistent?« Thies guckt reichlich blöd aus der Wäsche.

»Dat ist doch dasselbe, was du, Thies, für Nicole bist.« Bounty muss kichern.

»Mir is dat unheimlich.« Antje macht ein besorgtes Gesicht. »Nich, dass diese Alexa Piet auf die schiefe Bahn bringt.« Dass ihre männlichen Stammgäste in den Einflussbereich anderer Frauen geraten, sieht die Imbisswirtin nicht so gerne.

»Das is die Zukunft, das nennt man künstliche Intelligenz«, weiß Lasse und wirft das gewonnene Geldstück wieder in den Schlitz des Daddelautomaten.

»Künstliche Intelligenz?« Thies staunt.

»Besser als natürliche Blödheit, oder?« Bounty gackert in sich hinein.

3

Die digitale Revolution geht selbst an Fredenbüll nicht vorüber. Und auch sonst verändert sich gerade allerlei, auch in der »Hidden Kist«. Antje ist nicht nur irritiert, dass Piet Paulsens Barhocker an Stehtisch Zwei immer häufiger leer bleibt. Auch der Schimmelreiter Hauke Schröder lässt sich nur noch selten blicken, seit er erstmals einen festen Job hat. Er ist als Außendienstmitarbeiter für den kleinen Raumausstatter »Tapeten Tobarben« im benachbarten Luftkurort Leck tätig und klebt jetzt Tapeten und verlegt Teppichböden. Hauke hat immerhin eine abgebrochene Lehre als Dekorateur vorzuweisen. Im Garten seiner Tante Telse, bei der er nach dem Weggang seiner Mutter seit Ewigkeiten lebt, hat er außerdem ein Kohlrabibeet angelegt. Der Schimmelreiter hat sich grundsätzlich sehr verändert, seit er in einem Hamburger Chinarestaurant mit den Weisheiten des Konfuzius konfrontiert wurde. Seinen tiefergelegten Mustang King Cobra ziert jetzt, in schillerndem Magenta und leicht nordischer Abwandlung, das berühmteste Zitat des Meisters: »Der Weg is dat Ziel.«

Fast hätte der Schimmelreiter Bounty mit seinem neuen Elan angesteckt. In letzter Zeit ist der Althippie nämlich etwas knapp bei Kasse. Seine Band »Stormy Weather« wird immer seltener gebucht. Den Vertrieb der handgezogenen Produkte aus seinem Kräutergarten hat er zuletzt etwas reduziert. Und dann hatte ihm die zuständige Dame in der Bredstedter Niederlassung der Agentur für Arbeit einige unangenehme Jobangebote gemacht. So hat Bounty kurzzeitig mit einem spontanen Start-up geliebäugelt. In Schlütthörn war ein hübsches kleines Ladengeschäft frei geworden, wie geschaffen für sein Projekt, den Coffeeshop »Magic Mokka«. Die junge Filialleiterin der Schlütthörner Raiffeisenbank, Wencke Petersen, konnte sich allerdings bisher noch nicht zu einem Startdarlehen für den Jungunternehmer mit dem dünnen grauen Pferdeschwanz durchringen. Nachdem der erste Kreditantrag an fehlenden Vorjahresbilanzen und einem wenig überzeugenden Businessplan gescheitert war, hat Bounty das Vorhaben zunächst wieder auf Eis gelegt. Um die ursprüngliche Geschäftsidee zu verwirklichen, müsste sich ohnehin erst mal die deutsche Gesetzeslage ändern.

Auch bei der sonstigen Stammbesetzung der »Hidden Kist« gibt es einige Veränderungen. Selbst Thies trinkt seinen Coffee to go oft nicht mehr im Imbiss, sondern neuerdings tatsächlich im Gehen auf dem Weg zum nächsten Einsatz. Allerdings verweigert er Einmalbecher, »wegen der Umwelt«, wie er sagt. Deshalb hat Antje im Gastronomiehandel größere Mengen spülmaschinenfeste Mehrweg-Kaffeebecher angeschafft, die sich mittlerweile auf der Rückbank des Polizeiwagens ansammeln und vor sich hin klappern.

Nach der Aufklärung seines letzten Falles, der ihn bis nach Hamburg geführt hat, und der Drohung, den Dienst zu quittieren, ist der Fredenbüller Polizist überraschend befördert worden: vom Polizeiobermeister zum Polizeihauptmeister. Den vierten Stern auf der Schulterklappe der Uniform hat Heike ihm aufgestickt, weil die Epauletten aus Kiel ewig auf sich warten ließen. Dafür hat Thies jetzt endlich einen neuen Dienstwagen bekommen, einen Ford Focus. Ganz neu ist das Auto allerdings nicht, sondern aus zweiter Hand. Der schnittige Viertürer hat schon zweihunderttausend Kilometer auf dem Tacho und angeblich einige spektakuläre Verfolgungsjagden durch den Kieler Hafen hinter sich. Und es ist ein Diesel, Schadstoffklasse vier. Das ist irgendwie blöd gelaufen. Damit darf er nicht mal mehr in die Husumer Innenstadt, wo Kriminalhauptkommissarin Nicole Stappenbek seit Kurzem ein kleines Kommissariat leitet.

Nach dem kurzen dramatischen Zwischenspiel in Hamburg ist Nicole dann doch wieder ganz hoch oben im Norden gelandet. Sie trägt auch wieder ihren normalen blonden Pferdeschwanz und die alte Lederjacke mit den Fransen. Für ihren chronischen Heuschnupfen bietet die Nordsee das ideale Klima, und in der etwas beschaulicheren neuen Stelle will sich die alleinerziehende Mutter etwas mehr ihrem kleinen Sohn Finn widmen. Heimlich hofft sie auch auf eine Wiederbelebung ihrer Beziehung mit Studienrat Niggemeier, dem Vater von Finn, der seinem Erzeuger von Jahr zu Jahr immer ähnlicher wird. Niggemeier lebt mit seiner anderen Familie in Husum. Aber vielleicht nimmt er sich in Zukunft dann ja doch mal Zeit für ihren gemeinsamen Sohn.

Auch für Thies ist es jetzt ein kürzerer Dienstweg. Wenn nur das neue Auto nicht wäre. Die letzten zweihundert Meter zu Nicoles neuem Büro muss Thies immer zu

Fuß gehen. Aber in Fredenbüll und Umgebung gibt es glücklicherweise noch keine Fahrverbote.

Die Imbissrunde diskutiert noch die neusten Entwicklungen im Bereich der digitalen Haushaltshilfen, als der Schimmelreiter mit dem Firmenkombi von »Tapeten Tobarben« fast in die gläserne Eingangstür der »Hidden Kist« hineinrauscht.

In Malerklamotten springt Hauke aus dem Wagen, stürzt in den Imbiss. »Thies, gut dass du da bist. Du musst sofort wat unternehmen!«

»Was is denn los, Hauke?« Die Anwesenden sehen ihn mit großen Augen an.

»Ja, Scheiße, der Wagen ist weg!«

»Wieso?« Alle sehen nach draußen.

»Nee, nich der Wagen von Tobarben! Mein Mustang!« Hauke ist mit seinen Nerven am Ende. »Aus der Garage rausgeklaut! Unglaublich! Und im Kofferraum sind noch jede Menge Teppichmuster. Dat is eine Scheiße!«

»Hat Tante Telse nich aufgepasst?«, will Bounty wissen. Die Tante hat in ihrem kleinen Bausparerhäuschen am Rande von Fredenbüll eigentlich immer alles fest im Blick, den Garten und auch den ehemaligen Stall, in dem Hauke seinen tiefergelegten Mustang unterstellt.

»Dat ist ja das Komische, die ist auch nich da.« Der Schimmelreiter ist so bleich wie sein Maleroverall. »Haustür und Küchenfenster sind offen, Kohlrouladen halb fertig gewickelt auf der Arbeitsplatte, aber Tante Telse nich da. Gibt's doch nich!«

4

Der Sturm rüttelt an den Fenstern des Hallig-Hotels. Draußen segeln Möwen schreiend ungewöhnlich dicht um das Gebäude. Immer wieder umkreisen sie das Haus, das aus der Weite der See herausragt. Tadje, die Tochter des Fredenbüller Polizeihauptmeisters, höhlt in der großen Küche des ehemaligen Kinderheimes einen weiteren Kürbis für Halloween aus. Das Innere will sie gleich für eine Suppe verarbeiten. Einige Kürbisse befinden sich schon inwendig leuchtend auf den zugigen Fensterbänken. Auf dem gusseisernen Herd steht eine große Kanne »Fredenbüller Deichtee«, die Kräutermischung, die Tadje extra für die Gäste des Halloween-Wochenendes mitgebracht hat. Der gefliese Raum ist mit kaltem Neonlicht ausgeleuchtet. Es ist kühl und feucht. In einer mit Wasser gefüllten Zinkwanne krabbeln etliche Krebse und Hummer. Das Kratzen ihrer Scheren auf dem Metall ist auch gegen das Schreien der Möwen deutlich zu hören. Das bevorstehende Kochen der Krebse fürchtet Tadje schon, seit sie hier ist. Sie fröstelt.

Eigentlich hat sie sich das alles anders vorgestellt. Sie bereut es fast schon, dass sie das Praktikum auf der Hallig überhaupt angetreten hat. Seit einem halben Jahr befindet sich Tadje in der Ausbildung zur Hotel- und Tourismuskauffrau. Jetzt steht ein Hotelpraktikum an, und Praktikumsplätze sind gerade zu dieser Zeit rar. An der Nordseeküste ist die Hauptsaison vorbei, da gab es kaum Stellen. Und in ein großes Hotel in der Stadt, nach Hamburg oder Kiel, wollte Tadje nicht so gern. Sie wollte in der Nähe bleiben, schon wegen Lasse, der nach dem Abitur immer noch nicht recht weiß, was er machen soll, und die Nachmittage neuerdings vor dem Spielautomaten in der »Hidden Kist« verdaddelt. Da ist er nicht der Einzige aus ihrer Klasse, auch Silja und Gina-Marie hängen nach dem Abi ziemlich durch und gehen lieber shoppen statt studieren.

So zielstrebig wie ihre Zwillingsschwester Telje ist Tadje vielleicht nicht, aber wie Gina-Marie lässt sie sich auch nicht hängen. Und dann hatte sie in der Berufsschule von dem Praktikum auf der Hallig Westeroog gehört. »Halloween auf der Hallig« hörte sich toll an, »richtig schön spooky«, fand Tadje. Ihre Zwillingsschwester Telje, die während der Wartezeit auf einen Medizinstudienplatz in der Nordseeklinik in Husum arbeitet, war fast ein bisschen neidisch und wäre am liebsten mitgekommen. Die Praktikantin hatte sich ein stilvolles Halloween-Dinner mit Spezialitäten aus der Nordsee vorgestellt. Ein hyggeliges, wohlig gruseliges Themenwochenende auf der abgeschiedenen Hallig, das geht schon deutlich in Richtung Eventmanagement, und das ist genau das, was der Tochter des Fredenbüller Polizisten vorschwebt.

Jetzt steht sie hier in dieser zugigen kalten Küche, schnitzt an Kürbissen herum und spießt Gabelrollmöpse auf kleine Holzspieße, während ihr fast die Füße abfrieren. Gleich muss sie noch hundert Gläser abwaschen. Eine Spülmaschine gibt es hier natürlich auch nicht. Mit ihren

Vorstellungen von Eventtourismus hat das alles wenig zu tun. Sie bekommt auf einmal Zweifel, ob das Hotel wirklich zu den im Ausbildungsplan vorgeschriebenen »Unternehmen der Event- und Freizeitwirtschaft« gehört. Hier hat sie nicht mal ein Netz für ihr Handy.

Das Gebäude mit den alten brüchigen Steinfußböden und den muffigen Teppichen, auch den unheimlichen Hotelbesitzer Meinhard Meyer und die traurige kleine Gruppe seltsamer Gäste findet sie alles andere als eventmäßig. Außerdem jagen die beiden Mäuse, die ständig durch die Küche huschen, ihr immer wieder einen Schreck ein. Bisher hatte eine fette Katze die Mäuse angeblich in Schach gehalten. Aber der hässliche Kater mit der platten Schnauze und dem fransigen Fell soll kürzlich ertrunken sein und auf einem kleinen Tierfriedhof hinter dem Hotel am Rande des Watts neben anderen Haustieren seine letzte Ruhe gefunden haben.

Tadje ist erst seit einer Woche auf der Hallig. Das Hallig-Hotel hat auch erst seit Kurzem wieder eröffnet. Das in den neunzehnhundertzwanziger Jahren im norddeutschen Heimatstil erbaute Haus auf der Halligwarft war kurze Zeit ein Hotel, dann ein Kinderheim, zuletzt rottete es fast vierzig Jahre ungenutzt vor sich hin. Es war immer wieder diskutiert worden, das Gebäude abzureißen, die Hallig zu renaturieren und zum Refugium der bedrohten Brandseeschwalbe umzuwidmen. Doch dann hat im Frühjahr der exzentrische Hotelier und Maler wilder Seebilder, Meinhard Meyer, der Jahrzehnte zuvor schon einmal Herbergsvater des Kinderheimes war, das marode Gebäude zu einem Spottpreis erworben.

In einem Teil des Hauses ist mit der Renovierung noch nicht einmal begonnen worden. In einigen Zimmern stehen immer noch die alten angerosteten Etagenbetten aus der Zeit des Kinderheims. Im Keller und im Kesselraum stapeln sich Kisten mit altem Werkzeug und halb verrotteten Schwimmwesten aus Kork, der von den Mäusen angenagt wurde. In der winzigen Hallig-Kapelle, die auf einer weiteren kleinen Warft steht, die man über eine Salzwiese erreicht, riecht es nach Schimmel. Die hölzerne Jesusfigur hat über die Jahre in dem feuchten Nordseeklima arg gelitten. Aber der alte Speisesaal und die ersten Zimmer im Hauptgebäude, die Bibliothek und der kleine Anleger sind wieder einigermaßen hergerichtet. Der Standard für die Gäste ist einfach, die Gemeinschaftsduschen und Toiletten befinden sich auf dem Gang. Dafür lockt das morbide Haus mit allerlei Spuk um ein sagenumwobenes Piratengrab. In grauen Vorzeiten sollen sich Seeräuber von einem sinkenden Schiff auf die unbewohnte Hallig gerettet haben. Mangels Proviants töteten die Anführer Teile ihrer Mannschaft. Angeblich wurden sie zu Kannibalen und vergruben anschließend die Knochen ihrer Kumpane auf einer Warft. Und dann gibt es den unheimlichen Tierfriedhof, auf dem nicht nur Seehunde, Katzen und Krustentiere, sondern vor langer Zeit auch die grausam ermordeten Töchter des Hoteliers beerdigt worden sein sollen. In stürmischen Herbstnächten, insbesondere in der Halloween-Nacht, sollen die Toten der Legende nach wieder lebendig werden. Irgendwie kommt es Tadje so vor, als spuke es hier wirklich.

5

»Wollen wir mal etwas ganz anderes versuchen?« Diesen Satz hört man im »Salon Alexandra« neuerdings öfter, seit Jungcoiffeur Eddie zum Team gehört. Der junge Mann mit den pechschwarzen wild abstehenden Haaren war wie aus dem Nichts aufgetaucht. Keiner weiß so recht, wo er herkommt. Angeblich hat er eine Lehre bei einem Düsseldorfer Edelfriseur, der hinter verdunkelten Schaufenstern an der Düsseldorfer Kö residiert, absolviert. Den Gesellenbrief hat Alexandra nie zu Gesicht bekommen. Aber Eddie hat ein Auftreten, da musste sie ihn einfach zumindest auf Probe einstellen.

Eigentlich ist der Salon jetzt etwas überbesetzt. Und Janine, die ihre Lehre bei Alexandra gemacht hat, ging der exaltierte neue Kollege von Anfang an auf die Nerven. Aber Eddies neue Frisurideen, Färbemethoden und seine spektakuläre Schnitttechnik haben sich auf Anhieb weit über Fredenbüll hinaus herumgesprochen.

Neuerdings pilgern die Damen aus Bredstedt in den »Salon Alexandra«, um sich ein Update ihrer Haare verpassen zu lassen, wie Eddie es nennt. Zwei Kundinnen sind sogar aus Husum angereist, um Eddie in Aktion zu bestaunen. Mit zwei Scheren gleichzeitig, in jeder Hand eine, zaubert er den Damen und auch einigen Herren die tollsten Frisuren, die man sonst nur bei der Oscarverleihung zu sehen bekommt. Das Geräusch seiner beiden Scheren, das Klappern, das Zischen und Schaben, wenn die beiden Scherblätter aneinander vorbeigleiten, versetzen die weibliche Kundschaft in helle Verzückung.

Seitdem werden auf der Fredenbüller Dorfstraße die spektakulärsten Haarkreationen vorgeführt: Pixie Cuts in Schokoladenbrauntönen, lässig gestufte Long Bobs in Vanilla-Blond und Neuvariationen des Vokuhilas, die aussehen wie mitten im Friseurtermin abgebrochen. Sogar der Rod-Stewart-Gedächtnis-Look mit blond getönten Strähnchen erlebt ein unerwartetes Comeback.

Auch Dorfpolizist Thies trägt statt seines Frontspoilers jetzt den verstrubbelten »Out-of-Bed«-Look und sieht zumindest auf dem Kopf ein bisschen aus wie Grünen-Chef Robert Habeck. Die aktuellen Frisurentrends werden im Salon heiß diskutiert. Stammkundin Frau Bandixen, die große Teile ihres Rentnerdaseins im »Salon Alexandra« verbringt und dem Begriff Dauerwelle seine wahre Bedeutung verleiht, bleibt skeptisch. Die Mutter des Bürgermeisters, Oma Ahlbeck, hält ebenfalls noch an ihren bewährten bläulich schimmernden Betondauerwellen fest, die ihren Kopf wie ein Helm umgeben.

»Nur Mut, Dörthe.« Eddie zwinkert Alexandras Kundin und Freundin aus seinen schwarz geschminkten Augen aufmunternd zu und fährt klappernd mit beiden Scheren um ihren Kopf herum. Polizistengattin Heike und Freundin Sandra, die ebenfalls mit einer neuen Frisur liebäugeln, verfolgen das Schauspiel fasziniert von ihren Wartestühlen aus. Angesichts der Scherenakrobatik mischt sich in die staunenden Blicke allerdings auch etwas Besorgnis.

»Pass mal bloß auf, min Jung, dat du hier niemanden erdolchst«, gibt Oma Ahlbeck in Saallautstärke aus ihrer Trockenhaube heraus zu bedenken.

»Ein Pixie Cut? Und den tönen wir ganz dezent in Sun-Kissed-Blond an«, flüstert »Eddie, die Schere« Dörthe in einschmeichelndem, aber bestimmtem Ton zu. Er nimmt beide Scheren in eine Hand und fährt ihr mit der anderen durchs Haar.

»Vertrauen Sie mir. Die Frisur passt ins Büro genauso wie auf die After-Work-Party.«

»Sie geht doch gar nicht ins Büro.« Alexandra blickt kritisch zu ihnen hinüber.

»Und auf diese Rauschgiftpartys erst recht nich«, ruft Oma Ahlbeck mit rollendem R unter der Trockenhaube hervor.

»Ich weiß nicht so recht.« Dörthe, die Frisurenexperimenten eigentlich recht aufgeschlossen gegenübersteht, zögert noch. »Wat heißt eigentlich Pixie? Und wat war dat mit diesem kissed?«

»Pixie, das ist der Schnitt, den ich Ihrer Freundin Marret gerade gemacht habe, und Sun-Kissed ist nur so ein Hauch von Blond, wie nach den Sommerferien an der See.« Eddie wischt mit der Hand einmal durch die Luft. »Marret ist voll drauf abgefahren.«

»Steht ihr aber auch wirklich gut«, findet Heike, die im Augenblick immer noch den obligatorischen Heuwagen auf dem Kopf hat. »Dörthe, wenn du jetzt nich willst, dann übernehm ich deinen Termin sofort.«

Das überzeugt Dörthe. »Okayyyy! Ich glaub, das will ich dann auch.«

»Dörthe, überleg es dir gut. Willst du das wirklich?«, gibt die Chefin noch mal zu bedenken. »Das bedeutet eine echte Typveränderung.«

»Alexandra?!« Eddie streckt die Scheren in seinen Händen mit gespielter Verzweiflung in die Luft. »Das ist doch der Witz der ganzen Aktion. Bitte nicht so langweilig, die Damen.« Janine rollt hinter Eddies Rücken die Augen. Was spielt sich dieser eitle Gockel mit seinem albernen Scherengeklapper bloß auf. Was will der hier in Fredenbüll? Wenn es nach Janine ginge, könnte er sich schnellstens wieder nach Düsseldorf verziehen.

Die Stammkundschaft überlässt Dörthe und Eddie ihrem Pixie Cut. Ein ganz anderes Thema interessiert die unter den Trockenhauben und auf den Wartestühlen versammelte Damenriege heute noch mehr. Die Nachricht, dass Hauke Schröders Tante Telse verschwunden ist und in ihrem Haus offenbar eingebrochen wurde, hat sich schon wie ein Lauffeuer im Dorf verbreitet.

»Dat ist ja wohl 'ne Serie«, bemerkt Sandra.

»Ja, schrecklich«, pflichtet Oma Ahlbeck ihr bei.

»Thies hat alle Hände voll zu tun«, verkündet Polizistengattin Heike mit wichtiger Miene. »Gestern haben sie bei Dossmann eingebrochen …«

»Kürzlich erst die Pleite mit seiner Hühnerhalle und jetzt auch noch 'n Einbruch in seiner Villa«, sinniert Dörthe.

»Aber bei Dossmann ham sie wohl gar nicht viel mitgenommen«, weiß Frau Ahlbeck. »Angeblich 'ne Geflügelschere und 'n Küchenmesser. Komisch, nä.«

»Und heute wohl bei Telse. Ich weiß noch nichts Genaues. Thies ist grad da. Dat Auto vom Schimmelreiter is angeblich weg.«

»Bei meinem Sohn im Edeka-Markt haben sie dat auch versucht, aber wir haben ja Alarmanlage«, ruft Oma Ahlbeck triumphierend. »Dat soll wohl 'ne richtige Gang sein.«

»Halbstarke!«, schreit die schwerhörige Frau Bandixen aus ihrer Trockenhaube heraus.

»Dat weiß man wohl noch nich. Thies ermittelt erst«, wendet Heike ein.

Eddie grinst süffisant und wirft den beiden Rentnerinnen einen kurzen provokanten Blick aus seinen schwarz geschminkten Augen zu. Dann wirbelt er weiter mit seinen beiden Scheren durch Dörthes Haare, die im hohen Bogen durch den halben Salon fliegen. Dörthe steht jetzt doch der Schrecken im Gesicht.

»Dann is er doch bestimmt wieder mit seiner blonden Kommissarin Nicole unterwegs?«, vermutet Oma Ahlbeck. »Die soll doch jetzt extra 'n neues Büro in Husum haben.«

»Nee, Madame is nur für Mord zuständig«, gibt Heike, die auf Hauptkommissarin Nicole gar nicht gut zu sprechen ist, schnippisch zurück. »Und Thies muss wieder die ganze Arbeit machen.«

»Man fühlt sich heutzutage nirgendwo mehr sicher«, verkündet Frau Bandixen.

»Bei mir im Salon seid ihr alle in Sicherheit.« Alexandra grient in die Runde und bindet sich die rote Löwenmähne, die für Eddie bislang tabu ist, mit einem Haargummi zusammen.

»Jaaa, unter der Trockenhaube im Salon. Aber sonst is man nirgendwo mehr sicher.« Frau Bandixen lässt sich nicht von ihrer Meinung abbringen.

»Ja, is doch so«, pflichtet Oma Ahlbeck ihr bei. »Schlimm is dat.« Sie sieht Jungfriseur Eddie an. Der zuckt nur mit den Schultern. Dabei hat er wieder dieses süffisante Grinsen auf den Lippen.

Irgendwie guckt er komisch, findet Alexandra. Hatte Eddie nicht letzte Woche, als er den Schlüssel verlegt hatte, mit einer Effilierschere die Eingangstür des Salons geöffnet?

6

Tadje hat mit der Kürbissuppe und dem Aufrollen der Gabelmöpse alle Hände voll zu tun. Es macht den Eindruck, dass sie ganz allein für die Versorgung der Gäste zuständig ist. Aber es ist auch nur eine kleine Gruppe, die sich zum »Halloween auf der Hallig« eingefunden hat. Mit dem heutigen Boot, der letzten Verbindung vom Festland nach Westeroog, ist noch ein weiteres Paar angekommen. Ein nicht mehr ganz junger Mann mit Dreitagebart und in stylischer Segeljacke will seiner deutlich jüngeren Freundin die raue See an der Küste zeigen. Die angegrauten, wild zerstrubbelten Haare betonen sein Sailor-Image. Das ist nicht mehr »Out-of-Bed«, eher »Out-of-Hurricane«, als würde er seine Haare selbst mit der elektrischen Heckenschere schneiden. Am liebsten wäre der angebliche Weltumsegler, der eigentlich Dieter heißt, sich aber von allen Vasco nennen lässt, im eigenen Boot gekommen. Die Freundin, die wohl lieber in einem Wellnessressort auf den Seychellen gelandet wäre, zieht seit ihrer Ankunft eine Dauerflappe und straft die anderen Gäste mit giftigen Blicken aus ihren Katzenaugen.

Als weiterer Gast hat sich Udo Schmelzer aus Bad Hersfeld mal wieder an die Nordsee gewagt. Er kommt Tadje gleich bekannt vor. Vor einigen Jahren war seine Frau Doris, mit der er zur Beobachtung der Zugvögel regelmäßig auf Hallig Hooge weilte, in der Nähe von Fredenbüll einem Frauenmörder zum Opfer gefallen. Jetzt hat sich Udo Schmelzer mutig der Frauengruppe angeschlossen, die seit zwei Tagen durch das Hotel geistert. Der kleine Kreis der Hellseher und Hellfühler um die ehemalige Elternvertreterin Iris Lammers-Lindemann hat das Hallig-Hotel in Beschlag genommen. Nach dem Abitur ihrer Tochter hat sich Frau Lammers-Lindemann ganz aufs Übersinnliche verlegt und gibt jetzt enthusiastisch ihre Erfahrungen an die Kursteilnehmer weiter. Wegen des Schweigegelübdes geschieht dies im Augenblick allerdings wortlos.

Tadje hat auch Frau Lammers-Lindemann natürlich sofort wiedererkannt. Die nervige Mutter ihrer Klassenkameradin Anna-Lena hat bei ihr und allen anderen einen bleibenden Eindruck hinterlassen. Während ihrer Schulzeit hatte sich die überdrehte Elternvertreterin in alles eingemischt und war überall aufgekreuzt. Sogar auf ihrer Klassenreise nach Amrum in der Zehnten war sie ihnen hinterhergefahren. Erst war sie dreimal am Tag im Schullandheim aufgekreuzt, dann hatte sie mit irgendwelchen abgefahrenen Steinesammlern nackt Schwitzhüttenrituale am Strand abgehalten. Nach dem Abitur von Anna-Lena war es zwischen der Helikoptermutter und ihrer Tochter zum Zerwürfnis gekommen. Frau Lammers-Lindemann war in Klamotten aus Anna-Lenas Kleiderschrank mehrfach auf Partys der Jugendlichen aufgekreuzt. Nachdem sie sich ohne Rücksprache ein Mutter-Tochter-Tattoo in Form eines Schmetterlings hatte stechen lassen, hat Anna-Lena mit ihrem Schmetterling endgültig das Weite gesucht. Auch jetzt benimmt sich die ehemalige Elternvertreterin immer wieder höchst seltsam. Als Tadje sie gestern angesprochen hat, antwortete Frau Lammers-Lindemann überhaupt nicht. Dabei hat sie sie früher als ausgesprochene Quasselstrippe erlebt. Auch die anderen Frauen laufen stumm über die langen Flure des Hotels oder sitzen mit ihren Namensschildern, auf denen Iris, Sabine, Ilona, Claudia oder Yvonne steht, an dem langen Tisch im großen Speisesaal und sagen keinen Piep.

Zu den Teilnehmern des Hellseh-Workshops gehört auch Marret, die Fredenbüller Freundin von Heike, Alexandra und den anderen. Bisher war Marret alles Esoterische fremd. Aber in letzter Zeit hatte die Fredenbüller Hausfrau Stimmen gehört und eine allgemeine Neigung zum Hellsehen und vor allem Hellhören festgestellt. Sie ist auch erst heute mit dem letzten Boot nachgekommen. Den begehrten, seit Langem gebuchten Friseurtermin bei »Eddie, der Schere« wollte sie nicht wieder absagen. »Muss ich einen Tag Schweigen nachholen«, hatte sie sich überlegt, und hat verspätet, aber mit schickem neuem Kurzhaarschnitt aus dem »Salon Alexandra« nach Westeroog übergesetzt.

»Oh, Marret«, hat Tadje sofort bemerkt. »Neue Frisur? Sieht gut aus.«

»Ja, Alexandra hat doch jetzt … ach so, nee … pssssst.« Dann hatte Marret den Satz abrupt unterbrochen, sich den Zeigefinger an die Lippen gelegt und keinen Ton mehr gesagt. Auch Udo Schmelzer, der als einziger Mann an dem Workshop teilnimmt, hatte nur eine kurze Frage gestellt: »Sind Sie nicht die Tochter des Polizisten?« Dann hatte er sich plötzlich an sein Schweigegelübde erinnert und ebenfalls erschrocken an die Lippen gefasst. Udo Schmelzer will hier auf Westeroog sein Trauma aufarbeiten. Nach dem Tod seiner Frau wollte er allein nicht wieder auf eine Hallig, lieber in der Gruppe. Die Reisen für Vogelbeobachter passten nicht in die Urlaubspläne seines Arbeitgebers, der Bad Hersfelder Finanzbehörde. Hellsehen und Hellfühlen entsprach eigentlich nicht so sehr Udos Naturell, aber dann fand er es doch irgendwie ganz interessant. Und jetzt verbindet er mit dem Workshop sogar die leise Hoffnung, mit seiner ermordeten Doris in Kontakt zu treten.

Udo nickt Tadje zu und hält sich beflissen den Zeigefinger vor die Lippen. Der Typ in der Segeljacke dagegen quatscht sie bei jeder Gelegenheit mit den tollsten Geschichten von den sieben Weltmeeren voll und ordert zwischen jeder Segeltörn-Anekdote gut geschenkte Grogs. Bei dem Seemannsgarn bleibt der Praktikantin nur die Flucht in die Küche im Souterrain. Während Tadje dem Heulen des Windes und dem Knarren der Dachbalken lauscht, meint sie, von draußen ein leises Schluchzen zu hören. Sie öffnet die klapprige Tür. Direkt davor sitzt ein junger Seehundheuler. Er gibt ein klägliches »uhhh-uhhh« von sich und sieht sie mit großen Augen an.

»Na, was bist du denn für einer?«, fragt Tadje in mütterlichem Tonfall.

Der junge Seehund robbt mit zwei Flossenschlägen auf sie zu. »Wo ist denn deine Mama?« Aus den großen Augen des Heulers tropft eine Träne. »Du hast doch bestimmt Hunger? Oder? Und dann auch noch dieses scheußliche Wetter.« Am liebsten würde sie ihn in die Küche holen.

Stattdessen schnappt sie sich ein eingelegtes Heringsfilet und hält es dem kleinen Seehund hin, der es sich gleich schnappt und gierig in sich hineinschlingt. Tadje spendiert ihm zwei weitere Heringsfilets, worauf der Heuler unbedingt auf ihre Füße robben will. Tadje schiebt ihn vorsichtig weg, schließt die Küchentür lieber wieder und widmet sich ihrem Abwasch.

Sie hört noch ein paar Laute des Seehundes. Dann ist für einen Moment alles ruhig. Plötzlich gellt ein schrilles Jammern und ein Schluchzen durch das Gebäude. Es kommt nicht von draußen, sondern aus einem entfernten Teil des Hotels … und dann so etwas wie einen Schrei. Was war das?

Vor Schreck rutscht Tadje ein Teller aus der Hand und fällt in den alten Keramikspülstein, in dem eine ganze Batterie benutzter Groggläser steht. Die Gläser zerspringen klirrend. Hektisch sammelt Tadje die Scherben aus dem Becken. Sie will das zu schnell machen, den Schaden zu hastig beseitigen. Dabei schneidet ihr die Spitze eines abgebrochenen Glases in die Handfläche. Das Blut quillt sofort aus der Wunde. Panisch öffnet Tadje den Hahn und lässt Wasser über ihre Hand laufen. Zwei Groggläser, die heil geblieben sind, füllen sich mit Wasser, in das Blut tropft. Die roten Tropfen explodieren kurz in der klaren Flüssigkeit, ehe sie sich mit ihr vermischen.

Das schrille Schreien der Möwen und Krähen zieht gedehnt wie auf einem zu langsam abgespielten Tonband an den hohen Fenstern der Küche vorüber. Tadje wird schwindelig.

7

Thies ist zusammen mit dem Schimmelreiter sofort zu dem kleinen Häuschen von Tante Telse am Rande von Fredenbüll an der Zufahrt zur Bundesstraße nach Husum gefahren. Als Thies sein neues Dienstfahrzeug in der Einfahrt parkt, fällt ihm ein weißer Kombi auf, der im Schritttempo vorbeischleicht. Auch der Schimmelreiter, der üblicherweise in einem ganz anderen Tempo unterwegs ist, blickt dem provozierend langsam fahrenden Auto hinterher. Auf den Seiten steht mit hervorgehobenen drei großen H »Henrys Heringshappen«. Darüber springt ein gemalter Fisch mit lachendem Gesicht aus den Wellen in ein Konservenglas. Aus dem Wasser perlt in geschwungener Schrift die fröhliche Erkenntnis »Hering macht happy«. Angeblich hat Klaas den Wagen in den letzten Tagen des Öfteren in Fredenbüll beobachtet. Dabei kommen »Henrys Heringshappen« eigentlich aus Büsum, behauptet der Postbote, der sich in den nordfriesischen Zustellungsbereichen schließlich auskennt. »Wat haben die Heringshappen in Fredenbüll zu suchen?«, fragt sich Klaas.

Als die beiden Telses Haus betreten, stolpert Thies in dem engen Flur gleich über etliche Tapetenrollen, Farbeimer und Teppichmuster. Er drückt sich um eine mit Farbe bekleckerte Leiter herum. »Wat is denn hier los?« Thies staunt.

»Ja, ich wollte hier nächstes Wochenende mit Renovieren anfangen. Ist ja lange nix gemacht worden. Ich war mit Tante Telse nur noch nich wegen Teppichmuster ganz einig.« Der Schimmelreiter hat gleich das Musterheft zur Hand. »Sie wollte dat hier.« Er deutet auf braune und currygelbe Schlangenlinien. »Sieht doch nich aus.«

»Komm, Hauke, is jetzt egal.« Thies geht nicht weiter darauf ein und lässt seinen Blick durch das Haus schweifen. Es sieht eigentlich aus wie immer. Auf einen Einbruch weist zunächst nichts hin. Nur die halb gewickelten Kohlrouladen in der Küche sind irritierend. Die Garnrolle liegt neben den Kohlblättern. Es wirkt, als hätte Haukes Tante die Küche nur kurz verlassen, um den Müll rauszubringen oder im Garten ein paar Kräuter zu holen. Irgendetwas muss ihr dazwischengekommen sein, überlegt Thies. Er sieht sich in dem engen Windfang um, in dem ein Kupferrelief der Husumer Stadtsilhouette hängt, und wirft einen Blick in die Küche und das Wohnzimmer mit der schweren Schrankwand.

»Hauke, is dir irgendwat aufgefallen?«, fragt der Polizeihauptmeister.

»Ob mir wat aufgefallen is? Machst du Witze?« Der Schimmelreiter kann es nicht fassen. »Thies, der Mustang ist weg!«

»Nee, ich mein, ob sonst im Haus irgendwat fehlt.«

»Ja, hab ich doch schon gesagt, Tante Telse is auch weg!« Hauke wirkt verunsichert. Die Konfuzius-Zitate sind dem Schimmelreiter vorübergehend ausgegangen.

»Fenster und Türen sind ja heil«, stellt Thies fest. »Da is nichts aufgebrochen oder eingeschlagen worden.«

»Nee, wozu auch, Haustür is bei uns immer offen ... normalerweise.«

»Kann also jeder rein«, stellt der Polizist fest.

»Na ja, is doch normal. Bei euch doch auch oder?«

Thies übergeht die Bemerkung. Aber nach einem Einbruch sieht es auf den ersten Blick wirklich nicht aus. Raub, Erpressung, Entführung, schießt es Thies durch den Kopf. Aber wer soll Tante Telse entführen? Wozu?

»Hauke, wollte sie irgendwohin? Hat sie wat gesagt?«

»Nee, wo soll sie schon hinwollen? Und wenn, dann fahr ich sie ... mal nach Bredstedt zu Famila oder zum Arzt in Schlütthörn.«

Wenn Thies richtig überlegt, hat Hauke recht. Eigentlich verlässt seine Tante Fredenbüll nicht. Sie verlässt kaum das Haus, schon gar nicht, während sie gerade Kohlrouladen wickelt. Die Morgenstunden verbringt sie in der Regel in einem wattierten lila Morgenmantel, den sie vor dem zweiten Frühstück gegen eine Kittelschürze eintauscht.

Hauke lebt seit der Jugend bei seiner Tante. Sein Vater hatte die\Familie verlassen, als er noch ein Kind war. Und seine Mutter hatte sich vor Urzeiten zusammen mit ihrem Bekannten, den sie auf den »Husumer Krabbentagen« kennengelernt hat, in dessen Heimat ins Rheinland verdrückt. Hauke und seine Tante sind mittlerweile eine eingeschworene Notgemeinschaft. Denn auch Telse hat sich mit ihrer Familie überworfen. Nur mit ihrem Bruder, der in Büsum einen Fischhandel betrieb, hat sie immer mal telefoniert. Diese Telefonate endeten allerdings regelmäßig im Streit. Und jetzt war Henry vor wenigen Tagen ganz plötzlich und unerwartet verstorben. Auch Hauke hat mit seiner Tante ständig Streit. Trotzdem ist Telse immer für ihren Neffen da. Murrend hat sie es hingenommen, als er vor ein paar Jahren seine Dekorateur-Lehre hinwarf und seitdem immer häufiger bekifft zu Hause rumhing, um dann nachts in seinem tiefergelegten Mustang am Deich entlangzufegen. Wenn Hauke allerdings »Highway to Hell« auflegt, springt Telse regelmäßig im Dreieck und tobt, gegen AC/DC-Sänger Bon Scott anschreiend, in ihrer Kittelschürze durchs Haus, was irgendwie auch ein stimmiges Bild abgibt. »Telse geht bei ›Highway‹ voll ab«, findet Hauke. Sie ist manchmal eine Nervensäge, aber jetzt macht er sich doch Sorgen.

8

Thies lässt seinen Blick durch die einzelnen Räume schweifen. Die Kücheneinrichtung stammt aus den Siebzigerjahren, die Schrankwände und die voluminöse Polstergarnitur in dem kleinen Wohnzimmer sind echte Museumsstücke. Oder ist der currygelbe Teppich schon wieder modern? Thies ist sich nicht sicher, das Teil sieht gar nicht so viel anders aus als Haukes Teppichmuster.

»Wir müssen uns jetzt hier mal so 'n büschen umgucken ... ohne Durchsuchungsbeschluss oder so. Hast ja bestimmt nichts dagegen und Telse doch auch nich, oder?«

»Nee, wieso, die is ja gar nich da«, stellt der Schimmelreiter treffend fest.

»Ich könnte natürlich auch Nicole Bescheid sagen«, überlegt Thies. »Aber die is eigentlich nur für Mord zuständig, und Tante Telse lebt ja noch ... na ja, wollen wir doch hoffen.«

»Aber, wo ist sie hin?« Hauke ist ratlos. »Meinst du, hier is wirklich jemand eingebrochen?«

Thies steht jetzt mitten im Wohnzimmer, zwischen Riesenfernseher und dem Sofa mit dem abgewetzten Kunstsamt, und hält die geöffneten Handflächen Richtung Eichenschrankwand. Der Schimmelreiter sieht ihn fragend an.

»Du musst alle Sensoren ausfahren«, verkündet der Polizeihauptmeister mit wichtiger Miene. Auf sein Bauchgefühl konnte sich Thies ja schon immer verlassen. Aber seit der Teilnahme an dem Workshop »Intuition« hat dieses Bauchgefühl noch mal eine ganz andere Grundlage bekommen. »Du musst in dich reinhören, den Ort auf dich wirken lassen, dann kannst du den Schatten des Täters spüren.«

»Den Schatten des Täters?« Der Schimmelreiter klingt interessiert. Schließlich hat er seit Kurzem einen Sinn fürs Spirituelle. »Aber Konfuzius ist dat nich, oder?«

»Nee, Ermittlungsarbeit im Spannungsfeld zwischen Intuition und Erfahrung«, entgegnet Thies mit feierlicher Stimme. Dann schließt er die Augen und atmet tief in den Bauchraum ein. Der Schimmelreiter sieht staunend zu. Thies riecht den Veilchenduft eines Raumsprays, billiges Reinigungsmittel und Kampferspiritus, mit dem Tante Telse ihr Rheuma bekämpft. Gegen den in den Polstermöbeln, Teppichen und Textiltapeten hängenden Muff kommt dieser Duftmix allerdings nur schwer an. Vor seinem inneren Auge sieht der Polizist Telse in ihrem wattierten Morgenmantel durch das Haus fegen. Und dann meint er, aus der Ferne den stampfenden Rhythmus einer AC/DC-Nummer zu hören. Thies ist irritiert. Eine Erkenntnis lässt sich daraus im Augenblick noch nicht ableiten, außer, dass hier dringend mal wieder gelüftet werden müsste.

Schließlich besinnt sich Thies dann doch wieder auf die konventionellen Ermittlungsmethoden. Zusammen mit Hauke durchsucht er die Schrankwand im Wohnzimmer, in der sich farbige Kristallgläser und ein zwölfteiliges altmodisches Service für Feiertage, aber keinerlei Hinweise auf die verschwundene Tante Telse finden. In dem indirekt beleuchteten Regal entdeckt Thies ein Rehkitz aus Porzellan, das mit abgebrochenem Hinterbein zwischen den Tassen liegt.

»Is dat neu?«, will Thies wissen. »Ich mein, dat Bambi kein Bein mehr hat?«

Der Schimmelreiter will gleich nach dem waidwunden Porzellanreh greifen.

»Nee, Vorsicht! Nix anfassen!«, pfeift Thies ihn zurück. »Dat Reh is 'n Fall für die Spurensicherung.«

Der Polizeihauptmeister durchsucht die Wohnung nach weiteren Einbruchsspuren.

»Hat Telse in der letzten Zeit irgendwas erzählt, was von Bedeutung ist?«, will Thies wissen.

»Von Bedeutung?« Hauke sieht den Polizisten ungläubig an. »Tante Telse? Nee, eigentlich nich.«

»Hauke, ich frag dich noch mal, is irgendwat Außergewöhnliches passiert?«

»Außergewöhnliches?« Der Schimmelreiter überlegt. »Na ja, letzte Woche ist Onkel Henry gestorben, ihr Bruder, ganz plötzlich, irgendwat mit 'm Herzen. Dat war der Einzige aus der Familie, zu dem sie Kontakt hatte …« Er macht eine Pause. »Aber wieso soll sie deswegen jetzt auf einmal verschwunden sein? Beisetzung is erst nächste Woche.«

Und dann entdeckt der Polizeihauptmeister im Hängeschrank der olivgrünen Einbauküche, zwischen Mehltüten, Brühwürfeln und einem eingestaubten Gewürzsortiment, eine aufgebrochene Metallkassette.

»Guck mal hier.« Thies hat die Beschädigung der Kassette sofort entdeckt.

»Gibt's doch nich.« Mehr fällt Hauke spontan nicht ein.

»Die war nich schon vorher irgendwann mal aufgebrochen worden, oder?«

»Nö, nich dass ich wüsste.«

Einen Moment zögert Thies, die Kassette zu öffnen, wegen der Fingerabdrücke. Aber dann sieht er doch hinein. Sie ist leer.

»Weißt du, was da drin war? Geld?«

»Geld? Keine Ahnung. Ich glaub, nich.«

Der Dorfpolizist sieht den Schimmelreiter prüfend an. Früher hätte er Hauke durchaus zugetraut, dass er das Kästchen aufgebrochen hat. Aber jetzt eigentlich nicht mehr.

»Sieht wohl doch nach Einbruch aus.« Thies macht schon wieder Anstalten, den Schatten des Täters zu erspüren. »Und dat waren bestimmt dieselben wie bei den anderen Einbrüchen hier in der Gegend. Bei Dossmann sind sie doch auch eingestiegen, und bei Ahlbeck wollten sie auch in den Supermarkt rein. Da gibt's sicher 'n Zusammenhang.«

»Wie kommst du darauf?«

»Intuition und Erfahrung.« Da lässt Thies keine Zweifel aufkommen.

»Thies, du glaubst doch nich, dass Tante Telse wat passiert ist?«

»Na ja, Hauke, meine Erfahrung sagt mir …« Weiter kommt er nicht.

»Erfahrung?« Der Schimmelreiter fällt ihm unerwartet mit einer Konfuzius-Weisheit ins Wort. »Erfahrung ist eine Laterne, die an unserem Rücken hängt und immer das Stück Weg erleuchtet, das bereits hinter uns liegt.«

Jetzt sieht der Dorfpolizist den Schimmelreiter fragend an.

»Musst dir vorstellen wie die Nebelschlussleuchten bei meinem Mustang.«

Thies kann das Zitat gar nicht recht auf sich wirken lassen. Das Klingeln seines Handys kommt dazwischen. Neuerdings hat er eine Weiterleitung von der Wache auf sein Smartphone installiert. »Wat sagen Sie da? Mitten auf'm Watt?« Der Hauptmeister bekommt schlagartig seinen Kuhblick. »Ja, dat is bestimmt der Mustang vom Schimmelreiter.« Es entsteht eine kurze Pause. »Ach so, ja, nee, dat ist kein Pferd, dat is 'n Oldtimer, der is hier geklaut worden ... vermutlich ... ich bin schon unterwegs.« Thies legt auf.

Hauke sieht ihn erwartungsvoll an.

»Dein Auto steht vermutlich auf'm Watt, mitten zwischen Neutönninger Siel und Hallig Westeroog. Dat waren eben irgendwelche Vogelfreunde, die haben den Mustang durch ihr Fernglas entdeckt.«

9

»Piet, hast du deine Cholesterinpillen schon genommen?«, tönt laut vernehmlich die weibliche Stimme aus der kleinen runden Box. »Piet, hast du ...«

»Alexa, stopp, nu mal ganz sutsche«, unterbricht Piet Paulsen seine neue digitale Haushaltshilfe.

»Piet, die Bedeutung von ›sutsche‹ ist mir unbekannt.« Die Stimme klingt fast etwas ungnädig.

»Alexandra, immer mit der Ruhe. Ich hab noch nich gefrühstückt. Ich hab noch nicht mal 'ne Tasse Kaffee gehabt.«

»Piet, ich heiße Alexa, Alexandra ist die Friseurin in Fredenbüll.«

»Ja, ja, weiß ich doch.« Paulsen sieht die schwarze Dose über seine Gleitsichtbrille beschwichtigend an und winkt ab.

»Piet, haben Magath und Hrubesch heute schon Futter bekommen?«, erinnert Alexa ihn an die Fütterung der beiden übrig gebliebenen Hauskaninchen, die Paulsen nach den Spielern der mehrmaligen Meistermannschaft des HSV aus den Achtzigerjahren benannt hat. Früher gab es außerdem noch das Angorakaninchen Kaltz und Zwergkarnickel Kevin, die in der letzten Saison das Zeitliche gesegnet hatten. Piet vermutet da durchaus einen Zusammenhang mit dem verpassten Wiederaufstieg des HSV im letzten Jahr.

Er blickt durch das Küchenfenster in den Vorgarten mit dem Fahnenmast, an dem die schwarz-weiße Raute im blauen Feld, mal hochgezogen, mal auf Halbmast, je nachdem, in welcher Liga der HSV spielt, unermüdlich im Nordseewind flattert.

»Erst mal krieg ich Futter.« Inzwischen klingt auch Paulsen etwas ungnädig.

In das Verhältnis zwischen dem ehemaligen Landmaschinenvertreter und seiner neuen Haushaltshilfe mischen sich die ersten Misstöne. Alexa beginnt seinen normalen Alltagsablauf durcheinanderzubringen. Dabei hat es seine Nichte Steffi nur gut gemeint. Sie hat das Gefühl, dass Piet nach seiner Knieoperation im letzten Jahr zu Hause nicht mehr so gut allein zurechtkommt. Steffi macht sich Sorgen, dass ihr Onkel seine Medikamente nicht pünktlich nimmt, zu viel Alkohol und zu wenig Wasser trinkt und im Imbiss zu viel Frittiertes isst. Da sie dies alles von Hamburg aus nicht immer im Blick haben kann, hat sie ihm zum letzten Geburtstag Alexa ins Haus gebracht und auch gleich die ersten Home-and-Smart-Skills installiert. Steffi wollte ihrem Onkel nicht gleich einen Pflegedienst ins Haus schicken. Das würde Piet auch gar nicht mitmachen. Unter der Devise »Im Alter selbstbestimmt leben« erinnert Alexa ihn jetzt an die Einnahme der Tabletten, und wann die grüne Tonne mit dem Biomüll an die Straße gestellt werden muss. Außerdem kümmert sich Alexa um eine ausgewogene Ernährung und macht Piet laufend neue Menüvorschlage. Gestern wollte sie Piet zu einem Kichererbseneintopf überreden.

»Für das heutige Rezept des Tages ›Tofuschnitzel mit

46

veganem Spinatsalat‹ benötigst du dreißig Minuten, und es hat drei Komma vier von fünf Sternen. Ich kann dir die Zutaten nennen und die Zubereitung vorlesen oder schicken.«

Paulsen blickt skeptisch auf den blau leuchtenden Ring der runden Dose. »Na ja, dat Putenschaschlik ›Hawaii‹ hat fünf von fünf Sternen, und ich kann dir sagen, wo es dat gibt, in der ›Hidden Kist‹.« Geschmacklich kommen Piet und Alexa bisher noch nicht recht zusammen. Seiner Nichte hat Piet das auch schon mitgeteilt. »Steffi, die Betonung liegt auf selbstbestimmt. Ich hab jetzt 'n neues Knie, also ich gehör noch lange nich zum alten Eisen.«

Für heute nimmt er sich fest vor, mal wieder seinen Stammplatz an Stehtisch Zwei aufzusuchen. Was er dort bestellen wird, behält er lieber für sich. Piet hat mittlerweile den Verdacht, dass Alexa alles mithört. Außerdem schaltet sie sich immer wieder in sein Alltagsleben ein.

»Piet, möchtest du Musik hören?«, fragt die Dose, während Paulsen Kaffee in den Filter löffelt.

»Aber bitte nich wieder dieses Volksmusikgedudel von gestern!« Paulsen wirft seine Kaffeemaschine an.

»Piet, was sind deine musikalischen Präferenzen?«

»Ja, weiß ich auch nich, is egal, lass dir am besten mal 'n paar Tipps von Bounty geben … pass auf, Alexandra …«

»Mein Name ist Alexa. Alexandra ist …«

»Ja, ja, dat sollte 'n Witz sein …«

»Piet, möchtest du noch einen Witz hören? Zwei Schildkröten verlaufen sich in der Wüste …«

»Nee, stopp mal. Sag mir lieber noch mal die Tabelle von der zweiten Liga.« Die kennt Piet natürlich selbst ganz genau. Ihn interessiert einfach, was seine neue Haushaltshilfe alles so draufhat. Während Alexa geduldig die aktuelle Tabelle herunterrattert, formuliert Paulsen schon die nächste Testfrage.

»Wer hat im Endspiel Europapokal der Landesmeister 1983 dat entscheidende Tor für den HSV geschossen?«

»Piet, ich habe dich leider nicht verstanden. Was bedeutet H-S-V?«

»O-oh, ich seh schon, da müssen wir ganz von vorne anfangen. Dat heißt Hamburger Sportverein.«

»… kurz Hamburger SV, gegründet 1887«, führt Alexa den Satz zu Ende. »Das entscheidende Eins-zu-Null für den Hamburger SV im Endspiel gegen Juventus Turin am fünfundzwanzigsten Mai neunzehnhundertdreiundachtzig in Athen schoss Felix Magath in der neunten Minute.«

»Alle Achtung, du kennst Magath?« Jetzt staunt Piet aber doch.

»Ja, Magath ist ein Kaninchen. Nach seiner aktiven Karriere war es bis vor einigen Jahren erfolgreich als Trainer und Manager verschiedener Vereine tätig.«

Thies hat sich sofort nach Neutönninger Siel aufgemacht. Der Sturm ist weniger geworden. Im Augenblick ist das Wetter etwas ruhiger. Die engagierten Ornithologen erwarten ihn in Anoraks für Polarexpeditionen, mit roten Wangen und umgehängten Riesenferngläsern schon ungeduldig an der Badestelle. »Der Schimmelreiter, der im Mustang bei Sturmflut über das Watt jagt, ist ja toll.« Einer der Vogelfreunde ist von der Vorstellung ganz begeistert.

Von einem Ausguck hat auch Thies das Fahrzeug im Watt sofort gesichtet. Im Okular kann er es ganz deutlich erkennen, das ist eindeutig der Ford Mustang Modell King Cobra des Schimmelreiters. Er steht auf einer Sandbank in der Ebbe. Ein paar Strahlen der zwischen Wolken hindurchblickenden Sonne bringen die Perlmutt-Metallic-Lackierung des Mustangs kurz zum Schillern. Es ist ein seltsames Bild. Aber etwas anderes erstaunt Thies noch mehr. Es sieht aus, als sitze noch jemand im Wagen, nicht auf dem Fahrersitz, sondern daneben. So ganz genau kann er das durch das Fernglas des Vogelfreundes nicht erkennen. Der Fredenbüller Polizeihauptmeister hat ein höchst ungutes Gefühl in der Magengrube.

Bevor sich Thies in Gummistiefeln auf den Weg zu der Sandbank macht, hat er vorsichtshalber Nicole in ihrem neuen Kommissariat in Husum angerufen. Auf dem Watt gibt es zwar kein Fahrverbot für seinen Dienstdiesel. Aber er fürchtet, mit dem Focus im Schlick stecken zu bleiben. Der tiefergelegte Mustang hat es andererseits bis auf die Sandbank geschafft. Zuerst wollte Thies einen Helikopter anfordern. Aber Nicole hat sofort abgewinkt. Im Gegensatz zu Thies ist sie noch nicht so ganz überzeugt, dass hier im Watt ein neuer Mordfall auf sie wartet. So hat die Hauptkommissarin sich bei der Husumer Station »Nationalpark Wattenmeer« kurzerhand einen Jeep ausgeliehen.

Bisher denkt die frühere Leiterin der Kieler Mordkommission Zwei noch an einen herbstlichen Ausflug aufs Wattenmeer, wie sie ihn in letzter Zeit des Öfteren unternimmt. Seit sie ihre neue Stelle angetreten hat, ist tatsächlich noch nicht viel passiert. So geht Nicole regelmäßig in den Fredenbüller Biohof zum Mutter-Kind-Yoga unter dem Motto »Loslassen, stärken, verbinden«. Der vierjährige Finn favorisiert momentan allerdings die Devise »Pressen, umschalten und gefährlich vors Tor kommen«, die Piet Paulsen ihm bei den gemütlichen Fußballrunden in der »Hidden Kist« nahegebracht hat. An Spieltagen geht Nicole dann allein zum Yoga, während Finn bei gelber Brause und kleingeschnittener Currywurst mit an Stehtisch Zwei sitzt und sich von Klaas und Piet die feinen Unterschiede zwischen erster und zweiter Liga erklären lässt.

Bisher ist Nicoles Rechnung aufgegangen. Seit ihrem Amtsantritt vor einem halben Jahr hat es tatsächlich keinen einzigen Mordfall gegeben. Das Kommissariat ist offiziell nur eine Dreiviertelstelle. Meist sieht sie täglich nur mal kurz im Büro vorbei, um festzustellen, dass es für sie nichts zu tun gibt. Aber ihr Kollege Thies hat da bekanntlich ganz andere Vorstellungen. Der zum Hauptmeister beförderte Polizist möchte beschäftigt sein. Und schließlich hat es im beschaulichen kleinen Fredenbüll in den letzten Jahren tatsächlich etliche spektakuläre und grausame Mordfälle gegeben. Doch diesmal hat die Kommissarin ihre Zweifel.

Inzwischen ist das Niedrigwasser erreicht. Nicole lässt den Jeep über die Rippelmarken und Sandrillen hopsen. Der Vierradantrieb treibt den Geländewagen durch Pfützen und Rinnsale. Nicole umfährt einen kleinen Priel, bis sie ihn an einer seichten Stelle durchqueren kann. Durch die Unebenheiten hüpfen die beiden Polizisten immer wieder ein Stück aus den Autositzen heraus nach oben, werden aber durch die Sicherheitsgurte im Sitz gehalten.

Nicole stellt den Jeep am Rand der Sandbank ab. Die restlichen Meter zu dem Auto gehen die Polizisten in Gummistiefeln und Ölzeug zu Fuß. Thies' Eindruck bestätigt sich. Das ist eindeutig der Mustang des Schimmelreiters. Das Auto thront auf der höchsten Stelle der Sandbank. Das Perlmutt-Metallic der Lackierung schillert im Sonnenlicht. Die untere Hälfte des Autos dagegen, die Sportfelgen, Spoiler und zusätzlich montierten Nebelleuchten, sind wie mit Puderzucker von einer Sandschicht überzogen. Aus dem Kofferraum und den Türrändern tropft das Wasser. Während der Flut ist offenbar reichlich Wasser in die Innenräume des tiefergelegten Oldtimers gedrungen. Aber das ist für Thies und Nicole im Augenblick nebensächlich. Ihre ganze Aufmerksamkeit gilt der Person auf dem Beifahrersitz.

Tante Telse hängt aufrecht mit den roten Rallyegurten angeschnallt in dem Schalensitz des Mustangs. Sie trägt ihren wattierten fliederfarbenen Morgenmantel, der durch das eingedrungene Wasser nass geworden ist. Das kalkweiße, ebenfalls leicht ins Fliederfarbene tendierende Gesicht ist aufgedunsen. Auf den ersten Blick ist es kaum zu erkennen, aber am Hals hat die Tote mehrere Schnittwunden, die von dem wattierten Kragen des Hausmantels verdeckt werden.

Thies zieht Haukes Tante zaghaft den durchnässten Kragen vom Hals. »Erstochen oder Hals aufgeschlitzt«, raunt er Nicole zu.

»Da brauchen wir dann doch wieder die Kriminaltechnik aus Kiel«, stellt die Kommissarin fest.

»Lässt sich wohl nicht umgehen.« Thies ist davon alles andere als begeistert. Sein Verhältnis zu dem Kieler Kriminaltechniker Mike Börnsen ist seit ihrer ersten Begegnung vor sieben Jahren nicht das beste.

»Keine Sorge, Thies, die Ermittlungen leite ich von Husum aus. Dafür haben wir ja jetzt die Stelle.«

»Nicole, für mich ist der Fall ziemlich klar. Bei Tante Telse ist eingebrochen worden. Wir haben in der Gegend ja grad 'ne Einbruchsserie.« Thies hält die Handflächen wie segnend über die tödlichen Schnittwunden und schließt halb die Augen. Nicole sieht ihn staunend an.

»Telse hat die Einbrecher überrascht«, fährt der Polizist fort. »Dann haben sie die Nerven verloren und mit dem Küchenmesser zugestochen. Anschließend haben sie Telse kurzerhand in Haukes Mustang verfrachtet. Der stand fahrbereit in der Garage, und der Schlüssel steckte. Und

dann sind sie mit der Tante im Morgenmantel bei Niedrigwasser mit Full Speed raus ins Watt.«

»Na, Thies, dann ist der Fall ja geklärt.«

»Wir müssen nur noch rauskriegen, wer die Täter sind«,
resümiert der Fredenbüller Hauptmeister den Stand der
Ermittlungen.

»Außerdem müssen wir die beziehungsweise den Ange-
hörigen benachrichtigen. Das kannst du in diesem Fall mal
übernehmen.«

»Angehörige? ... Ach so, dem Schimmelreiter Bescheid
sagen ... Jo.«

11

Eddie staunt jeden Tag immer wieder, wenn er den »Salon Alexandra« betritt. Ein größerer Kontrast zu dem noblen Coiffeur an der Kö ist kaum denkbar. Ab und zu fragt er sich doch, warum es ihn aus der Großstadt in die nordfriesische Provinz verschlagen hat. Die Frage lässt sich kaum umgehen. Mitlehrling Natasha aus dem Düsseldorfer Salon, die es auf Eddie abgesehen hat, sendet ihm täglich diesen idiotischen zweihundert Jahre alten Schlager »Wärst du doch in Düsseldorf geblieben« auf sein Handy. Nicht nur Natasha, auch die Kundinnen haben Eddie geliebt, sein extravagantes Äußeres und seine spektakuläre Schnitttechnik. Das rhythmische Klappern und verheißungsvolle Zischen seiner beiden Scheren hatten eine irgendwie erotisierende Wirkung.

Nebenher hat Eddie auf Partys kleine Zauberkunststücke mit Messern und Scheren vorgeführt. Auf den Kindergeburtstagen der verwöhnten Düsseldorfer Schickeria-Gören zauberte er in Windeseile Scherenschnitte, von denen vor allem die flott frisierten Mütter und Großmütter ganz hingerissen waren. Sie haben ihn alle geliebt. Trotzdem hatte Eddie die Nase irgendwann voll von den gelifteten Ladys an der Kö. Und in Berlin, Hamburg oder München wäre er nur vom Regen in die Traufe gekommen. So hat es ihn in dieses Provinzkaff verschlagen. Er wollte immer mal ans Meer. Und im »Salon Alexandra« lieben ihn die Ladys ebenso. Marret, Sandra und Dörthe hat er schon von ihren spießigen Provinzfrisuren erlöst und ihnen stylische Clavi Cuts in Pastell und Bobs mit stumpf geschnittenen Längen verpasst. Nur die dauergewellten Stammkundinnen Oma Ahlbeck und Frau Bandixen konnte er noch nicht unter ihren geliebten Trockenhauben hervorlocken.

Seit er bei Alexandra angefangen hat, ist Eddie bekannt wie ein bunter Hund. Er fühlt sich in Fredenbüll wie der King. Nicht nur die Kundinnen im Salon, inzwischen himmeln ihn auch ein paar Schulmädchen an, seit er dieser Silja die Haare geschnitten hat. Ihre Freundin Gina-Marie hatte danebengesessen, zugesehen und unablässig die blonden Haare hin- und hergeworfen. Schneiden lassen wollte sie sich die langen Haare bislang noch nicht. Eddie hatte sich sofort in die Schülerin verguckt. Das heißt, die süße Gina-Marie und ihre ebenso süßen Freundinnen Sina und Silja gehen gar nicht mehr zur Schule, sondern haben gerade Abitur gemacht. Die blonden Mädchen, die kaum auseinanderzuhalten sind, wissen noch nicht, was sie nach der Schule machen sollen. Gina-Maries Ex-Freund Marvin Manolo, der von mehreren Schulen und Internaten geflogen ist und alle Jobs nach kurzer Zeit sofort geschmissen hat, ist dagegen ausgesprochen aktiv.

Eines Nachmittags waren Silja und Gina-Marie mit Marvin Manolo im Salon aufgekreuzt. Alexandra und ihre Stammkundinnen haben Eddie danach die tollsten Geschichten über ihn erzählt. Marvin Manolo hatte als Jugendlicher zwei Jahre in Fredenbüll gelebt. Sein Vater, der einst prominente TV-Moderator Markus März, war mit der Biobäuerin Lara Brodersen liiert gewesen. Gemeinsam hatten die beiden damals einen florierenden Handel mit handgeschmiedeten Äxten und Mistforken aufgezogen, bis eine dieser Forken zum Mordwerkzeug wurde und den smarten Moderator hinter Gitter brachte. Sein verwöhnter Spross wurde dadurch nachhaltig aus der Bahn geworfen. Marvin Manolo ist ein exzentrischer Typ. Gina-Marie hat ein Faible für solche Jungs. »Eddie, die Schere« mit seiner wilden Frisur, den schwarz geschminkten Augen und den geschickten Händen findet sie »so richtig krass«. Marvin Manolo findet dagegen die neueste Vorliebe seiner Ex-Freundin alles andere als lustig. Aber vielleicht gibt es ja Mittel und Wege, seine alte Flamme zurückzuerobern.

Nach seiner erfolglosen Schulkarriere hat Marvin Manolo eine kleine Gang um sich versammelt, die sich an einer Einbruchsserie versucht. Marvin und seine beiden Komplizen, ein Hagerer mit fettigen Haaren und schlechten Zähnen und ein großer Dicker, der für das Aushebeln der Fenster zuständig ist, sind in den Bredstedter Spielsalon und in mehrere Privathäuser eingestiegen, unter anderem in die protzige Weißklinker-Villa des Fredenbüller Hühnerbarons Dossmann. Die Automaten im Spielsalon haben sie allerdings nicht geknackt bekommen, und bei Dossmann haben sie nur eine zerbeulte Spardose voller Centstücke und zwei spezielle Geflügelscheren und Tranchiermesser für Profis mitgehen lassen. Nach der Schließung seiner Legehalle mit den Dioxinhühnern und dem Fiasko mit den Windrädern auf seiner Wiese ist bei dem einstigen Geflügelkönig, außer einer Sammlung hässlicher Zinnbecher, nichts mehr zu holen. Bei dem Versuch, in den Fredenbüller Edeka-Markt einzusteigen, ist gleich die Alarmanlage angesprungen.

Jetzt hat sich Marvin Manolo an seinen früheren Wohnsitz erinnert, vor allem an die dicke Kohle, die sein Vater mit seinen blöden Forken und Büchern über das einfache Landleben hinterm Deich gemacht hat. Ihr Trancetanzen auf dem Heuboden und die idiotischen Kurse »Hühner für Anfänger« und »Mundgeblasenes Fensterglas« veranstaltet Lara vermutlich immer noch. Vor allem erinnert er sich an den halbverrosteten alten Geldschrank, in dem die satten Einnahmen gehortet wurden. So wie er Lara kennt, steht dieser nostalgische Tresor immer noch in dem ehemaligen Stall neben der großen Tenne, in der damals das große, vom Fernsehen übertragene Kürbisfest stattgefunden hatte. Und jetzt hat er auch eine Idee, wer den Tresor öffnen könnte.

12

Iris Lammers-Lindemann hat ihre Workshop-Teilnehmer von »Hellsehen und Hellfühlen« in der alten Bibliothek des Hallig-Hotels versammelt. Es ist ungewöhnlich kühl. In dem Raum hängt der staubige Muff alter Bücher. Dabei handelt es um keine wertvollen Erstausgaben. Es sind vergilbte Taschenbuchausgaben vom ›Schimmelreiter‹, von ›Moby Dick‹ und der ›Schatzinsel‹. Die Buchrücken brechen und fallen fast auseinander, wenn man sie aus dem Bücherbord nimmt und aufschlägt.

Die Teilnehmer sitzen im Halbkreis zwischen den Bücherwänden. Sie frösteln, alle haben dicke Pullover an. Es wirkt fast so, als sei die Heizung ausgefallen. Sabine hat sich unter einer Wollstola verkrochen, Yvonne trägt eine Steppweste über ihrem Pullover, und die Fredenbüllerin Marret hat ihren Anorak übergezogen. Zusammen mit Iris Lammers-Lindemann sind es sieben Frauen. Udo Schmelzer ist der einzige Mann. Er fühlt sich noch etwas unwohl im Kreise der Damen. »Hellsehen« ist ja eigentlich auch gar nicht sein Metier. Normalerweise ist er zur Vogelbeobachtung an der Nordsee. Etwas verlegen geht sein Blick zu Boden und bleibt an Heidruns knallroten engen Skinny-Jeans hängen, die den passionierten Ornithologen an die langen dünnen Beine eines Rotschenkel-Weibchens erinnern. Tadje serviert Kräutertee und Vollkornkekse.

»Na, Tadje, kommst du klar hier?« Marret nimmt ihr gleich mehrere Tassen ab. Ganz perfekt hat die Polizistentochter das Servieren noch nicht drauf. Fast rutscht ihr die volle Teetasse von der Untertasse herunter.

»Sagen Sie, ist etwas mit der Heizung nicht in Ordnung?«, fragt Sabine. »Es ist kühl hier.« Sie hält ihre Hände an die heiße Teetasse.

»Weiß auch nich, da muss ich mal nachfragen.« Tadje sieht verwundert zwischen Marret und dieser Sabine hin und her. Marret hat eine neue Frisur, dafür hat Sabine Marrets frühere Frisur, den kupferroten Bob mit dem üppigen Pony. Tadje wundert sich. Frau Lammers-Lindemann nickt ihr aufmunternd zu. Tadje sieht sie prüfend an. Ihr ist das alles rätselhaft, was Frau Lammers-Lindemann mit ihrer Gruppe hier auf der Hallig so treibt. »Wat is das eigentlich genau für 'n Kurs?«

»Hellsehen, Hellfühlen …« Die ehemalige Elternvertreterin blickt bedeutsam drein.

»Ach so, interessant.« Aber ganz so interessiert klingt Tadje eigentlich nicht. Sie bleibt trotzdem eine Weile in der Tür stehen.

Die Damen haben ihr Schweigen vorzeitig gebrochen. Sabine konnte ihre Erlebnisse und Visionen nicht mehr für sich behalten. Sie ist einfach zu aufgewühlt. Immer wieder erscheinen vor ihren Augen die Bilder des spielenden Jungen auf den roten Hexagonen des Teppichs in dem langen Flur, die zersplitterte Tür und die rätselhaften Buchstaben REDRÖM. Im Augenblick kann Sabine sich überhaupt keinen Reim darauf machen. Sie zermartert sich den Kopf. Kommen diese Bilder aus der Vergangenheit? Letzte Nacht hatte sie schon wieder diese Visionen. Die rote Flüssigkeit, die unter der Tür herausströmte wie auflaufendes Wasser am Strand. War das wirklich Blut? Ihr war wieder diese Schrift auf der Zimmertür erschienen: REDRÖM. Und dann die sonore Stimme. »Sei vorsichtig und betrete auf keinen Fall das Zimmer zweihundertsiebenunddreißig!«

»Sabine, magst du uns erzählen, was du siehst?« Iris Lammers-Lindemann setzt ihren Hellseherblick auf. Die Runde sieht Sabine erwartungsvoll an. Aber die bringt in diesem Augenblick keinen Ton heraus.

»Die Angst hindert dich auf deinem spirituellen Weg«, verkündet Iris mit sanfter Stimme. »Hellsehen, Hellhören …« Sie macht eine bedeutungsvolle Pause. »… Hellfühlen und Hellwissen, das kann sehr nützlich sein, aber auch hinderlich. Es gibt gute und böse Geister.«

Die Gruppe lauscht. Rotschenkel Heidrun nickt. Für Udo Schmelzer und die Fredenbüllerin Marret dagegen ist das alles Neuland. Marret weiß noch nicht recht, was sie von der ganzen Veranstaltung halten soll. Aber insbesondere das Thema »Hellhören« interessiert sie, nachdem sie in letzter Zeit immer wieder Stimmen gehört hat. Ihre Freundinnen meinen ja, es sind die Stimmen der Nachbarn. Sie führen Marrets neu entdeckte Fähigkeiten auf die Hellhörigkeit in ihrer Doppelhaushälfte zurück. »Da hat die Baufirma bei der Trittschalldämmung gespart«, vermutet auch Piet Paulsen. Im Augenblick rauscht an Marret alles vorüber. Sie starrt Sabine an, deren Frisur in Kupfer ihr seltsam vertraut ist.

Iris Lammers-Lindemann lässt ihren wissenden Blick durch die Runde schweifen. Sie hat darin mittlerweile schon Routine. Nach einem ersten medialen Fernstudium auf DVD hat sie gleich die neuen Energien gespürt und Botschaften empfangen. Nach einer weiteren medialen Woche veranstaltet sie jetzt selbst Workshops. Von einer Fortbildung zum Jenseitsmedium hat sie vorläufig abgesehen. »Die Energie spüren, die andere Menschen ausstrahlen«, raunt Iris mit einschmeichelnder Stimme. »Die Wahrheit erkennen.«

Marret, Sabine und Udo Schmelzer sehen sie fragend an.

»Erkennen, ob jemand die Wahrheit sagt. Tiere spüren das ganz besonders.«

»Tiere? Ohne Scheiß jetzt?« Tadje, die mit einem leeren Milchkännchen immer noch in der Tür steht, muss sofort an den Heuler vor der Küchentür denken.

»Es braucht einige Übung. Unser drittes Auge muss wieder reaktiviert werden.« Seminarleiterin Lammers-Lindemann hält den anderen ihre geöffneten Handflächen entgegen.

»Drittes Auge? Echt? Huuuuh.« Tadje läuft ein kalter Schauder über den Rücken. Mit Wellness und Wohlfühlen hat das irgendwie nichts mehr zu tun. Die Mutter von Anna-Lena hat sich sowieso vollkommen verändert, stellt sie fest. Ihre frühere hysterische Art hat die Mutter ihrer Klassenkameradin komplett abgelegt, dafür wirkt sie jetzt fast ein bisschen zu entspannt, findet Tadje.

»Viele hören Stimmen, die einen auffordern, Dinge zu tun, die sie normalerweise nicht tun würden.« Iris wendet sich wieder Sabine zu. »Das solltest du dann auch nicht tun. Die Botschaften sollen immer voller Liebe und Hoffnung sein.«

Die Runde lauscht aufmerksam. Nur bei Marret kommt die Botschaft im Augenblick nicht an. Sie kann ihren Blick gar nicht von Sabines kupferrotem Pony lösen. Und Sabine blickt scheinbar ebenso gedankenverloren aus dem Fenster der Bibliothek und lauscht dem Sturm.

»Ich war als Mädchen hier«, haucht sie mit einem leisen Schrecken im Gesicht.

»Ja, ich auch«, platzt es sofort aus Marret heraus. »Wann war das?«

»Ich weiß nicht ... das muss über vierzig Jahre her sein.« Sabine haucht in ihre kalten Hände. »Ich war zur Verschickung in dem Kinderheim auf der Hallig.«

»Ich auch ... aber ich war eigentlich nur da, weil sich meine Eltern einen anderen Urlaub nicht leisten konnten.«

»Hieß der Herbergsvater damals nicht auch Meyer ...?« Sabine beginnt sich zu erinnern. »...wie der heutige Hotelbesitzer, den wir immer noch nicht zu Gesicht bekommen haben?«

»Ja, wo steckt der eigentlich?«, fragt sich auch Heidrun.

»In seinem Atelier ... angeblich«, vermutet Iris.

»Und du musst den ganzen Laden hier schmeißen, was, Tadje?«

»Ja, weiß auch nicht.« Tadje zuckt ratlos die Schultern.

13

Die Lichtkegel ihrer Taschenlampen huschen durch die große Tenne des Biohofs, über die Regale mit Duftölen, Kräutermischungen, Dinkelkissen und ein Plakat zu dem Mutter-Kind-Yoga »Loslassen, stärken, verbinden«. Die Lichtpunkte tanzen über die antiken Bodenfliesen aus rotem Backstein, über das auch innen sichtbare Fachwerk und die auf einem wurmstichigen Holztisch drapierten Kürbisse. Aber dann hat Marvin Manolo sofort den alten Geldschrank im Schein seiner Taschenlampe.

»Tss, tss«, zischelt Marvin seinen beiden Kumpels zu. »Hier steht das gute Stück.« Er zieht sich seine Wollmütze ein Stück aus dem Gesicht und winkt Eddie gleich an den Tresor heran. »Jetzt kannst du mal zeigen, was du mit deinem Messer draufhast.«

Eddie streicht sich nervös durch die pechschwarzen Haare. Wenn er ehrlich ist, hat er sich zu diesem Coup nur überreden lassen, um Gina-Marie zu imponieren. Die erwartete Beute kommt ihm zwar auch ganz gelegen, aber eigentlich ist es für ihn mehr so etwas wie eine Mutprobe. Das Mädchen ist auch mitgekommen und steht beziehungsweise sitzt in dem getunten alten Audi mit der andersfarbigen Motorhaube neben der Einfahrt zum Hof Schmiere. Marvins zwei Komplizen lungern mit ihren Taschenlampen in der Tenne herum. Sie horchen nach verdächtigen Geräuschen. In den dicken Eichenbalken des Dachs knackt es. Aber sonst hört man keinen Piep. Biobäuerin Lara Brodersen scheint selig zu schlafen.

Eddie zückt das Effiliermesser und hockt sich vor den kleinen Geldschrank. Marvin und einer seiner Kumpel leuchten ihm. Sie machen wichtige Gesichter, als würden sie hier ein »Ocean's-Eleven«-Ding drehen. Die Lichtkegel tanzen hektisch über die matte Metallfläche des alten Tresors. Die Oberfläche hat eine undefinierbare graugrünliche Farbe. In den Stilmöbelornamenten der Tür und in der verschnörkelten Schrankkrone schimmeln und rosten ein paar Flecken vor sich hin. »Schönes Stück.« Eddie nickt.

»Wir sind nicht zum Möbelangucken hier.« Marvin Manolo ist nervös.

Eddie leuchtet mit seiner Lampe in das Schlüsselloch und schaut so gut es geht hinein. »Krass altes Schloss«, verkündet er mit Kennermiene, als sei er Panzerknacker und kein Coiffeur. Dann streckt er die Arme und vollführt mit seinen langen dünnen Fingern demonstrativ ein paar gymnastische Übungen.

»Yoga ist erst morgen«, brummt Marvin mit Blick auf das Plakat neben ihnen. »Knacken, öffnen und ausräumen.« Er gibt einen verkrampften lautlosen Lacher von sich. Doch Marvin und seine beiden Mitstreiter werden immer unruhiger. Aus dem Dachgebälk kommt jetzt deutliches Knarren. Das alte Holz ächzt.

Der Jungfriseur schiebt jetzt mit seinen langen Fingern das Effiliermesser in die Öffnung. Er tastet sich mit dem Werkzeug ins Innere des Schlosses. Dabei horcht er in das Schloss hinein, als kommen aus dem Inneren irgendwelche geheimen Botschaften. Seine abstehenden stacheligen Haare werfen im Schein der Taschenlampe zackige Schatten auf die Schranktür. Der Dünne mit den schlechten Zähnen hockt jetzt neben ihm. Eddie riecht seinen schlechten Atem. Marvin beugt sich mit der Taschenlampe an ihm vorbei und leuchtet Eddie. Der Typ mit dem Kuhfuß hat heute nicht viel zu tun. Er steht staunend vor dem Regal mit Lara Brodersens Duftölkreationen.

»›Autumn Breeze‹?« Der Dicke öffnet das versiegelte Fläschchen mit einem kleinen Dreh und schnuppert daran. »Puh, dat muffelt aber mächtig nach …«, er muss ein zweites Mal daran riechen, »… nach verfaultem Herbstlaub oder Biomüll.« Er öffnet die nächste Duftölflasche: »Störtebekers Journey.«

»Deutlich frischer«, brummt der Kuhfuß.

»Was ist? Wie sieht's aus?« Marvin Manolo wird jetzt schon ungeduldig, obwohl Eddie noch gar nicht richtig angefangen hat. Nicht nur im Gebälk, auch im Schloss des Tresors knackt es verdächtig. Und dann meint der Dünne mit dem Mundgeruch, verdächtige Geräusche aus den hinteren Wohnräumen des Hofes zu hören. Er horcht, aber inzwischen ist wieder alles still. Nur das Klacken, Kratzen und Schaben des Effiliermessers in dem alten Schloss ist zu hören.

»Du hast gesagt, dass du jedes Schloss knackst«, brummt Marvin.

»Aber nich so alte Dinger. Das ist wirklich schwergängig. Wer weiß, wann die Kiste hier das letzte Mal benutzt worden ist.« Eddie stochert weiter im Inneren des Schlosses herum. »Ich mach mir hier noch mein Messer kaputt.«

Marvin und der Dünne mit den schlechten Zähnen sitzen ihm förmlich im Nacken. Der Dicke ist weiter mit den Duftölen beschäftigt. Eddie fängt jetzt auch an zu schwitzen. Er pustet sich eine vor die Augen fallende Haarsträhne aus dem Gesicht. Vom Hof hören sie ein Geräusch. Eddie hält inne. Sie lauschen. Aber dann ist wieder alles ruhig.

»Mach jetzt endlich die Scheißtür von diesem Scheißtresor auf.« Marvin Manolo ist ganz offensichtlich nicht der Geduldigste.

Plötzlich öffnet sich, statt des Tresors, knarrend die große Eingangstür. Alle zucken zusammen und drehen sich erschrocken zur Tür um. Es ist nur ein kleiner Spalt, aus dem sich zunächst nur Gina-Maries blonde Mähne zwängt. Dann folgt das ganze Mädchen.

»Was soll das jetzt werden?«, zischt Marvin Manolo sie an. »Gina, du sollst im Auto bleiben und aufpassen, dass uns hier niemand überrascht, verdammte Scheiße.«

»Da draußen ist dieser Typ wieder.« Sie klingt sehr aufgeregt.

»Was denn für 'n Typ?«, will der Dicke mit dem Duftölfläschchen in der Hand wissen.

»Dieser unheimliche Kerl von neulich in dem blauen Overall …« Gina-Marie, die jetzt zu den anderen hinüberläuft, ist ganz außer Atem. »Ein Teil, wie es Tankwarte anhaben …«

Eddie dreht sich zu ihr. »So wie der Tankwart aus … wie heißt das Kaff? … Schlütthörn.«

»Genau! So ein blauer Overall wie in der Autowerkstatt. Aber darauf hatte er so weiße Farbspritzer, das sah statt nach Monteur eher nach Maler aus. Die weißen Flecken haben im Mondlicht geleuchtet … voll spooky.«

»Bei dem Coup im Spielsalon in Bredstedt war der auch schon«, überlegt die Zahnlücke. »Was will der denn immer?«

»Der hatte wieder diese komische weiße Maske auf und stand hinter dem Baum.« Gina-Maries Gesicht ist im Licht der Taschenlampe jetzt ebenfalls weiß wie eine frisch gestrichene Wand. »Das ist echt krass unheimlich.«

»Von den Bullen is der jedenfalls nich«, stellt der Typ fürs Grobe fest.

»Aber was will der?« Eddie ist die Sache nicht geheuer.

»Stimmt, der ist neulich in Bredstedt auch schon aufgekreuzt.« Marvin Manolo kann der Typ trotzdem nicht schrecken. »Der ist harmlos. Will wohl gerne bei uns mit einsteigen, vermute ich mal.«

»Der will nachgucken, ob wir was vergessen haben«, glaubt der Dicke. »Mieser kleiner Plünderer.«

»Dass wir beobachtet werden, find ich nich so cool.« Eddie hat die Feinarbeit an dem Geldschrank für einen Moment unterbrochen. Gina-Marie sieht ihn an und will sich nervös eine Zigarette anzünden.

»Spinnst du? Hier zu rauchen!«, faucht Marvin sie eine Spur zu laut an, dann wendet er sich gleich wieder dem Friseur zu. »Und dich hat dieser Clown mit der Maske auch nicht zu interessieren! Mach endlich diese Scheißtür auf.« Weiter kommt er nicht. Ganz plötzlich und ohne jede Vorankündigung öffnet sich am entgegengesetzten Ende der Tenne die Tür zu den Wohnräumen, und Biobäuerin Lara Brodersen, »dat Gespenst«, wie sie in der »Hidden Kist« genannt wird, schwebt ein Stück herein. In ih-

67

rem weißen Nachtgewand mit den weißblonden Haaren, die ihr strohig vom Kopf stehen, macht sie im Lichtkegel der Taschenlampe ihrem Spitznamen alle Ehre. Alle stehen konsterniert und wie eingefroren da. Dann flammen mehrere von dem Dachgestühl herunterhängende Pendelleuchten auf.

»Der Hofladen hat geschlossen«, haucht sie kaum verständlich und schwebt ein Stück weiter durch die Tenne. Dass die späte Kundschaft sich an ihrem Tresor zu schaffen macht, hat Lara noch gar nicht realisiert. Marvin Manolo hat sich seine Wollmütze sofort tief ins Gesicht gezogen. Er möchte von Lara Brodersen auf keinen Fall erkannt werden. Und dann hetzt er mit seinen beiden Komplizen durch den Raum zum großen Tor der Tenne.

»Ich hänge hier fest«, stöhnt Eddie und versucht vergeblich, sein Effiliermesser aus dem Schloss herauszubekommen.

»Los, komm schnell, lass doch das blöde Messer!« Gina-Marie will ihn von dem Geldschrank wegziehen. Im letzten Moment kann er das Messer dann doch aus dem Tresor herausziehen, aber ein Teil der Klinge ist offenbar in dem Schloss hängen geblieben. Eilig laufen die beiden ebenfalls nach draußen.

Marvin und seine beiden Jungs reißen gerade die Türen des Autos auf.

»Schnell weg hier!«, ruft der Typ mit den schlechten Zähnen. Eddie und auch Gina-Marie bleiben noch zögernd in der Einfahrt stehen, während der Dicke einen großen Karton Duftöl »Störtebekers Journey« in dem alten Audi verstaut.

»Gina, los komm mit!«, ruft Marvin Manolo, der jetzt am Steuer sitzt, durch die geöffnete Beifahrertür. »Wenn die Scherenhand noch hierbleiben will, dann lass ihn doch.« Er sieht zu den beiden hinüber, dann schlägt der Dicke die Beifahrertür zu. Mit einem Surren der durchdrehenden Reifen röhrt das Auto die Dorfstraße hinunter. Der Typ mit der Maske scheint jetzt ebenfalls verschwunden zu sein. Verängstigt und gleichzeitig hysterisch kichernd, hetzten Gina-Marie und »Eddie, die Schere« Arm in Arm in die Fredenbüller Nacht.

14

Der Sturm und die Wellen, die an die Warft schlagen, sind mittlerweile ein lautes Grollen, Peitschen und Krachen. Die Möwen veranstalten ein verzweifeltes Kreischkonzert. Einzelne Böen bringen die Glocke der kleinen Kapelle immer wieder zum Läuten. Die geräuschempfindliche Marret ist kurz davor, ihr Ohropax aus der Handtasche zu holen. Dabei hatte Iris Lammers-Lindemann doch eben noch großartig verkündet, dass man sich zum Hellhören an einen stillen Ort zurückziehen solle. Udo Schmelzer und Rotschenkel Heidrun bemühen sich angestrengt, gegen die gewaltige Geräuschkulisse in sich hineinzuhören.

»Die innere Stimme hilft dir, das Richtige zu tun«, doziert Hellhörerin Iris. »Manchmal ist sie nur ganz schwach, keine richtige Stimme, sondern nur ein Bauchgefühl.«

Udo Schmelzer meint gleich, aus seinem Bauchraum einen Ton zu vernehmen. Ist das ein erstes spirituelles Zeichen? Oder ist das die leckere Kürbissuppe von heute Mittag? »Ganz frischer Kürbis mit frischem Chili, frischen Kräutern, und ein Schuss Kokosmilch gibt den Twist«, hatte Tadje ihre Neukreation angepriesen. Frische Zutaten sind Udo neuerdings wichtig. Seit seine Doris vor einigen Jahren tot in einer Gefriertruhe im Keller des Reusenbüller Krogs aufgefunden wurde, meidet er Tiefkühlkost.

Sabine sitzt verängstigt zusammengekauert in ihrem

Stuhl. Sie ist inzwischen richtig durchgefroren. Eigentlich ist sie ja zum Hellsehen hergekommen. Stattdessen kommen bei ihr jetzt düstere Bilder und Ereignisse aus ihrer Vergangenheit hoch, von ihrer Verschickung ins Kinderheim. Das war vor zweiundvierzig Jahren, das hat sie inzwischen nachgerechnet. Sie war damals elf. Sie erinnert sich an die bewegte See direkt vor der Tür, die über den Himmel tobenden Wolken und den Sturm, der die Mädchen fast wegfegte, sobald sie vor die Tür traten. Die gewaltige Natur hatte sie tief beeindruckt. Aber sie hatte auch schreckliches Heimweh gehabt. Jetzt ist sie sich auf einmal ganz sicher: Der Herbergsvater damals hieß Meyer, Meinhard Meyer, so wie der jetzige Hotelbesitzer, der angeblich den ganzen Tag in seinem Atelier im obersten Geschoss des noch nicht renovierten Gebäudeteils malt und der sich immer noch nicht gezeigt hat. Müsste dieser Meinhard Meyer nicht inzwischen ein alter Mann sein?

Sie hat seine damalige Erscheinung jetzt ganz deutlich vor Augen, den großgewachsenen kräftigen Herrn Meyer mit den durchdringenden stahlblauen Augen und den wilden langen Haaren. Er hatte drei Kinder. An eine Frau Meyer kann Sabine sich nicht erinnern, nur an die Zwillingsschwestern Judith und Ellen, die im selben Alter wie sie waren und mit denen die Mädchen sich gleich angefreundet hatten. Und dann gab es noch ihren seltsamen kleinen Bruder, den sie immer gehänselt hatten.

Sie sieht den kleinen Michi Meyer wieder ganz deutlich vor sich. Sie hatten getuschelt und gekichert über den hässlichen Jungen mit der kalkweißen Haut, dem stechenden Blick aus den eingefallenen Augenhöhlen und den filzigen Haaren, die wie eine Perücke auf seinem Schädel mit der hohen Stirn klebten. Er sprach kein Wort. Sie hörten immer nur sein schweres Atmen. Ch-ch... ch-ch... ch-ch. Er tauchte jedes Mal wie aus dem Nichts auf, ohne dass die Mädchen ihn kommen sahen. Er musste nicht hinter ihnen herlaufen, um sie einzuholen. Wie durch einen Zaubertrick stand er plötzlich hinter ihnen oder in einem der schmalen Metallspinde in ihrem Zimmer. Ch-ch... ch-ch... ch-ch. Sie waren nichtsahnend abends in ihr Zimmer gekommen, hatten noch getuschelt, gegackert und wollten gerade einschlafen, als sein Atem im Spind sie hochschreckte. Sabine sieht ihn mit ruckartigen Bewegungen auf sich zukommen. Sie spürt noch heute seinen kalten Atem.

Zuerst hatten sie Witze über ihn gemacht, weil er so sonderbar aussah. Sie hatten sich selbst im Spind versteckt, um ihn zu erschrecken. Sie hatten über ihn gelacht, über die bleiche Gesichtsfarbe, seine seltsamen Haare und die komische Maske, die er sich manchmal aufsetzte. Aber am Ende hatten sie sich vor ihm gegruselt. Je mehr sie über ihn gelacht hatten, desto unheimlicher wurde er ihnen.

Kurz darauf soll dieser kleine Michi Meyer seine beiden älteren Schwestern in einer kalten stürmischen Halloween-Nacht brutal ermordet haben. Hatte er sie nicht mit einer Axt erschlagen? Oder mit einem langen Küchenmesser erstochen? Es war damals hier in diesem Gebäude passiert. In Sabine kommt auf einmal alles wieder hoch. Hatte sie nicht gelesen, dass Michi Meyer seitdem in einer geschlossenen Psychiatrie irgendwo auf dem Lande in Nordfriesland untergebracht ist? Ist er da immer noch? Die ganzen Ereignisse liegen schließlich vierzig Jahre zurück. Sabine hat im Augenblick kein gutes Gefühl. Sie wünscht sich jetzt, sie wäre nie auf die Hallig Westeroog zurückgekehrt.

»Sabine, das sind böse Geister. Du darfst nicht zulassen, dass sie von dir Besitz ergreifen.« Die Stimme von Seminarleiterin Lammers-Lindemann klingt einschmeichelnd. Marret und Udo Schmelzer blicken erstaunt. Heidrun dagegen nickt und schlägt die Rotschenkelbeine übereinander.

15

»Na, Piet, hast von deiner neuen Freundin Urlaub gekriegt?« Klaas, Bounty und Antje grinsen, als Paulsen im
mer noch leicht humpelnd »De Hidde Kist« betritt.

Der ehemalige Landmaschinenvertreter gibt einen langgezogenen Stoßseufzer von sich und besteigt mühselig
seinen Barhocker an Stehtisch Zwei. »So, Antje, jetzt mach
mir erst mal 'n schönes Putenschaschlik ›Hawaii‹ und zur
Feier des Tages 'n kleines Pils dazu.«

»Schon zum Frühstück?« Antje wundert sich.

»Kriegst nichts zu essen bei deiner Madame?« Klaas hat
immer noch ein breites Grinsen im Gesicht, während er
beim obligatorischen Morgenkaffee die Post auf dem Stehtisch sortiert.

»Für gestern hatte sie ausgesucht ... ja, wat war das?«
Paulsen überlegt. »Hirsetaler mit ... ähhh ... Ratatatatu-
Gemüse oder so.«

»Hirsetaler?« Die Imbisswirtin staunt.

»Na ja, die Geschmäcker sind verschieden«, krächzt Piet.

»Wie funktioniert dat eigentlich?«, fragt sich Klaas.
»Wie muss man sich dat vorstellen? Sie bestellt Essen, und
du musst dir das dann warm machen? Denn dat kann sie ja
nich, oder?«

»Nee, an den Gasherd lass ich sie nich ran.« Piet verzieht keine Miene. »Aber sie ordert das, da muss ich mich

gar nich drum kümmern. Weiß auch nich, die ganze Technik, dat hat mir Steffi alles eingestellt.«

»Und die beiden Frauen dealen dann untereinander aus, was du auf den Teller bekommst.« Bounty bekommt das Grinsen gar nicht wieder aus dem Gesicht.

»Zuerst kam dat mit Kühltransporter von so 'nem Großmarkt ganz aus Flensburg rüber. Wir haben das umgeändert, dass Ahlbeck das jetzt liefert.«

»Und wieso lässt du dir dat nich von mir liefern?« Antje klingt leicht beleidigt, und auch Susi sieht den Landmaschinenvertreter vorwurfsvoll an.

»Piet, ich kann dir dat doch vorbeibringen«, bietet Klaas gleich an. »Zusammen mit der Post, ist doch keine Sache … solange du dat mit deinem Knie …«

»Die Hirsetaler kann Klaas dir zur Not durch deinen Briefkastenschlitz stecken.« Bounty fummelt in aller Ruhe einen Schokoriegel aus dem Papier und beißt genüsslich hinein. Susi beachtet es gar nicht mehr. Nach einem brutalen kalten Entzug ist der ehemals vegetarische Hund von der Schokolade offenbar entwöhnt und hat jetzt sogar von Tofuwürsten auf Frauchens Frikadellen und friesische Bio-Schinkenknacker im Naturdarm umgeschwenkt.

»Hirse, dat is doch nix für dich, Piet.« Klaas verzieht angeekelt sein Gesicht.

»Das grenzt an Gehirnwäsche«, nuschelt der Althippie, während er die Kokosflocken zerkaut. »Du musst aufpassen, dass sie dich nich manipuliert.« Bounty macht sich Sorgen. »Big brother is watching you.«

»Big sister, nä«, korrigiert Paulsen den Althippie. »Sie heißt ja Alexa.«

»Alexa?« Antje schüttelt den Kopf. »Piet, Piet, Piet.«
Die Imbisswirtin wendet aus lauter Verlegenheit das Putenschaschlik auf dem Grill, obwohl es auf der einen Seite noch gar keine Farbe hat. »Dat is doch kein Umgang für dich!«

»Antje hat recht, sie krempelt dich ganz schön um«, stellt Klaas fest.

»Freunde, nu is langsam mal gut!« Piet klingt ungnädig. »Antje, pass mal lieber auf, dass mein Schaschlik 'n paar Röstaromen kriegt.« Paulsen wirft über seine Gleitsichtbrille einen besorgten Blick auf den Imbissgrill. »Sie erinnert mich an meine Pillen, sagt dat Wetter vorweg, Fußballergebnisse und … na ja … meinen Speiseplan.«

»Wat brauchst du 'n Speiseplan?«, wendet Klaas ein. »Um deinen Speiseplan kümmert sich Antje. Schon seit Jahrzehnten.«

»Man kann sich mit Alexa sogar unterhalten.«

»Unterhalten?« Klaas ist fassungslos. »Unterhalten nennst du dat?!«

»Piet hat die Gehirnwäsche schon hinter sich.« Bounty vermutet den Einfluss höherer Mächte.

»Worüber willst du dich mit Alexa denn bitte unterhalten?« Der Postbote winkt ab. Die Imbisswirtin pfeffert das halbgare Putenschaschlik auf den Teller und klatscht ungewöhnlich lieblos ihre Spezialsoße drüber. Die Stimmung in der »Hidden Kist« droht zu kippen.

Paulsen hebt schwer atmend den Zeigefinger. »Ich hab noch keine Frau getroffen, die so viel von Fußball versteht.« Der ehemalige Landmaschinenvertreter sieht seine Imbissfreunde provozierend an.

In dem Moment entern Thies und Nicole zusammen mit dem Schimmelreiter den Imbiss, das heißt, sie schleichen eher an den Stehtisch. Bei ihnen ist die Stimmung wirklich gedrückt. Der kleine Disput über Alexa ist angesichts des Mordfalls sofort vergessen. Haukes tote Tante Telse ist inzwischen auf dem Weg zur Kriminaltechnik nach Kiel. Vorher hat Hauke Schröder sie noch offiziell identifiziert. Aber an der Identität der Toten gab es ohnehin keinen Zweifel. Schon wegen des fliederfarbenen Morgenmantels. Den Schimmelreiter nimmt der Tod seiner Tante doch mehr mit, als alle denken. Sein Gesicht ist so bleich wie das Deckenweiß »tropffrei« von »Tapeten Tobarben«.

Klaas druckst herum. »Herzliches Beileid auch.« Er gibt ihm unbeholfen die Hand.

»Hauke, willst du erst mal 'n Schnaps haben?«, fragt Antje besorgt. Sie vergisst glatt, Piet sein Putenschaschlik über den Tresen zu reichen.

»Ja, nee, lass mal.« Der Schimmelreiter winkt ab und setzt sich abwesend auf seinen neuen Stammplatz, den Barhocker vor dem »Explosion Compact«.

»Hier, Hauke, ich spendier dir 'n Freispiel.« Bounty wirft zwei Münzen in den Spielautomaten.

»Und ich spendier dir 'n schönen Coffee to go, versucht Antje ihn aufzuheitern. »Kaffeebecher werden allerdings langsam knapp. Die liegen alle bei Thies im Auto.«

Die italienische Kaffeemaschine zischt, die Walzen des »Explosion« rotieren. Die roten Tasten leuchten und blinken. Doch der Schimmelreiter starrt nur apathisch auf die sich drehenden Ananas, Kleeblätter und Kirschen, die nach etlichen Drehungen eine nach der anderen stehen bleiben. Die Imbissrunde blickt besorgt.

Der »Explosion« gibt nicht mal mehr ein müdes »Dadadüdada« von sich. Hauke schlägt sanft auf die bunt leuchtende Glasscheibe. »Nee, Scheiße, ich kann mich heute nich konzentrieren.« Die blinkenden Lichter des Spielautomaten werfen wechselnde Lichtreflexe auf sein Gesicht. »Auto weg und jetzt auch die Tante, ich glaub dat alles nich.«

Die anderen sehen ihn betreten an, und dann ergreift Thies das Wort. »Tante Telse wird nicht wieder lebendig, aber den Mustang kriegen wir wieder aus dem Watt raus.« Thies fährt sich durch die Haare, um seinen »Out-of-Bed«-Look zu richten. »Bei Niedrigwasser ziehen wir deinen Wagen da mit dem Trecker raus, und dann macht Sönke den Mustang wieder klar.«

»Scheiße, hör doch auf. Der schöne Wagen! Den kriegst du doch nich wieder hin!« So verzweifelt haben die anderen den Schimmelreiter noch gar nicht gesehen.

»Hauke, es ist nur Sand … und Salzwasser.« Thies gibt sich wirklich alle Mühe.

»Lack und Unterboden, Sand im Vergaser.« Dem Schimmelreiter kommen fast die Tränen.

»Oder Sand im Getriebe«, orakelt Paulsen und macht die Sache damit nicht unbedingt besser.

Und dann wird der Schimmelreiter plötzlich noch bleicher. »Scheiße, die Teppichmuster!«, fällt ihm plötzlich wieder ein.

»Teppichmuster?« Antje hält immer noch den Teller mit dem inzwischen kalten Putenschaschlik in der Hand.

»Ich hatte doch 'ne ganze Kollektion Teppichmuster hinten im Kofferraum.« Der Schimmelreiter steht mittlerweile mit weichen Knien neben dem Barhocker. »Ich war doch neulich nach Feierabend noch mit 'm Privatwagen beim Kunden …«

»Komm, Hauke, wir gehen jetzt mal nach draußen und rauchen ganz in Ruhe eine.« Bounty hat das selbstgedrehte Tütchen bereits zwischen den Fingern.

Antje, Thies, Klaas und Susi sehen den beiden wissend hinterher. Nicole und Piet Paulsen würden am liebsten mitrauchen. Aber dann fällt ihnen noch rechtzeitig ein, dass Bounty und der Schimmelreiter eine andere Marke bevorzugen.

16

Meinhard Meyer harkt sich mit farbverschmierten Fingern
durch seinen mächtigen Vollbart. Ein paar graue Barthaare
färben sich marineblau. Meyer stiert auf das riesige halb-
fertige Bild. Die mit wütenden fetten Pinselstrichen auf
die Leinwand geklatschte Ölfarbe, die aufgewühlte See
mit den weißen Schaumkronen, die dramatischen Licht-
kontraste der über den Himmel tobenden Wolken stehen
wie ein Relief auf dem Untergrund. Das Meer scheint von
der Leinwand herunter alles zu verschlingen. Das halb-
fertige Bild trifft präzise die Stimmung draußen vor dem
Fenster auf der sturmgepeitschten Nordsee. Und trotzdem kann sich Meinhard Meyer heute nicht auf das Malen
konzentrieren. Er hat vorhin diesen Anruf aus der Psychiatrie in der Nähe von Husum erhalten. Keine guten Nachrichten, ausgesprochen beunruhigende Nachrichten.

Der Hüne streicht sich mit seinen beiden großen Händen das graue, für sein Alter erstaunlich volle lockige Haar
zurück. Er tritt neben die Leinwand und sieht durch das
hohe Fenster seines Ateliers in dem noch nicht renovierten
ehemaligen Tanz- und Theatersaal des alten Kinderheims.
Es ist kühl hier. Er zieht sich eine Weste über sein groß-
kariertes Holzfällerhemd mit den Farbflecken, durchquert
den Raum und fasst prüfend auf einen der alten Heizkör-
per. Das Gusseisen mit der abgeblätterten Farbe ist eiskalt.

»Diese idiotische Heizung«, brummt Meinhard in sich hinein. »Immer wieder diese Scheißheizung.«

In Kürze werden die Gäste bei ihm auf der Matte stehen und sich über die Kälte beschweren. Allein mit dem großen Krebsessen zu Halloween wird er sie kaum erwärmen können. Krustentiere scheinen sowieso nicht jedermanns Sache zu sein. Mehrmals musste Meyer schon ganze Eimer mit gekochten Krebsen oder geöffnete Austern, die seine Gäste nicht angerührt hatten, auf dem Tierfriedhof entsorgen. Auf der Warft, wo sie ihren Hund Cujo und die Katze beerdigt haben. Und nicht nur die.

Meyer wird mal wieder von quälenden Zweifeln übermannt, ob es wirklich richtig war, an diesen Ort zurückzukehren und den maroden Kasten zu kaufen. Er hat den Umfang der Renovierungsarbeiten einfach unterschätzt. Die Arbeiten im Nordflügel gehen überhaupt nicht voran. Die Handwerker, die ihm längst Termine zugesagt haben, verschieben diese immer wieder. Schon auf dem Festland sind keine Handwerker zu bekommen, auf den Inseln noch weniger, und auf einer Hallig sieht es ganz schlecht aus. Wenn nicht bald zusätzliche Zimmer zur Verfügung stehen, schreibt das Hotel weiter rote Zahlen. Die Reiseveranstalter, mit denen er im Gespräch war, haben schon gleich abgesagt. Der penible Reiseleiter von »Nordsee-Travel« hatte für den morbiden Charme des Gebäudes wenig übrig. Die drei Mäuse, die es sich im Keller neben dem Heizungskessel gemütlich gemacht hatten, gaben ihm den Rest.

Aber im Augenblick will Meyer sein Vorhaben noch nicht aufgeben. Er hat sich vorgenommen, hier endlich seinen Zyklus großformatiger Meerbilder zu vollenden. Es ist seine letzte Chance. Er fühlt sich immer noch vital. Allzu viele Jahre bleiben ihm allerdings nicht, um endlich seine Bilder zu malen, die er immer malen wollte. Das Hotel soll ihm eine Existenzgrundlage für seine künstlerische Arbeit schaffen. Durch die Malerei möchte er sich endlich von einem alten Trauma befreien.

Meinhard Meyer verbindet grauenhafte Erinnerungen an seine Zeit als Leiter des Kinderheims. Seit damals wird er von Visionen verfolgt. Vor vierzig Jahren hatte sein kleiner Sohn Michi seine älteren Zwillingsschwestern Ellen und Judith umgebracht, mit einem großen Küchenmesser bestialisch erstochen. Es kam wie aus heiterem Himmel. Michi war ein seltsames Kind. Er sah so ganz anders aus als all die anderen Kinder. Er war unzugänglich, er hatte sich sonderbar benommen und war von den anderen Kindern im Heim immer gehänselt worden. Im Gegensatz zu seiner Frau hatte Meinhard das nie wirklich ernst genommen.

Manchmal hatte er ihn wütend gemacht. Einmal hatte er ihn geschlagen, heftig geschlagen, nachdem Michi mit seinen Händen auf einem Bild, das er gerade in Arbeit hatte, herumgewischt hatte. Das Bild war verschmiert, und der Junge hatte die ganze frische Ölfarbe an seinen Händen. Eine rote Wolke der Wut war in Meinhard aufgestiegen und hatte seinen Verstand ausgeschaltet. Michi hatte angeblich laut geschrien, aber durch den roten Nebel hatte er nichts gehört. Das Knacken des kindlichen Wangenknochens hatte Meinhard einfach nicht wahrgenommen. Es war schrecklich. Doch das alles konnte nie und nimmer ein Grund sein, seine Schwestern so grausam hinzurichten. Meinhard war damals zunächst vollkommen fassungslos, innerlich erstarrt.

Der kleine Michi war sofort in eine psychiatrische Klinik eingeliefert worden, wo er seine ganze Kindheit verbrachte. Die wenig optimistische Prognose des behandelnden Psychiaters Doktor Lohmis bestätigte sich. Nach einem gelungenen Ausbruch als Jugendlicher hatte Michi Meyer bei Tönning nachts am Deich Zwillingsschwestern in seinem Alter überfallen und mit einem aus einer Fischbude gestohlenen Küchenmesser grausam erstochen. Als er kurz nach der Tat mit einem Boot zur Hallig Westeroog übersetzen wollte, konnte Michi gefasst werden. Seitdem sitzt er in der geschlossenen Abteilung einer Psychiatrie bei Husum. Er gilt als nicht therapierbar, spricht praktisch kein Wort und hat in der Werkstatt wie besessen hunderte von Masken hergestellt. Es waren für Meinhard Meyer nicht die einzigen Schicksalsschläge. Nach dem Tod der Zwillinge hatte ihre Mutter, Meinhards Ehefrau, einen schweren Nervenzusammenbruch und wenig später in der Nordsee vor der Hallig Selbstmord begangen. Sie war bei Flut in einer Mondnacht einfach ins Wasser gegangen. Ihr Leichnam wurde nie gefunden.

Meinhard ist nie über den Tod seiner Frau und der beiden Töchter und die Taten seines Sohnes hinweggekommen. Er hatte danach eine Weile wie besessen gemalt, wüste, unverkäufliche Schinken von tosender See. Bis heute wird er von unheimlichen Visionen heimgesucht. In dem alten Badezimmer neben seinem Atelier erscheint ihm seine Frau. In jungen Jahren steht sie nackt in der altmodischen freistehenden Badewanne und duscht. Er betritt den Raum, er geht auf sie zu, sie umarmen und küssen sich. Während sie sich leidenschaftlich küssen, wandelt sich ihre Hautfarbe. Das Gesicht wird fahl, ihre Lippen werden blau. Sie sieht wie eine Ertrunkene aus. Während er sie in den Armen hält, verwandelt sie sich nach und nach in eine Tote, und schließlich zerfällt sie in seinen Händen. Und auf dem Tierfriedhof und in dem früheren Zimmer der beiden Mädchen, dem unheilvollen Zimmer zweihundertsiebenunddreißig, kommen ihm immer wieder die Zwillinge Ellen und Judith blutüberströmt mit zerstochenen Oberkörpern und mit aufgerissenen Augen in den bleichen Gesichtern entgegen. Sie tragen die hübschen hellblauen Sommerkleidchen von damals. Aber sie sind nicht mehr die netten niedlichen Mädchen. Ihr Blick aus den fahlen Gesichtern ist wütend. Sie haben beide große Messer in den Händen, mit denen sie ihm drohen. Sie sehen aus wie seine Mädchen, aber sie sind böse.

Eine ganze Weile hatten die Bilder Meinhard Meyer in Ruhe gelassen. Aber jetzt hat er einen Anruf von Doktor Lohmis erhalten. Der Psychiater, der eigentlich seit Jahren im Ruhestand ist, hat von den ehemaligen Kollegen die Nachricht erhalten, dass sein langjähriger Dauerpatient Michi Meyer vor zwei Tagen aus der geschlossenen Abteilung der Klinik ausgebrochen ist.

»Wahrscheinlich ist er auf dem Weg zur Hallig …«, vermutet Doktor Lohmis, »… auf der Suche nach neuen Opfern. Er weiß vermutlich nicht, dass es gar kein Kinderheim mehr gibt.«

Meinhard versucht sich selbst zu beruhigen. Glücklicherweise gibt es hier auf der Hallig Westeroog zurzeit ja tatsächlich keine Kinder mehr, keine Jugendlichen und vor allem keine Zwillinge. Bevor er sich verrückt macht, muss er sich jetzt erst mal um die defekte Heizung kümmern. Oder kann das nicht seine neue Praktikantin machen? Tadje. Schließlich hat er ihr gezeigt, was bei den üblichen kleinen Störungen zu tun ist.

17

Eigentlich will Nicole Feierabend machen. Heute Nachmittag steht der Yogakurs bei Lara Brodersen auf dem ehemaligen Heuboden des Biohofs auf dem Programm. Die Damen stehen alle schon im Gym-Outfit mit Yogamatte unterm Arm bereit. Normalerweise ist Lara schon vorher voll auf die Yoga-Übungen fokussiert und begrüßt die Teilnehmerinnen mit angedeuteter Verbeugung und einem tief gefühlten »Namasté«. Doch heute hat Lara offenbar ihre Mitte vollkommen verloren. Sie hüpft und stolpert, statt in ihrer safranfarbenen Yogahose aus Biobaumwolle noch im obligatorischen weißen Gewand, mit zerrupften Haaren durch die Tenne.

»Es ist etwas Unglaubliches geschehen«, stammelt sie und sieht Nicole dabei mit großen Augen an. »›Störtebekers Journey‹, einfach davon!«

Nicole sieht sie fragend an. »Störtebekers …?«

»Ein ganzer Karton … Ich kann es einfach nicht glauben.«

»›Störtebeker‹ ist eines der Duftöle.« Eine der Yoga-Frauen deutet zu dem Holzregal.

»Was ist damit passiert?«, will Nicole wissen. »Ist bei dir eingebrochen worden? Oder hat das jemand einfach mitgehen lassen?«

Aus Lara ist kaum ein Wort herauszubekommen. Für

abhandengekommene Duftöle fühlt sich die Leiterin der neuen Mordkommission Husum eigentlich nicht zuständig. Deshalb informiert sie Thies, und der ist auch sofort zur Stelle. »De Hidde Kist« ist ja praktisch schräg gegenüber.

»Wo sind die Duftöle denn hin?«, nimmt der frischgebackene Polizeihauptmeister gleich die Befragung auf.

Lara blickt entgeistert auf das leere Regal. »Störtebeker ist ...«, sie weiß gar nicht, was sie sagen soll.

»... is auf Reisen gegangen, oder wie seh ich dat?« Thies strubbelt sich ein paarmal durch die Haare, damit der »Out-of-Bed«-Look wieder richtig sitzt. Die Yoga-Damen in Sportklamotten stehen um ihn herum und begutachten die neue Frisur, die sie mehr interessiert als die verschwundenen Duftöle. Der Polizeihauptmeister schließt die Augen, um den Tatort auf sich wirken zu lassen und den Schatten des Täters zu spüren. Nicole wirft ihm einen skeptischen Blick zu.

»Thies, du hast dich verändert.« Lara sieht ihm statt auf die Strubbelfrisur tief in die Augen.

»Das macht seine Beförderung«, grient Nicole. Zwei der Yoga-Frauen grienen mit.

»Du hast auf einmal eine ganz tolle Aura«, meint Lara festzustellen. »Und du kannst auf einmal loslassen. Willst du nicht auch mal beim Yoga mitmachen ... oder besser noch ... beim Trancetanzen.«

Thies bekommt augenblicklich seinen Kuhblick. »Na ja, mal sehen.« Er wühlt noch einmal gründlich seine Frisur durch.

»Meinst du, dass hier jemand eingebrochen ist?« Nicole

hat die Hoffnung, die Frage nach den Duftölen schnell zu klären und dann doch noch beim Yoga ein bisschen zum »Loslassen und Verbinden« zu kommen. »Ist dir etwas aufgefallen?«

»Da waren diese Leute in der Tenne …« Die Biobäuerin und Duftölmischerin blickt an allen vorbei in eine imaginäre Ferne, als wären die Einbrecher von einem anderen Stern gekommen. »Der Laden hatte längst nicht mehr geöffnet. Es war mitten in der Nacht. Ich hatte schon geschlafen …«

»Wie viele waren es denn?«, will Thies wissen.

Lara sieht ihn zunächst an, als sei dies eine ganz und gar unmögliche Frage. »Vier … oder fünf«, haucht sie. »Und dann war da noch ein blondes Mädchen dabei.«

»Hast du jemanden erkannt?«, fragt Thies weiter.

»Nein, es waren alles Fremde für mich.« Aus Laras Mund klingt es, als wären es tatsächlich Außerirdische gewesen. Die Damen des Yoga-Kurses stehen äußerst interessiert um sie herum.

»Würdest du jemanden von ihnen wiedererkennen?« Nicole wird ungeduldig.

»Oh, nein! Sie waren da, und dann stürmten sie auch schon wieder aus der Halle hinaus.«

»… mit dem Karton ›Störtebekers Duftöl‹«, fasst Thies den Stand der Ermittlungen knapp zusammen. »Und sonst haben sie nichts mitgehen lassen?« Er sieht sich in dem Raum um. Dabei bleibt sein Blick an dem alten Tresor hängen. »Und wat is mit dem Geldschrank?«

»Der Tresor?« Lara überlegt und sieht dem Polizisten dann tief in die Augen. »Thies, du hast recht. Du kannst es sehen, und ich sehe es jetzt auch wieder, vor dem Tresor kniete jemand.«

»… aber er hat dat Ding ganz offensichtlich nich aufgekriegt.« Der Polizeihauptmeister und die Kommissarin kauern jetzt vor dem antiquarischen Geldschrank, um ihn zu untersuchen.

»Der ist seit vielen Jahren nicht mehr geöffnet worden.«

»Aber du hast noch 'n Schlüssel, oder?«

Lara überlegt. »Irgendwo müsste ein Schlüssel sein.«

Währenddessen ist Thies schon dabei, das Schloss zu untersuchen. »Hier is irgendwat drin. Lara, hast du eventuell 'ne Taschenlampe?« Er versucht, mit spitzen Fingern ein Metallstück aus dem Inneren des Schlosses herauszuziehen. »Wahrscheinlich 'n abgebrochener Schlüssel oder 'n Dietrich oder so …«

18

Bisher hat sich Tadje möglichst um den gruseligen Heizungskeller herumgedrückt. Die kalte ungemütliche Küche mit den in der Zinkwanne kratzenden Krustentieren reicht ihr eigentlich. Doch Herr Meyer hat auch noch andere Aufgaben für sie vorgesehen. Sie soll sich nicht nur um Frühstück und Abendessen der Gäste kümmern, sondern ab und zu auch nach der altertümlichen Heizungsanlage im Keller sehen. Gerade eben hat er sie ausdrücklich noch einmal in den Keller geschickt, um den Störknopf der Heizung zu drücken.

Vorgestern musste sie schon einmal in den Keller hinunter, um die Fallen mit den gefangenen Mäusen zu entsorgen. Auf unserem Tierfriedhof, hatte Meyer gesagt. Tadje hat jetzt noch ganz weiche Knie, wenn sie nur an die drei in den Fallen festgeklemmten Mäuse denkt. Besonders das Bild der kleinen Maus kriegt sie nicht mehr aus dem Kopf, die sie aus großen runden Knopfaugen erstaunt ansah, der Blick in dem Moment erstarrt, als ihr der ausgelöste Metallbügel das Genick gebrochen hatte. Der Maus in der Falle daneben fehlte ein Bein. Neben dem verletzten winzigen Körper klebte angetrocknetes Blut auf dem kleinen Holzbrettchen. Und der Körper der dritten Maus, der mit dem weißen Fleck auf der Brust, war durch den Bügel der Falle zweigeteilt worden. Mit Gummihandschuhen,

Handfeger und Kehrschaufel ausgerüstet, hatte sie die Mäuse auf dem unheimlichen Tierfriedhof auf der kleinen Warft hinter der Kirche vergraben, neben der toten Katze, die dort schon seit Ewigkeiten liegen soll, den toten Seehunden, Fischgerippen und diversen Krustentieren, die der Hotelier dort immer wieder entsorgt hat. Ihr graust vor diesem Tierfriedhof. Sie hatte sich vorgestellt, wie die toten Tiere unter der Erde aussehen: verwest, zerfressen und mit zerrupften Fellresten. Der Geruch von Fäulnis und Zerfall hatte bei ihr Übelkeit ausgelöst, und sie bekommt diesen Mief gar nicht wieder aus der Nase.

Sie wirft einen bangen Blick hinter den großen angerosteten Heizkessel und ist erleichtert. In den Fallen klemmt keine einzige Maus. Zwischen einem nicht geleerten Eimer mit Dreck und einer alten Schaufel stehen die drei Mausefallen mit gespannten Bügeln und einem unberührten Speckstückchen auf der dafür vorgesehenen Holzzunge da. Um tote Mäuse muss sie sich im Augenblick nicht kümmern.

Jetzt will sie sich erst mal mit der Heizung beschäftigen. Sie steht etwas ratlos vor den beiden riesigen Kesseln, die den ganzen Heizungsraum einnehmen. Sie versucht sich zu erinnern, was Meyer ihr erklärt hat. Sie geht um den großen Kessel herum. Daneben hängt der vorsintflutliche, wenig vertrauenerweckende Schalterkasten mit einer rot leuchtenden Lampe, einem Drehschalter und zwei farbigen Knöpfen, die man bei einer Störung in einer bestimmten Reihenfolge betätigen muss. Tadje hat keinen blassen Schimmer, in welcher.

»Die Zündflamme ist durch einen Sensor mit der Sicherungsvorrichtung gekoppelt.« Sie hat die tiefe Stimme von

Meinhard Meyer deutlich im Ohr. »Wenn die Temperatur unter einen bestimmten Punkt sinkt, setzt die Zündung ein.« Im Augenblick kann ihr das nicht viel weiterhelfen. Sie drückt die rote und die schwarze Taste und dreht an dem Schalter. Nichts rührt sich. »Herr Meyer, mit Heizungen kenne ich mich auch nich so aus«, hatte Tadje kleinlaut bemerkt. Aber den Hotelier hatte das überhaupt nicht interessiert.

Vorsichtig öffnet sie eine Luke im Heizkessel. Es macht nicht den Eindruck, dass der Kessel brennt. Der Zeiger auf dem Druckmesser steht unter eins. Das heißt, es ist vielleicht nicht genug Druck auf dem Kessel. Tadje hat keine Ahnung, was jetzt zu tun ist. Und dann meint sie ein Quieken und ein Miauen zu hören. Was war das? Der dicke fette Kater ist tot. Oder gibt es noch eine andere Katze hier? Und dann hört sie es noch mal deutlicher, ein Quieken und Fauchen.

»Alle großen Hotels haben ihre Leichen im Keller«, hatte ihr der Ausbilder in der Berufsschule für Tourismus mit einem verschwörerischen Grinsen zugeflüstert. »Und jedes Hotel hat sein Gespenst.« Tadje hat natürlich auch schon von diesen unheimlichen Geschichten gehört, die vor langer Zeit in dem Kinderheim auf der Hallig passiert sein sollen, von dem grauenhaften Mädchenmord und dem wahnsinnigen Michi Meyer, von dem Tierfriedhof und den Piratengräbern. Ihre Mutter kannte das Kinderheim von früher, und deren Freundin Marret hatte hier als Kind damals sogar einmal ihre Ferien verbracht. Und dann haben Herr Meyer und auch einige der Hellseherinnen hinter vorgehaltener Hand so seltsame Andeutungen gemacht, dass auf diesem unheimlichen Tierfriedhof nicht nur ertrunkene Katzen und entsorgte Krustentiere begraben sind, sondern auch Meyers grausam ermordete Töchter. Was hat es mit diesen monströsen Zwillingen auf sich? Tadje mag gar nicht daran denken. Ein Schauder durchfährt sie.

Dann fällt ihr auch wieder die seltsame Warnung des Hoteliers gleich an ihrem ersten Tag ein. »Sei vorsichtig!«, hatte Meinhard Meyer sie ermahnt. »Betritt auf keinen Fall das Zimmer mit der Nummer zweihundertsiebenunddreißig!« Was ist das für ein Raum? Wird er nicht als Hotelzimmer vermietet? Muss er nur einfach noch renoviert werden? Oder verbirgt sich hinter der Tür mit der verkratzten Zimmernummer ein Geheimnis? Und was hat Meyers seltsame Bemerkung zu bedeuten, dass es glücklicherweise keine Kinder mehr gibt, keine fröhlich lachenden Mädchen und vor allem keine Zwillinge? Dass sie selbst eine Zwillingsschwester hat, hat sie daraufhin lieber gar nicht erzählt. Tadje wird dieses ganze Hallig-Hotel immer unheimlicher.

Sie starrt sinnierend auf den Zeiger des Druckmessers, als sie hochschreckt. Direkt vor ihr, zwischen dem Heizungskessel und ihren Füßen, huschen zwei Mäuse fiepend über den staubigen Betonboden. Sie bekommt einen Riesenschreck, denn es sind nicht irgendwelche Mäuse. Das eine Tier hat eine weiße Zeichnung auf der Brust und eine gewaltige Kerbe mitten durch den Körper, als würde der Bauch durch einen zu engen Gürtel abgeschnürt werden. Der Kopf der zweiten Maus hängt mit gebrochenem Genick schief zur Seite. Und die dritte Maus schleppt sich auf drei Beinen in erstaunlichem Tempo über Tadjes Fuß.

Tadje möchte am liebsten laut aufschreien. Doch dazu kommt sie gar nicht. Denn hinter einem Stapel alter Gartenstühle springt fauchend eine Katze hervor und saust hinter den Mäusen her. Es ist ein dicker fetter Kater mit stechenden hellblauen Augen, einer platten Schnauze und einem ungepflegten Fell mit langen, nass aussehenden, schmutzig weißen Haaren. Er faucht erst die Mäuse, die sich unter einem überstehenden Rand des Heizungskessels verkrochen haben, und dann Tadje an. Er sieht exakt so aus wie der Kater, den Meinhard Meyer beschrieben hat und der angeblich seit Monaten oder Jahren auf dem Tierfriedhof zwischen Hotel und Kapelle begraben ist. Das Tier riecht nach schlammigem Watt, und es sieht böse aus.

19

»Hast du ein neues Eau de Toilette oder Rasierwasser?«, wundert sich Alexandra, als Eddie mit frischgekämmten Haarstacheln an ihr vorbei in den Salon rauscht. Dabei sieht es eigentlich nicht so aus, als ob sich Eddie mit seinen fusseligen Barthärchen regelmäßig rasieren müsste. Irgendwie kommt Alexandra der Duft bekannt vor. Aber sie kommt einfach nicht darauf, woher, sosehr sie ihrem Mitarbeiter auch hinterherschnüffelt. Es duftet frisch nach Meer, nach einer weiten Schiffspartie über die Nordsee. Der Duft passt so gar nicht zu Eddies Grunge-Punk-Look.

Der Terminkalender des Haarkünstlers platzt mal wieder aus allen Nähten. Für einen der heißbegehrten Termine müssen die Damen mittlerweile Wochen warten. »Eddie, die Schere« ist der Star im »Salon Alexandra«. Aber neuerdings mehren sich die kritischen Stimmen. Oma Ahlbeck hatte den jungen Mann in den kunstvoll abgerissenen schwarzen Klamotten ja gleich unter Wind. Und als er kürzlich bei Frau Bandixen für die grippekranke Janine eingesprungen war, hat er der Stammkundin die Nackenhaare versäbelt und sich in der Farbe vergriffen. Seitdem schimmert die Dauerwelle der Seniorin leicht grünlich. Dabei hatte die Kundin ihn noch gewarnt. »Schneid mir mit deinen beiden Scheren bloß nich in die Bluse. Von mir aus reicht eine Schere.«

Eddie wirkt seit einigen Tagen etwas nervös. Und dann hat heute eine von Eddies Kundinnen, die aus dem fernen Tönning anreisen wollte, überraschend abgesagt. Zum Farbtubensortieren ist sich der Herr zu fein. Deshalb muss Eddie den Kunden übernehmen, der unangemeldet den Salon betritt. Er wirft einen abschätzigen Blick auf die fettigen, ungepflegten Haare des Mannes.

»Frisurenkunst der Siebziger?« Eddie hat schon wieder seinen hämischen Blick aufgesetzt.

Als der Fremde den Jungfriseur durch seine Brille mit dem Kassengestell und den dicken Gläsern näher mustert, hat der spontane Kunde plötzlich einen Schrecken im Gesicht und will sofort wieder auf dem Absatz kehrtmachen. Aber Alexandra lässt ihm keine Chance. Sie platziert ihn gleich auf einem der Friseurstühle und pfeift Eddie wieder heran. Die ungepflegte Erscheinung des Mannes wirkt wie ein Fremdkörper im »Salon Alexandra«. Eddies neuer Parfümduft mischt sich mit den weniger angenehmen Gerüchen von saurem Hering, die der neue Kunde mitgebracht hat. Dem Herrn einen halbwegs hippen Haarschnitt zu verpassen, ist für Eddie eine echte Herausforderung.

»Neu hier?«, fragt Oma Ahlbeck, die heute gar keinen Termin hat, sondern nur auf einen kleinen Schnack im Salon vorbeischaut.

»Interessante Fotos da im Schaufenster«, brummt der Mann, ohne auf Frau Ahlbecks Frage einzugehen.

»Na ja, das sind Frisurenfotos.« Alexandra ist verwundert. Eddie zuckt abschätzig mit den Schultern.

»Diese Frisur mit den schönen roten Haaren is hier dat Markenzeichen, oder? Is doch auch immer in dieser

Annonce im ›Nordfriesland Boten‹. Hab ich recht?« Der Mann will sich offenbar unterhalten. Er kommt zwar nicht aus Fredenbüll, aber eindeutig aus Norddeutschland.

»Markenzeichen?« Eddie verdreht die Augen. »Alexandra, du solltest auch bei den Anzeigen mal an eine Auffrischung denken.«

»Dat is doch die Frisur von Marret«, schreit Frau Bandixen aus der Ecke mit den Wartestühlen in den Raum hinein. Der Typ, dem Eddie grade einen Friseurumhang umbindet, dreht sich interessiert um.

»Dat is ja sozusagen dat Markenzeichen von Marret«, bestätigt Oma Ahlbeck in der gleichen Saallautstärke. »Dat is doch 'n Foto von ihr?«

»Ja, nee, das ist von der Kosmetikfirma«, stellt Alexandra richtig. »Aber es stimmt, sieht genau aus wie Marrets Frisur.«

»Sie is doch gerade auf Hallig Westeroog.« Oma Ahlbeck überlegt. »Wat will sie da eigentlich?«

»Sie is ja wohl da, weil dat bei ihr zu Hause so hellhörig ist«, schreit Frau Bandixen.

»Das kann bei Ihnen nich passieren, oder?« Sandra grinst breit.

Eddie ist derweil etwas ratlos, welchen Schnitt er dem seltsamen neuen Kunden verpassen soll. »Wie soll ich Ihre Haare scheiden?«

»Normal«, brummt der Fremde.

»Normal?« Das ist für den extravaganten Coiffeur eigentlich ein Reizwort. Aber diesmal fällt ihm keine ausgefallene Haarkreation ein.

»Einfach 'n büschen nachschneiden.«

97

Bei diesem Kunden kann sich Eddie tatsächlich auf eine Schere beschränken, denn viel zu schneiden gibt es nicht. Oder liegt der Pottschnitt aus den Neunzehnhundertsiebzigerjahren neuerdings im Trend?

Alexandra mustert den seltsamen Mann kritisch. »Sie sind nicht von hier, oder?«

»Bin grade mal vorbeigekommen«, knurrt er.

»Bei Alexandra sind Sie in den besten Händen«, schreit Frau Bandixen.

»Er is doch gar nich bei Alexandra«, geht Frau Ahlbeck dazwischen. »Er is doch bei ihm hier …« Sie deutet zu den beiden im Friseurstuhl.

Eddie schneidet ungewöhnlich zaghaft. Der Typ beobachtet jede Bewegung des Friseurs. Er sieht ihn prüfend an. »Sagen Sie, kennen wir uns nicht?«

»Selbstverständlich kennen wir uns.« Eddie sieht ihn aus seinen schwarz geschminkten Augen durchdringend an und lässt seine Schere etwas lauter klappern.

Der Typ wirkt fast erschrocken. »Woher kennen wir uns?« Es klingt mehr wie eine Feststellung, so als würde er den Friseur auch kennen.

»Ich kenne meine Kunden.« Eddy grinst ihn herausfordernd an und schneidet mit der Schere durch die Luft. »Ich sehe bei jedem auf den ersten Blick, was für ein Typ er ist … was für ein Frisurentyp.«

Der Fremde sieht erst den Friseur irritiert an, dann starrt er irritiert auf sein Spiegelbild. Auf den Schultern liegen ein paar abgeschnittene Haare. Der weiß wohl selbst nicht so recht, was für ein Typ er ist, vermutet Alexandra, als sie zu den beiden Männern herübersieht.

20

Der Schimmelreiter blättert konzentriert in dem Heft mit
den Teppichmustern. »In allen Dingen hängt der Erfolg
von den Vorbereitungen ab«, zitiert er Konfuzius.

»Is richtig«, brummt sein Kollege Holger und trägt Farbeimer, Pinsel, Rollen und Leitern vom Lieferwagen ins
Bausparerhäuschen von Hauke Schröder und seiner verstorbenen Tante Telse.

Thies hat seinen Imbisskumpanen ermuntert, die seit
Längerem geplante Renovierung des Hauses trotz des
Todes seiner Tante durchzuziehen. »Das is dat Beste, um
darüber wegzukommen«, versichert er ihm. Der Fredenbüller Polizeihauptmeister ist noch einmal schnell vorbeigekommen. Er will sich vergewissern, dass er nichts
übersehen hat, ehe letzte mögliche Spuren durch die Renovierung beseitigt werden. Ein paar Fingerabdrücke hatten sie bereits genommen. Aber die waren alle Hauke und
seiner Tante Telse zuzuordnen.

»Is doch dein Haus jetzt, oder?« Thies sieht ihn fragend
an, während Holger eine Aluleiter an den beiden vorbei-
trägt, aber interessiert zuhört.

»Ja, hat sie mir zumindest immer gesagt. Muss noch
zum Notar oder Gericht, weiß auch nicht. Aber wer soll
dat auch sonst erben? Ist ja keiner da ... außer meiner
Mutter und ihrem Bruder. Aber Henry ist ja auch grad

verstorben. Hätten sich Henry und Telse auch nicht träumen lassen. Alle beide, innerhalb von ein paar Tagen. Irgendwie tragisch so wat.«

»Bei Telse war dat eindeutig Mord«, stellt Thies fest. »Aber ihr Bruder is doch eines natürlichen Todes gestorben? Oder?«

»Ja, ja, soviel ich weiß, schon.«

»Oder etwa nich?« Thies macht sich gleich Hoffnungen auf einen Doppelmord.

Aber da ist Hauke schon wieder in seine Teppichmuster vertieft. Er zeigt Thies und Holger die Probe.

»Oha.« Angesichts der knalligen Farben und des halb indianischen, halb orientalischen Musters mit Zacken und Rhomben schwirrt Thies der Kopf. »Wilde Mischung.«

»Aber dank der wiederkehrenden Rot-, Blau-, Grün- und Gelbnuancen interessanter Mix. Läuft unter dem Label ›Full Colour‹. Dazu knallig grün gestrichene Wände, dat bringt den spannenden Twist.« Der Schimmelreiter hat die Broschüren der Anbieter sorgfältig durchgearbeitet und das neue ABC der Raumausstattung voll drauf.

Thies ist sichtlich beeindruckt. Inzwischen hält er das Musterheft in den Fingern. »Wie heißt der Teppich? ›Psycho‹?« Der Polizeihauptmeister sieht Hauke und Holger an. »Jo, passt. Bountys Kekse brauchste dann nich mehr.«

»Dat is der neuste Trend in der Raumausstattung. Da is noch einer, der geht in dieselbe Richtung ...« Hauke greift einmal zielsicher in das Musterheft und hat ein auffälliges Dekor mit roten, braunen und orangenen Sechsecken zwischen den Fingern. »Dat heißt ...«, er sieht auf die Rückseite des Teppichstücks, »... ›Shining‹. Ja, weiß auch nich, was dat heißen soll. Aber geil, oder? Der soll's wohl werden.«

»Sieht gut aus«, findet auch Thies.

»Aber den Teppich muss ich bestellen, der hat längere Lieferzeit und Mindestabnahme von zehn Metern. Aber aus dem Rest mach ich mir 'n paar Fußmatten für den Mustang.«

»Ja, macht was her«, meint Thies, während er weiter in den Mustern blättert. »Heike will ja schon länger mal wieder 'nen neuen Teppichboden.« Er blättert weiter. »Und sind ja 'n paar ganz interessante dabei. Heike ist allerdings mehr so für die dezenten Töne, so 'n büschen eleganter ...« Jetzt hält Thies ein dick auftragendes Teppichstück in zartem Mauve zwischen den Fingern.

»Ja, diese sanften Farbtöne werden auch immer gern genommen. Aber dat is nich ganz der Originalton. Der is original nich ganz so blass, sondern bunter, also kräftiger in der Farbe.«

Thies sieht ihn fragend an.

»Na ja, ich hatte die Musterhefte doch hinten im Kofferraum liegen. Also, du darfst nich vergessen, dat Heft hat drei Tage im Watt gelegen.«

Während Thies sich einmal kräftig durch seinen »Out-of-Bed«-Look strubbelt, steht Raumausstatter Holger daneben, guckt und sagt keinen Ton.

Irgendwie ein seltsamer Typ, findet Thies. Die blasse Haut, wie weiße Wandfarbe, und dann die Haare. Es sieht aus, als habe er eine verfilzte Perücke auf dem Kopf. Am liebsten würde er Holger mal in den »Salon Alexandra« schicken. Und dann wundert sich Thies auch über den blauen Overall mit den weißen Farbspritzern. »Maler haben doch normalerweise einen weißen Anzug, oder?«

Holger reagiert überhaupt nicht. »Er hatte wohl schon immer den Blaumann«, antwortet Hauke für ihn. »Wa, Holger?«

Während Hauke und Holger ihre Malersachen sortieren, hört Thies an der Haustür Geräusche. »Kommt noch 'n Dritter zum Malen?«

»Dat ist der Briefkasten«, erkennt der Schimmelreiter am Klappern. »Post oder wahrscheinlich Reklame.«

Beim Blick aus dem Fenster sieht er den Lieferwagen mit dem blauen Schriftzug »Henrys Heringshappen« wegfahren. »Wat macht er denn hier schon wieder? Wer is dat überhaupt?«

»Dat müsste Freddy sein«, vermutet Hauke. »Henrys Sohn, dat heißt, nich sein richtiger Sohn, den haben die Krügers damals adoptiert. Komischer Typ.« Hauke sieht jetzt doch gleich mal zum Briefkasten. Er holt eine Traueranzeige von Telses Bruder Henry heraus.

21

Der Sturm rüttelt an der Eingangstür der »Hidden Kist«. Die Stimmung ist gedrückt. Thies kommt mit den Ermittlungen mal wieder nicht weiter. Stattdessen ist ihm jetzt zum zweiten Mal diese Vermisstenmeldung auf den Schreibtisch geflattert. Gesucht wird ein Michael Meyer, der aus der Psychiatrie ausgebrochen ist. »… trägt einen blauen Overall und ist möglicherweise bewaffnet.« Aber dafür hat Thies jetzt wirklich keine Zeit. Er hat einen Mordfall zu lösen.

Auch Piet Paulsen, Klaas und Bounty sitzen heute Nachmittag reichlich bedröppelt an Stehtisch Zwei. Der HSV hat zu Hause mal wieder verloren.

»Und dat bei siebzig Prozent Ballbesitz.« Klaas ist richtig angefressen. »Machen einfach dat Tor nich. Dat war mehr als unglücklich.«

»Hat Alexa auch gleich gesagt.« Piet bestellt sich als Trostpflaster ein kleines Pils.

»Wat hat sie gesagt?« Antje staunt.

»Ja, wat hat sie gesagt?« Paulsen überlegt. »*Piet, ich habe eine traurige Nachricht für dich, der HSV hat verloren. Es war unglücklich.* Sie ist da ja immer ganz einfühlsam.«

Nicole muss grienen und Antje schüttelt den Kopf. »Piet, immer dran denken, dat is 'n Automat.«

»Die Kiste schleimt sich bei dir ein und spioniert dich dabei aus.« Bounty macht sich ernsthafte Sorgen.

»Ach wat, sie fragt mich doch nur, ob ich meine Pillen genommen hab und ob Hrubesch und Magath wat zu futtern bekommen haben.«

»Und wat is mit deinem Essen?« Klaas sieht seinen Freund herausfordernd an. »Hirsetaler? Und wie war dat? ›Mit Alexa zur Traumfigur‹.«

Nicole wirft einen skeptischen Blick auf das Bäuchlein des ehemaligen Landmaschinenvertreters. Bounty, Klaas und Thies müssen grinsen.

»So wat wie Putenschaschlik ›Hawaii‹ kennt sie doch gar nicht.« Antje fürchtet vor allem, auf ihren Vorräten an Putenschnitzel sitzen zu bleiben.

»Ja, nee, vieles kennt sie nich, woher auch. Aber sie is lernfähig!« Ganz einig ist sich Piet mit Alexa häufig ja nicht, aber gegenüber seinen Imbissfreunden verteidigt er sie jetzt doch. »Als ich vor ’n paar Tagen in ›De Hidde Kist‹ wollte, hat sie auch erst mal behauptet: *Piet, ich habe dich leider nicht verstanden, die Begriffe ›De‹, ›Hidde‹ und ›Kist‹ sind mir nicht bekannt.*« Paulsen gibt sich alle Mühe, die Stimme der runden Box zu imitieren. »Ich hab nur gesagt, ›De Hidde Kist‹ kennt hier in Fredenbüll eigentlich jeder. Inzwischen is ihr dat auch klar.«

»Piet, du darfst dir nichts vormachen. Sie horcht dich aus und sie manipuliert dich.« Bounty klingt ungewöhnlich ernst.

»Die hat dich umgepolt, die hat dich doch schon ganz verrückt gemacht«, sagt Antje voller Überzeugung.

»Ach wat, im Gegenteil. Neulich Abend fragt sie mich

doch, *soll ich dir beruhigendes Meeresrauschen zum Einschlafen vorspielen. Ich hab gesagt, lass mal, da muss ich nur dat Fenster aufmachen.* Aber ihr werdet lachen, ich war tatsächlich sofort weg. Ich kam morgens gar nich wieder aus 'm Bett raus.«

»Ihr seid ja wohl das neue Traumpaar hier in Fredenbüll.« Nicole bekommt von Antje einen Croque »Störtebeker« serviert.

»Nicole, wat is eigentlich mit der toten Telse?« Antje hat von Alexa genug und wechselt das Thema. »Gibt's da schon was Neues?«

»Der Schimmelreiter hat dat momentan auch nich so leicht.« Klaas macht ein trauriges Gesicht. »Die Tante ermordet, und sein Onkel in Büsum is ja wohl auch grad gestorben.«

»Auch Mord?«, will Antje gleich wissen.

»Nee, glücklicherweise nicht.« Die Kommissarin winkt ab und beißt in ihren Croque.

»Man kann nie wissen.« Thies hat die Hoffnung auf einen weiteren Mordfall noch nicht aufgegeben. »Wat meint die Gerichtsmedizin in Kiel? Hat Carstensen eigentlich schon wat gesagt?« Er sieht Nicole fragend an und lässt sich von Antje den obligatorischen Coffee to go im Pfandbecher über den Glastresen reichen.

»Todesursächlich waren die Stichwunden am Hals, das wussten wir ja bereits«, referiert Nicole mit vollem Mund. »Carstensen hat mal wieder gründliche Arbeit geleistet und sich natürlich auch den Mageninhalt angesehen. Er hat größere Mengen Hering, Zwiebeln, Gewürzgurken und so weiter feststellen können.«

»Heringssalat«, folgert Thies messerscharf.

»Heringstopf ›Lukullus‹. Carstensen hat das scheinbar an der Kombination der Zutaten gesehen. Äpfel, Dill und so, ich weiß auch nich. Er lässt sich den wohl selbst immer aus Büsum kommen.«

»Lukullus? Is ja geil.« Bounty bleiben ein paar Kokosflocken im Hals stecken.

»Ich fürchte, Lukullus bringt uns auch nich viel weiter.« Thies hat stattdessen jetzt ein kleines Plastiktütchen mit dem aus Lara Brodersens Tresor geborgenen Metallstück aus der Tasche gezogen. Doch bevor sie sich dem neuen Beweisstück widmen können, klingelt das Handy des Polizeihauptmeisters.

Tadje ist dran und ist total aufgeregt. »Papa, das ist hier voll gruselig.«

»Gruselig? Dein Hotel-Praktikum?« Thies wundert sich.

»Dieser Hotelbesitzer is voll unheimlich, und dann sind da Frau Lammers-Lindemann und diese Verrückten-Truppe, die hier die ganze Zeit durchs Haus geistern. Die Elternvertreterin, die kennst du doch auch noch? Die machen irgendwie Hellsehen und Hellhören oder Hellfühlen, keine Ahnung.«

Nicht nur Thies, auch die anderen hören Tadjes aufgeregte Stimme aus dem laut gestellten Handy.

»Ich bleib erst mal beim Helltrinken«, krächzt Piet Paulsen dazwischen. »Antje machst mir 'n kleines Pils.«

»Hellfühlen? Interessant«, findet Thies, der intuitiven Ermittlungsmethoden neuerdings ja durchaus aufgeschlossen ist. Aber irgendwie macht er sich doch Sorgen um seine

Tochter. So kennt er sie gar nicht. Die gesamte Imbiss-belegschaft lauscht mit offenem Mund. Imbisshund Susi hat den Kopf schief gelegt. Der Sturm rüttelt während-dessen immer heftiger an der Glastür des kleinen Imbisses.

»Tadje, nu beruhig dich erst mal.«

»Beruhigen? Papa, du bist gut. Da sind außerdem diese toten Tiere vom Tierfriedhof, die hier auf einmal wieder lebendig durchs Haus laufen.«

»Tote Tiere?« Thies bekommt seinen Kuhblick. »Du hast doch wohl nichts von Bounty …« Er sieht den Alt-hippie prüfend an, aber der schüttelt gleich heftig mit dem Kopf.

»Tadje, ich ruf dich gleich zurück. Wir sind hier ge-rade …«

»Nee, mein Handy geht hier nich. Hier gibt es kein Netz. Ich telefoniere von so einem hundert Jahre alten Telefon aus, wie in so alten Fernsehserien.« Sie klingt ver-zweifelt. »Papa, kannst du nich kommen? Das is hier echt krass unheimlich.« Und dann ist die Verbindung zur Hal-lig Westeroog plötzlich unterbrochen.

Die Belegschaft in der »Hidden Kist« weiß erst mal gar nicht, was sie sagen soll. »Klingt irgendwie seltsam, deine Tochter«, meint Nicole dann zögernd.

»Ja, weiß auch nicht. Aber mit unserem Fall hat das nichts zu tun, oder?« Eigentlich will sich Thies mit den seltsamen Fantasien seiner Tochter nicht weiter beschäfti-gen. Er widmet sich wieder der Tüte mit dem Metallstück. »Dat haben wir aus dem Schloss von dem Geldschrank rausgefummelt. Normaler Dietrich is dat nich. Sieht ko-misch aus.«

Die kleine Tüte geht in dem Imbiss von Hand zu Hand. Alle zucken mit den Schultern. Dann hält Wirtin Antje das Tütchen in der Hand. »Kommt mir irgendwie bekannt vor.« Sie überlegt.

»Teil von der Grillzange is das aber nicht, oder?« Bounty grinst.

»Nee!« Jetzt ist bei der Imbisswirtin der Groschen gefallen. »Aber ein Teil aus 'm Friseursalon. Dat is 'n Stück von diesem gezackten Messer, mit dem die Haare so 'n büschen ausgedünnt werden.«

22

Ein heftiger Regenschauer trommelt auf die altersschwachen hohen Fenster der Bibliothek. Die Hellseherinnen und der einzige Hellseher Udo Schmelzer haben ihre Sitzung beendet. Am späten Abend sind auch noch der Weltumsegler mit dem Dreitagebart und seine junge Freundin zu der Runde in der Bibliothek gestoßen. Der Sailor fantasiert beim vierten Grog über die spektakulärsten Schiffspassagen auf den sieben Weltmeeren. Und nach zwei Drinks auf dessen Kosten sieht und hört Seminarleiterin Lammers-Lindemann so hell und klar in die Zukunft wie selten zuvor.

Auch Ilona und Marret nutzen die neugewonnenen hellseherischen Fähigkeiten bei der Bestellung eines neuen Drinks. »Marret, ich sehe ganz deutlich noch einen Cuba Libre auf uns zukommen.« Die beiden kichern, und Marret gibt Tadje ein Zeichen.

Die Stimmung ist recht munter. Nur die Flamme des Weltumseglers zieht eine Flappe. Auch Sabine kann Vascos Angebereien nicht mehr ertragen. »Halten Sie doch endlich mal die Klappe! Ihr Seemannsgarn interessiert doch keine Sau!«, platzt es aus ihr heraus, worauf der exaltierte Sailor und die Hellseherin richtiggehend aneinandergeraten. Udo Schmelzer und Rotschenkel Heidrun dagegen sind sich beim Nachmittagstee mit einem Schuss

Rum und der gemeinsamen Lektüre eines antiquarischen Buches über die Routen der Zugvögel nähergekommen und stecken bei einem späten Heringshappen-Imbiss vertraut die Köpfe zusammen. Tadje hat zu späterer Stunde saure Heringe in einer scharfen Soße auf Schwarzbrot serviert.

»Sauer macht lustig«, kichert Yvonne aus der Hellseher-Gruppe, die für diesen Abend den Ernst der Angelegenheit fast etwas vergessen hat. Der Segler wird im Laufe des Abends immer lauter, seine Freundin immer stiller. Schließlich bietet er Tadje an, ihr morgen beim Kochen der Krustentiere zu helfen.

»Das finde ich supernett.« Tadje ist tatsächlich erleichtert. »Das Ding is, die Krebse sehen echt gefährlich aus.« Sie hat sofort wieder das unangenehme Kratzen der Scheren in der Blechwanne in den Ohren. Auch die Hellseherinnen blicken besorgt.

»Im Atlantik haben wir die Krebse nur so aus dem Wasser gezogen. Direkt vom Boot aus.« Der Weltumsegler mit dem Dreitagebart zeigt tellerförmige Umrisse von der Größe einer Riesenpizza und erzählt mit tiefer Stimme Seemannsgarn vom Hummerfang und Scherenknacken mit dem Seglermesser auf hoher See. Seine junge Freundin verdreht die Augen, Sabine zeigt ihm einen Vogel. Tadje sieht das ganz anders, sie ist erleichtert, dass der Sailor ihr beim Krebskochen helfen will.

»Aber ich muss bei der Kochshow nicht unbedingt mit an Bord sein, oder?«, mault die Freundin, die kurz vorm Einschlafen ist.

»Hast du schon mal erlebt, wie eine Silbermöwe einem

Krebs zu Leibe rückt?«. Udo Schmelzer sieht Rotschenkel Heidrun erwartungsvoll an. »Ein echtes Spektakel!« Heidrun blickt ihn bewundernd an, und Udo erwidert deutlich verliebt ihren Blick.

Jetzt müssen auch Marret, Claudia und Ilona, die sich eben noch vor den Krebsen gefürchtet haben, kichern. Letztlich sind alle sehr gespannt auf das Krebsessen am Halloweenabend. Bei der Vorstellung, wie die Tiere ins heiße Wasser geworfen werden, bekommen sie gleich wieder eine Gänsehaut. Die gute Laune täuscht etwas. In Wahrheit sind nämlich alle angesichts der unheimlichen Atmosphäre etwas hysterisch überdreht.

Insbesondere Sabine ist heute Nacht noch bleicher als sonst. Für sie werden die Tage auf der Hallig zu einem echten Albtraum. In dem nächtlichen Flur des eigentlich großen Gebäudes bekommt sie klaustrophobische Anwandlungen. Sie meint, schon wieder die zersplitterte Tür im Flur, die unverständlichen Buchstaben und den kleinen Jungen gesehen zu haben. Außerdem hat Sabine ein Boot beobachtet, das an der kleinen Anlegestelle der Hallig festgemacht ist. Alle sagen ihr, das könne nicht sein. Meinhard Meyer habe vor dem großen Sturm seine beiden Boote an Land gezogen, damit sie keinen Schaden nehmen. Ein anderes Boot könne es nicht sein. Die See sei viel zu stürmisch, dass jemand vom Festland oder den Inseln übergesetzt haben könne. Die anderen haben sie schon für verrückt erklärt, und sie selbst meint, langsam durchzudrehen. Nur für Workshop-Leiterin Lammers-Lindemann ist das auf dem Weg zur Spiritualität und bei der Entdeckung der inneren Sinne alles völlig normal.

»Sabine, du musst lernen, die guten von den bösen Geistern zu unterscheiden, und vor allem musst du die Gedanken ausschalten und die innere Weisheit zulassen. Nicht alles, was du siehst, muss wirklich eintreffen.«

Sabine wird von den Bildern und Erscheinungen überwältigt, die meisten der anderen sehen enttäuschend wenig. Ilona und Claudia sind fast ein bisschen verzweifelt, dass sie gar nichts wahrnehmen. Iris erläutert ihnen, dass es verschiedene Wahrnehmungstypen gibt. »Manche sehen Bilder aus der Vergangenheit, andere sehen in die Zukunft. Einige können eher hellfühlen, andere hellhören.«

Marret, die ja ein ausgeprägtes Talent zum Hellhören hat, nickt. Udo Schmelzer, dem es vorrangig um einen Kontakt mit seiner verstorbenen Frau Doris geht, ist noch nicht so ganz überzeugt. Mit dem Tod seiner Frau hat der Bad Hersfelder Finanzbeamte sich eigentlich fast schon abgefunden. Aber eines wollte er ihr unbedingt noch sagen. Dass er sich über ihre ewige Teetrinkerei immer so aufgeregt hat, tut ihm leid. »Du durftest so viel Tee trinken, wie du wolltest.« Das will er ihr doch noch sagen. Zu ihren Lebzeiten hatte er es versäumt. Das würde er jetzt gern nachholen, wenn er Doris bei einer Séance vielleicht noch einmal wiederbegegnet oder zumindest mal kurz sprechen kann.

Die Gruppe ist tatsächlich ein bisschen überreizt. Um wieder zur Ruhe und zu sich selbst zu kommen, empfiehlt Iris Lammers-Lindemann ihren Teilnehmern, am nächsten Tag einen Finger ins Watt zu stecken. »Das erdet«, verkündet sie mit bedeutsamem Blick. »Und es tut einfach gut.«

Auch Tadje fühlt sich in ihrer Haut immer weniger wohl. Das Kratzen der Krustentiere, die seit Tagen vergeblich aus der Blechwanne herauszukrabbeln versuchen, bekommt sie nicht mehr aus dem Kopf. Aber dass sie in einem großen Topf mit kochendem Wasser diesem Krabbeln und Kratzen ein Ende bereiten soll, macht ihr noch mehr Angst. Nachts träumt sie dann von den wiederauferstandenen Mäusen im Heizungskeller und einer ganzen Armee durch das Haus krebsender Krustentiere. Und dann hat sie hier noch nicht mal eine Handyverbindung, und die Festnetzverbindung soll angeblich auch seit Kurzem abgebrochen sein. Tadje fühlt sich, als habe ihr jemand den Stecker herausgezogen. Sie wünscht mittlerweile, sie hätte sich einen anderen Praktikumsplatz gesucht, und sehnt sich fast schon nach den wenig geliebten Tagen in der Berufsschule für Tourismus. Wenn sie in ihrem Bericht schreiben soll, was sie hier erlebt hat, wird sie von ihren Mitschülern doch für verrückt erklärt. Und dann hat Marret, die vor dem Abbruch aller Verbindungen mit ihrer Freundin Alexandra telefoniert hat, etwas von einem neuen Mordfall in Fredenbüll erzählt. Wer ermordet worden ist, hatte sie allerdings nicht mehr erfahren. Das Telefonat war unerwartet unterbrochen worden. Polizistentochter Tadje wundert sich, dass ihr Vater nichts davon erzählt hat, als sie ihn das letzte Mal erreicht hatte. Er ist doch bestimmt schon mitten in den Ermittlungen.

Als Tadje in der Bibliotheksrunde nach letzten Getränkewünschen fragen will, ist es ganz still geworden. Marret und Sabine haben sich gerade noch einmal an ihre lange zurückliegenden Kindertage im Heim auf der Hallig und auch an den unheimlichen kleinen Sohn des damaligen Heimleiters und heutigen Hotelbesitzers erinnert. Die beiden starren sich wortlos an, und die anderen blicken Marret und Sabine an.

Dann bricht es plötzlich aus Marret heraus. »Wieso hast du eigentlich meine Frisur?«

»Wieso *deine* Frisur?« Sabine klingt schnippisch. »Du hast meine Frisur!«

»Das ist meine Frisur aus dem ›Salon Alexandra‹, die habe ich jahrelang gehabt. Bob mit Pony in Kupfer.« Marret sieht Sabine an, als hätte sie eine Erscheinung.

Sabine ist ebenso konsterniert. »Bevor ich zur Hallig übergesetzt habe, war ich in diesem ›Salon Alexandra‹. Aber wieso hast du jetzt die Frisur, die ich vorher hatte?«

»Alexandra hat doch jetzt den jungen Friseur, ›Eddie, die Schere‹.«

23

Tadje hat gerade etwas die Orientierung verloren. Aber es sieht hier aus wie in einem der langen Flure im Hotel. Und dann stehen ganz plötzlich, wie aus dem Nichts, zwei blonde Mädchen vor ihr, barfuß in hellblauen Kleidern, die fast wie Nachthemden aussehen. Nicht nur die Sommerkleidchen, auch die beiden Mädchen gleichen einander. Es sind eindeutig Zwillinge, wie sie und Telje. Beide haben Blutspuren im Gesicht und riesige Schnitte in ihren blutbefleckten Kleidern. Darunter sieht man die offenen Schnittwunden. Ein Teil der offenen Wunden scheint mit einem undefinierbaren Gemisch aus Strandgras, Seetang und Muschelkalk ausgestopft zu sein. An anderen Stellen kann Tadje durch die klaffende Wunde in den Körper hineingucken. Sie mag gar nicht hinsehen.

Sie starrt die beiden an. »W-w-wo kommt ihr her? W-wer seid ihr?« Tadjes Stimme zittert.

Aus der Kehle eines der beiden Zwillinge kommt ein gurgelndes Geräusch, als versuche sie zu sprechen. Tadje meint, einzelne Silben zu verstehen. Aber das ergibt alles keinen Sinn. »Gaaa… caaa… uooop.« Es klingt fast wie ein Aufstoßen, als müsse Luft aus dem Körper entweichen. Zwischen ihren blutleeren aufgesprungenen Lippen kommen nur unverständliche Silben hervor. Beide stieren sie aus leeren, blutunterlaufenen, aber gleichzeitig silbrig schillernden Augen an. Eins der Mädchen presst ein irres Kichern aus seiner Kehle. In einer der Wunden meint Tadje rohes Fleisch, Rippen und dahinter ein schlagendes Herz zu erkennen. Aber im nächsten Moment ist sie fast sicher, sich alles nur einzubilden. Die Zwillinge wirken tot und irgendwie doch nicht tot.

»Gaaaahhhch...« Tadje glaubt den Tod im Atem des Mädchens zu riechen. Sie will weglaufen, gleichzeitig hat sie den Drang, die beiden zu schütteln. Für einen Moment verlieren die Augen den leeren Ausdruck. Doch dann verschwimmt ihr Blick wieder, die Augen brechen, sie sehen tot aus. Aber ihre aufgesprungenen Lippen grinsen, gefolgt von einem hysterischen Kichern. »Ta... ha... adje.« Ist das nur wieder ein unverständlicher Laut? Oder hat eine der beiden tatsächlich ihren Namen genannt? Tadje wird von einem ohnmächtigen Entsetzen gepackt. Träumt sie oder hat sie Halluzinationen? Sie hat mit diesen Dingen eigentlich nichts am Hut, mit Esoterik oder Geisterbeschwörung, mit diesem Hellsehen und Hellfühlen.

Eben waren es noch unverständliche Laute, aber jetzt meint sie, sie ganz deutlich zu verstehen.

»Komm ...«, haucht einer der Zwillinge. »Wir zeigen dir alles, folge uns.« Es ist eine kindliche und gleichzeitig steinalte Stimme. Sie winken ihr zu, und Tadje folgt ihnen. Sie muss. Es ist ein Traum, ein Albtraum, gegen den sie sich nicht wehren kann. Sie folgt ihnen über den Flur des Hotels, eine Treppe hinunter, aus dem Haus hinaus. Sie tappt über die Salzwiese, den Zwillingen mit ihren im Sturm flatternden, für dieses Wetter viel zu dünnen Kleidern hinterher. Auch sie ist barfuß. Sie spürt das strohige

Strandgras unter ihren Füßen. Ihr ist kalt in den dünnen Leggings und dem viel zu dünnen Shirt. Die Wolken rasen über den Himmel. Für einen kurzen Moment wirft der Mond kaltes Licht über das Meer und wandert dann als Lichtstreifen über die Hallig. In einiger Entfernung meint Tadje, eine Gestalt in gelbem Ölzeug am Bootssteg zu sehen. Aber dann ist sie auch schon wieder verschwunden, und die Zwillinge fordern wieder ihre ganze Aufmerksamkeit. In dem gleißenden Mondlicht glitzern deren Augen jetzt kristallisch. Das Blut an ihren Schläfen und im Gesicht ist in rotbraunen Streifen getrocknet, wie eine indianische Kriegsbemalung. »Komm mit uns, wir zeigen dir alles.«

Willenlos tapert Tadje barfuß hinter ihnen her über nasses und gleichzeitig strohiges Gras an der Kapelle vorbei auf die kleine Warft mit dem Friedhof. Die vereinzelten, in mehreren Kreisen angelegten Grabstätten mit Steinen und den schiefen verwitterten Überresten selbstgebastelter Kreuze erstrecken sich über die ganze Warft. Am Rande gehen der Strandhafer und das Salzwiesengras in schlickiges Watt über. Hier muss Tadje kürzlich die toten Mäuse vergraben haben. Aus dem Schlick sieht sie jetzt kleine Tierknochen und Krebsscheren herausstaken. Sie wird sofort an die Krustentiere in der Zinkwanne erinnert. Dann bewegt sich der feuchte Boden. Es sieht aus, als wollten sich die einzelnen Knochen und Scheren aus dem Matsch herauswühlen und sich wieder zusammensetzen, wie Teile eines Puzzles, als würden sie wieder lebendig werden. Die Toten kehren zurück.

Nein, das ist nicht möglich.

24

Heute ist Piet Paulsen früh ins Bett gegangen. Die Niederlage des HSV und die höhnisch ironischen Bemerkungen seiner Imbissfreunde haben ihn irgendwie deprimiert. Alexas freundlich gemeinte Erinnerung, dass die grüne Biotonne heute Abend für die morgige Leerung an die Straße gestellt werden muss, und ihre Empfehlungen origineller Cocktailrezepte für die nächste Party konnten ihn auch nicht aufheitern.

»Piet, möchtest du zur Beruhigung etwas Meeresrauschen hören?« Ohne die Antwort abzuwarten, hat Alexa sämtliche Räume im Häuschen des ehemaligen Landmaschinenvertreters in kontemplative maritime Klänge gehüllt, während der echte Herbststurm an dem Schlafzimmerfenster rüttelt. Piet war sofort selig entschlummert und schläft tief und fest, bis er auf einmal wach wird. Er hat keine Ahnung, wie spät es ist. Im ersten Moment glaubt er, er hat sich die Geräusche nur eingebildet. Oder hat er es vielleicht nur geträumt? Aber Piet träumt eigentlich nicht. Nur manchmal von einem Putenschaschlik mit extrascharfer Currysoße und immer seltener vom Wiederaufstieg des HSV. Diesmal hat er nicht geträumt. Jetzt hört Paulsen die Geräusche ganz deutlich. Er meint, unten in seinem Wohnzimmer Stimmen zu hören.

Eine der Stimmen gehört eindeutig Alexa. »Kannst du

wieder nicht schlafen, Piet?« Das beruhigende Meeresrauschen ist verstummt. Doch neben der Stimme seiner neuen Freundin hört er jetzt noch anderes Geflüster.

»Was ist das, verdammt?«, raunt jemand.

»Wer quatscht hier rum?«, brummt ein anderer.

»Hier ist niemand.« Die erste Stimme ist jetzt deutlicher zu verstehen. »Ist das 'ne Alarmanlage oder so was?«

»Bist du es Piet?«, fragt Alexa laut vernehmlich. Paulsen kann es ganz deutlich hören. Er setzt sich im Bett auf und spitzt die Ohren. Was geht da unten vor sich?

»Piet, das ist nicht deine Stimme. Hast du unerwartet Gäste bekommen?«, fragt Alexa. »Mögt ihr mir eure Namen verraten? Soll ich euch Musik vorspielen? Was sind eure musikalischen Präferenzen?«

»Scheiße, was ist das hier?« Auch die andere Stimme wird lauter.

»Ich weiß schon, nicht wieder dieses ›Volksmusikgedudel‹. Soll ich etwas anderes spielen? Vielleicht eine Empfehlung von Bounty? Was sind eure musikalischen Präferenzen?«

»Was ist hier los? Halt die Klappe!« Die Stimme aus dem Wohnzimmer wird lauter.

»Ich weiß nicht, was du meinst, ich habe keine Klappe«, tönt Alexas Stimme ganz deutlich bis zu Piet ins Schlafzimmer.

»Alexa, wat ist da unten los?« Paulsens Stimme klingt jetzt noch heiserer als sonst. Der ehemalige Landmaschinenvertreter sitzt inzwischen auf der Bettkante. »Is da jemand?« Er macht Anstalten, aufzustehen. Alexas Stimme kann er deutlich erkennen. Aber wer sind die anderen?

»Das ist einer von diesen neuen Computern.« Die Stimme klingt gepresst, ist aber deutlich zu verstehen. »Wo steht die Scheißkiste?«

»Zieh einfach den Stecker raus, wenn du sie gefunden hast«, zischelt ein anderer.

»Verflucht, ich glaub, da oben ist jemand wach geworden«, sagt die gepresste Stimme, die jetzt lauter wird. »Lass uns schnell abhauen.«

»Nun mal ganz sutsche«, sprudelt es sofort aus Alexa heraus. »Willst du mir sagen, wie du heißt?«

»Verdammte Scheiße, was soll das? Ich kann das Ding nicht finden.«

»Morgen werden im Laufe des Tages ergiebige Niederschläge und Sturm in Böen bis zu Windstärke sieben erwartet … Für das heutige Rezept des Tages, ›Tofuschnitzel mit veganem Spinatsalat‹, benötigst du dreißig Minuten, und es hat drei Komma vier von fünf Sternen …« Angesichts der ungewohnten Situation gerät Alexa etwas durcheinander. Paulsen ist sich inzwischen ziemlich sicher, dass in seinem Wohnzimmer irgendwelche fremden Leute sind, die da nichts zu suchen haben. Er hört, dass die Schubladen und Türen seines Wohnzimmerschrankes geöffnet und geschlossen werden.

»Wer is da? Wat machen die da?« Am liebsten würde er Thies anrufen. Aber sein Telefon steht unten im Wohnzimmer auf der Ladestation.

»Da hinten leuchtet irgendwas blau … so 'n blauer Kreis …«

»Lass uns sehen, dass wir hier rauskommen. Hier ist nix zu holen …«

»… nur irgend so ein Album …«

»Briefmarken, oder was? Die sind bestimmt ordentlich was wert. Los, nimm's mit und dann weg hier.«

Im oberen Stock ist Piet Paulsen inzwischen in seinen Bademantel geschlüpft und arbeitet sich vorsichtig Stufe für Stufe die Treppe hinunter. »Alexa! … Alexa! Wat is?« Doch Alexa antwortet nicht. Stattdessen hört Paulsen, wie seine Haustür ins Schloss fällt und sich kurz darauf draußen ein Auto mit leicht defektem Auspuff entfernt.

»Alexaaaa!«

25

Sabine hat mal wieder zu viel Tee getrunken. Erst gab es viel zu viele Grogs, dass ihr fast etwas schwindelig wurde, dann diesen blumig riechenden Kräutertee, den Tadje ihr vor ein paar Tagen schon serviert hatte, und danach noch eine große Kanne Pfefferminztee, wie sie ihn von früher kennt. Sie hat sofort den Geschmack des Kinderheims auf der Zunge, die Quarkspeise mit Früchten, den zitronigen Schleim mit Sago und Pfefferminztee. Sie weiß gar nicht recht, ob sie die Erinnerungen an diese Zeiten wirklich noch einmal hervorholen will. Aber eben hatte sie becherweise wieder diesen Tee getrunken. Das hat sie nun davon. Jetzt treibt es sie mitten in der Nacht in den zu großen Filzpantoffeln, die das Hotel zur Verfügung gestellt hat, über den dunklen Flur zur Toilette.

Es hat offenbar aufgehört zu regnen. Das Mondlicht fällt erneut durch das schmale Oberlicht in den Flur. Kaum steht sie auf dem langen Gang, schon sitzt wieder der Junge vor ihr auf dem Boden. »Spiel mit mir!«, fordert er sie auf. Seine Aussprache klingt verwaschen, besonders die S-Laute. Und bei dem Satz läuft ihm wieder ganz langsam ein zäher Tropfen Spucke aus dem Mundwinkel. »Spiel mit mir!« Diesmal klingt die Stimme deutlicher. Es sind dieselben Bilder wie bei ihrem letzten nächtlichen Gang über den Flur. Nur das Teppichmuster mit den roten und orangenen Hexagonen fehlt. Der Boden ist mit dem grau gesprenkelten Nadelfilz ausgelegt, derselbe graue Teppichboden wie auch am Tag, wie in der Realität. Aber was ist hier Realität? Was ist ihre Fantasie? Du musst deine eigene Wahrheit finden, hat Iris Lammers-Lindemann gesagt. Aber was ist ihre Wahrheit? Und will sie die wirklich wissen?

Sabine taumelt über den Flur an der endlosen Reihe Türen entlang. Ihr ist schwindelig. Am liebsten würde sie schnell in ihr Zimmer zurück in ihr Bett. Aber sie hat diesen schrecklichen Druck auf der Blase. Was hatte Udo Schmelzer erzählt? Hatte seine Frau Doris nicht auch zu viel Tee getrunken? Danach war sie angeblich auf einer Tankstelle in einer Toilette verschwunden, eine Weile verschollen, eingeschlossen in einem dunklen Keller, und wenig später war sie tot in einer Tiefkühltruhe aufgefunden worden. Aber mit dieser alten Geschichte von Udo Schmelzer hat sie doch nichts zu tun. Sie glaubt schon durchzudrehen. Sie will nur eben aufs Klo und dann schnell wieder zurück ins Bett.

Plötzlich hört sie ein Klappern der Tür zu den Duschräumen. Sie gibt sich alle Mühe, es nicht zu beachten. Doch dann erscheinen auf der Tür des Zimmers mit der Nummer zweihundertsiebenunddreißig wie aus dem Nichts die Buchstaben REDRÖM. Sie sehen aus wie flüchtig auf die Tür gepinselt. Ansonsten sind überall auf der Tür farbige Striche und Flecken zu sehen, wie abgeschmirgelte rote Farbe. Die Wände im Flur haben auf einmal Risse. Sie sind mit Kreisen und anderen geometrischen Figuren bekritzelt, wie die Wände einer öffentlichen Toilette. Sabine hat den Geruch von Verwesung in der Nase. Was geht hier mit ihr vor? Sind das dann doch noch die Nachwirkungen des Grogs? Sie meint, eine Stimme zu hören.

»Sabine, du hast nur eine Chance zu überleben, wenn du deine Träume kontrollieren kannst.«

Sie drückt die Klinke zu dem Zimmer zweihundertsiebenunddreißig mit der Aufschrift REDRÖM hinunter. Sie muss zwar unbedingt zur Toilette, aber jetzt muss sie erst mal diese Tür öffnen.

Erst langsam, nur einen Spalt, und dann stößt sie den Türflügel weiter auf. Es ist dunkel in dem Raum. Vom Fenster fällt schwaches Licht auf den Fußboden von Raum zweihundertsiebenunddreißig. Sabine kann kaum etwas erkennen. Und dann kommen wie aus dem Nichts zwei Mädchen in blauen Kleidchen, die Zwillinge von damals aus dem Kinderheim, auf sie zu. Ihre Kleider mit den rosa Rüschen an Ärmeln und Saum haben große Blutflecke, und ihre kalkweißen Gesichter sind blutüberströmt. Sie sehen bleich aus und böse. Zu ihren Füßen kommt eine ganze Armee von Krebsen auf Sabine zugelaufen. Sie kann es kaum realisieren, schon sind die Krustentiere und blutenden Zwillinge an ihr vorbeigehuscht und wie im Nichts verschwunden.

Der Druck in Sabines Blase hat nachgelassen. Sie lässt ihren Blick durch das dunkle Zimmer schweifen. An zwei Wänden stehen Etagenbetten aus Metall mit durchgelegenen Drahtgeflechten, die Betten aus alten Kinderheimzeiten. Auf einem der Betten liegt eine Puppe. Der Raum hängt voller Bilder, Fotos und Gemälde der Zwillinge von eben, soweit Sabine das erkennen kann. Sie mag sich das nicht näher ansehen. Sie schlurft zum Fenster.

Im Mondlicht sieht sie ein Mädchen oder eine junge Frau barfuß in einem großen T-Shirt über die Wiese tapsen. Ist das eine Teilnehmerin aus dem Workshop? Nein, das ist die Praktikantin, die sie hier mit Drinks und Heringshappen versorgt. Was macht diese Tadje da im Nachtzeug draußen im Sturm? Aber dann fällt ihr Blick wieder auf das Boot an der Anlegestelle. Sie sieht eine Gestalt, die sich daran zu schaffen macht. Sie macht das Boot, das wild auf den Wellen tanzt und sich loszureißen droht, wieder fest. Wer ist das? Es sieht aus wie ein Mann. Aber erkennen kann sie die Person in dem gelben Ölzeug und mit der großen Kapuze nicht. Ist es einer der Männer aus dem Hotel? Der Besitzer Meinhard Meyer? Der nette Udo aus ihrer Hellseher-Gruppe? Oder dieser anstrengende Weltumsegler? Irgendwie sieht die Gestalt anders aus. Sie ist kleiner als Meinhard Meyer, aber kräftiger als die anderen beiden. Doch das könnte auch an dem voluminösen Ölzeug liegen. Aber sie bewegt sich auch anders, meint Sabine zu erkennen. Die Gestalt vertäut das Boot an dem kleinen Steg. Dann geht sie ohne Eile auf die Warft auf den unbewohnten Teil des großen Hotels zu, in dem auch das Zimmer zweihundertsiebenunddreißig liegt, und verschwindet aus Sabines Blick.

26

Der Traum gefällt Tadje nicht, ganz und gar nicht. Alles ist so echt, dass sie sich fragt, ob es wirklich ein Traum ist, während sie weiter hinter den Zwillingen herläuft. Das feuchte schlammige Watt will die nackten Füße der beiden festhalten. Bei jedem Schritt befreien sie sich mit einem schmatzenden Geräusch aus dem Modder. Auch Tadje spürt die Pampe zwischen ihren Zehen hindurchquellen. Eine scharfe Muschelkante schneidet in ihren rechten Fuß. Es blutet. Ihre Füße sind kalt und bluten. Das fühlt sich echter an als ein Traum. Aber es ist nur ein Traum, redet sie sich fortwährend ein. Wenn du gleich aufwachst, kommt dir alles absolut lächerlich vor. Doch dann spürt sie wieder den schmerzenden Fuß.

»Aua, mein Fuß«, jault Tadje. Einer der beiden Zwillinge dreht sich um. Die strohigen blonden Haare werden ihr vom Wind vor das Gesicht geweht. Aber ihre silbrig stechenden Augen sehen durch alles hindurch, durch ihre Haare und auch durch Tadje.

»Sieh dir alles genau an.« Zwischen den blauen Lippen und den verfärbten verrotteten Zähnen dahinter kommt ein asthmatisches Lachen heraus.

Jetzt kann Tadje ganz deutlich beobachten, dass die Knochen und Krebsscheren aus dem Watt herauskommen. Sie sieht einen Hundekopf, nein, das ist der Kopf eines

Seehundes, der sich ein Stück aus dem schlammigen Boden herauswühlt. Eine einzelne Katzenpfote winkt ihr zu. Ein Hummer und immer neue Krebsscheren, es sind bestimmt hundert, greifen suchend ins Leere, ehe sie sich zu Hummern und Krebsen zusammensetzen. Es formiert sich eine ganze Armee von Krustentieren, die im kalten Licht des Mondes erst krabbeln und dann mit seitlichen Schritten in unheimlichem Tempo über den Friedhof staksen, scheinbar, ohne auch nur einen Millimeter in das feuchte Watt einzusacken. Tadje will schreien, aber sie bringt nur ein müdes leises Wimmern heraus.

»Hier gibt es mehr Macht, als du ahnst«, raunt ein Zwilling ihr zu. »Eine alte, immer ruhelose Macht. Denke immer daran.«

»Deine Vernichtung und die Vernichtung all derer, die du liebst, ist sehr nahe. Ta-a-a-dje, er wird auch zu dir kommen«, raunt ihre Schwester. Die Zwillinge rücken ihr jetzt so nahe, dass sie den Tod zu riechen glaubt. »Wir kommen als deine Freundinnen.«

Sie greifen nach ihr. Tadje will ihnen ausweichen und gerät ins Stolpern und droht dabei, auf einen der Gedenksteine zu stürzen. Sie versucht, sich mit der Hand abzufangen. Aber sie rutscht seitlich weg und stürzt voll auf den Stein. »Hier liegt Cujo, der liebste Hund der Welt.« Ein stechender Schmerz durchfährt ihren ganzen Oberkörper. Sie rappelt sich wieder hoch und hetzt in Panik über die nächtliche Hallig. Für einen Moment bekommt sie kaum Luft. Alles ist dunkel. Schließlich schreckt sie hoch. Endlich!

Tadje ist wach. Sie braucht einen Moment, um halbwegs

wieder zu Bewusstsein zu kommen. Sie liegt in ihrem Bett im Hallig-Hotel. Es ist Nacht. Sie sieht auf die Uhr ihres Handys. Die geht wenigstens. Es ist erst kurz nach Mitternacht. So lange kann sie gar nicht geschlafen haben. Auf dem Flur hört sie Schritte. Tadje ist schweißgebadet, aber erleichtert. Gott sei Dank, das alles war nur ein Traum!

Sie braucht einen Augenblick, um richtig wach zu werden. Sie setzt sich im Bett auf und atmet tief durch. Fast ist ihr etwas schwindelig, aber vor allem ist sie froh, dass dieser Albtraum vorbei ist. Eigentlich müsste sie noch mal zur Toilette. Sie schlägt die Bettdecke zurück und schwingt die Beine aus dem Bett. Nur einen Sekundenbruchteil später schlägt ihr das Herz angstvoll bis in die Kehle. Ihre Füße sind voller Schlamm. In der angetrockneten Pampe kleben Strandgras und zertretene Muscheln. Sie schlägt die Decke auch am Fußende zurück. Das ganze Bettlaken ist dreckverschmiert. Zwischen den noch nicht ganz aufgetrockneten verwischten Schlickspuren, dem Gras und den Muschelkrümeln entdeckt sie Blutflecken. Es ist eine Riesensauerei. Sie fasst sich an ihren rechten Fuß. Unter der Fußsohle hat sie einen tiefen Schnitt. Die Splitter einer Muschel haben sich mit getrocknetem Modder und Blut vermischt. Tadje fühlt eine große dunkle Kugel der Angst in sich aufsteigen.

27

»Marvin, das ist eine Scheiße«, schimpft der Dünne mit den schlechten Zähnen. »Wieder kein Cash! Zahlen die Leute in Nordfriesland alle mit Karte, oder was? Wieso hat hier niemand Bargeld im Haus?«

Marvin Manolo, seine beiden Komplizen, Gina-Marie und »Eddie, die Schere« sitzen nachts in der abgerissenen kleinen Wohnung in einem der alten Speicherhäuser am Husumer Hafen zusammen. In der engen Küche mit den wackeligen Ikea-Stühlen aus dem letzten Jahrhundert steht der Rauch. Der Tisch ist vollgestellt mit leeren und halbleeren Bierflaschen. Dazwischen liegt schlapp eine leere Tüte Tacochips. Eigentlich wollte die Gang heute Nacht gleich ihre Beute teilen. Aber außer dem erbeuteten Fußballalbum und der digitalen Haushaltshilfe gibt es nicht viel zu verteilen. Die Stimmung in der Gang ist gedrückt.

»Du hast gesagt, in diesem Biohof können wir richtig abkassieren.« Die Stimme des Dünnen klingt schrill. »Wir haben keinen einzigen Schein abgezogen. Nur diese idiotischen Duftflaschen.«

»Riecht aber voll lecker.« Seit ihrem nächtlichen Besuch im Bioladen duftet der Dicke, der für die gröberen Tätigkeiten mit dem Kuhfuß zuständig ist, nach »Störtebekers Journey«.

Marvin Manolo nimmt einen ausgiebigen Schluck aus der

Bierflasche. »Damit hast sogar du auf einmal 'n ganz anderen Schlag bei den Frauen.« Marvin grinst breit. Gina-Marie blickt genervt und reißt eine weitere Tüte Chips auf.

»Aber nur bei den Öko-Ladys.« Eddie streicht sich seine Haarstacheln in Stellung.

»Öko-Ladys? Wat soll dat denn sein?«, keift der Dünne. »Du meinst, Bio-Schnecken, oder was?« Er grinst hämisch und zeigt dabei seine schlechten Zähne. Der Kuhfuß überhört die Sticheleien und schnuppert stattdessen an seinem von »Störtebekers« Duft durchzogenen Sweatshirt.

Doch dann macht sich schon wieder allgemeiner Trübsinn breit, angesichts des Fußballalbums und der schwarzen runden Box, die als einzige Ausbeute des heutigen Abends traurig zwischen den Bierflaschen auf dem Küchentisch der Husumer Wohnung liegen.

»Was ist das für 'n Apparat?«, fragt sich der Dicke. »Alexa? Hab ich doch schon mal von gehört.«

»Ja klar, Alexa, das is diese digitale Nummer.« Marvin Manolo tut mal wieder so, als habe er den Durchblick.

»Wie funktioniert diese Alexa überhaupt?« Der Dünne ist nicht ganz auf dem neuesten Stand. »Schließ doch mal an, das Ding.«

»Die Kiste muss außerdem mit dem Internet verbunden werden«, weiß der Dicke. Er steckt den Stecker in die Dose und schaltet den Apparat online. Im nächsten Augenblick leuchtet sofort der blinkende blaue Ring auf dem runden Apparat auf.

»Piet, haben Magath und Hrubesch heute ihr Futter bekommen?«, ertönt Alexas Stimme gleich durch die kahle Husumer Küche.

»Magath und Hrubesch? Was soll die Scheiße?« Marvin Manolo guckt reichlich bedröppelt aus der Wäsche.

»Magath und Hrubesch sind Kaninchen«, fällt Alexa ihm ins Wort. »Du bist nicht Piet. Magst du mir deinen Namen sagen?«

»Krasse Namen für Kaninchen!« Gina-Marie kichert. »Hör dir das an, Eddie, krass.«

»Voll spooky«, findet auch Jungfriseur Eddie.

»Mega«, pflichtet Marvin ihm bei.

»Wer bist du? Magst du mir deinen Namen sagen?«, wiederholt die Stimme aus der Box.

»Das Teil ist ja echt cool drauf.« Gina-Marie ist dabei, sich mit Alexa anzufreunden.

»Stopp mal, Gina-Marie!«, geht Marvin dazwischen.

»Kannst du mir sagen, ob Piet seine Cholesterinpillen genommen hat?« Alexas Stimme klingt irgendwie besorgt.

»Dieses Scheißding nervt ja fast gar nich«, findet der Junge mit den schlechten Zähnen.

»Wer bist du? Magst du mir deinen Namen sagen?« Angesichts der vielen neuen Stimmen kommt Alexa gar nicht hinterher. »… möchtest du bei Amazon etwas bestellen? Soll ich dir das Rezept des Tages nennen?« Nach dem Neustart spult Alexa erst mal ihr Standardprogramm ab. »Kann ich euch Musik vorspielen?«

»Die Leier hatten wir doch vorhin schon«, brummt der Dicke.

»Kann nicht einer das Ding mal wieder abstellen?« Gina-Marie knuspert einen Tacochip nach dem anderen. Zwischendurch reicht sie die Tüte an Eddie weiter und sieht ihn dabei verliebt an.

»Wir sollten nicht nur das Fußballalbum, sondern auch die Kiste hier bei Ebay reinstellen.« Marvin Manolo und seine Komplizen scheinen wenig Bedenken zu haben, dass sie durch ihre Aktion im Internet möglicherweise zu ermitteln sind. »Alexa können wir da genauso verkloppen. Was bringt die Kiste? Was schätzt ihr?«

»Eddie, kann ich dir helfen? Möchtest du bei Ebay eine Anzeige einstellen?« Alexa nimmt den Gesprächsfetzen gleich auf.

»Was ist das für ein Apparat?«, fragt sich Gina-Marie. »Woher weiß der, was wir wollen? Das is doch unheimlich.«

»Und wieso weiß die Kiste, wie ich heiße? Die spioniert uns aus«, hat Eddie Alexa in Verdacht. »Die sollten wir nicht bei Ebay reinstellen.«

Der blaue Ring blinkt. Aber Alexa verhält sich verdächtig ruhig.

»Wieso sagt die auf einmal nichts mehr?« Gina-Marie hat das Taco-Knabbern eingestellt.

»Die weiß, was hier läuft.« »Eddie, die Schere« fährt sich mit spitzen Fingern durch die pechschwarzen Haare.

»Zieh mal schnell wieder den Stecker, und dann gleich ab in Müll«, schlägt der Typ mit den schlechten Zähnen vor.

»Nee, nich in den Müll«, brummt der Dicke. »Die quatscht sogar in der Tonne noch weiter.«

»Und auch nich hier in der Nähe.« Marvin Manolo überlegt. »Eddie, du nimmst den Wagen, und wenn du zurück nach Fredenbüll fährst, dann schmeißt du das Teil einfach irgendwo hinter'n Deich. Neutönninger Siel oder so, das findet so schnell keiner.«

28

In einem ist sich Sabine sicher, die Zwillinge in den blutüberströmten Kleidchen hat sie sich eingebildet. Es waren die beiden Töchter des damaligen Herbergsvaters im Kinderheim. So sahen die beiden Mädchen aus. Sogar an die blauen Sommerkleider mit den rosa Rüschen meint Sabine sich jetzt erinnern zu können. Aber das ist vierzig Jahre her, die Zwillinge sind lange tot, ermordet von ihrem irren kleinen Bruder. Und dann fällt ihr auf einmal die gruselige Geschichte von dem Tierfriedhof ein, von dem die toten Tiere wiederauferstehen und als böse Monster wiederkehren. Auf diesem Hallig-Friedhof soll Meinhard Meyer auch die ermordeten Zwillinge bestattet haben.

Das alles konnte nicht wahr sein. Was sie sieht, sind nichts als unheimliche Halluzinationen. Aber den Mann, den sie eben gerade am Anleger gesehen hat, den hat sie sich nicht eingebildet, den gibt es wirklich. Wer ist das? Das Boot liegt immer noch da, das bildet sie sich nicht ein. Inzwischen ist der Mann verschwunden. Oder ist es eine Frau? Sie konnte es eben durch das Fenster des Zimmers zweihundertsiebenunddreißig einfach nicht erkennen.

Im Augenblick will es Sabine beim besten Willen nicht gelingen, ihre Visionen zu kontrollieren. Sie meint, einem Geheimnis auf der Spur zu sein. Aber sie weiß nicht recht, welchem. Sie hat immer mehr das Gefühl, es hat mit der lange zurückliegenden Verschickung ins Kinderheim zu tun. Dieser kleine Junge, der sie immer wieder zum Spielen auffordert, ist das nicht Michi Meyer? Er hat eine Ähnlichkeit mit diesem komischen, etwas ekligen Jungen mit den verfilzten Haaren, den sie damals gehänselt hatten, und mehr als das, sie hatten ihn regelrecht gedemütigt. Seine Schwestern hatten ihm die Hosen heruntergezogen, und alle Mädchen hatten gelacht. Wenig später hatte er seine Schwestern, die Zwillinge, umgebracht. Gibt es diesen Michi noch? Lebt er noch? Irgendwo in einer Psychiatrie? Oder führt er mittlerweile vielleicht ein ganz normales Leben in Freiheit. Er muss ja jetzt ebenfalls in ihrem Alter sein, nur ein paar Jahre jünger. Aber wieso sieht sie immer wieder den kleinen Jungen auf dem Teppichboden? Glücklicherweise fehlt das Teppichmuster mit den Sechsecken diesmal. Bisher.

Doch dann springt ihr ganz plötzlich die rotorangene Farbe ins Auge. Es ist ein kleines Teppichstück an der Türschwelle, ein winziger Fetzen. Aber sie kann deutlich das leuchtende Rot und Orange erkennen und die Ecke eines Hexagons. Alles scheint sich plötzlich zu drehen. Sabine wird schwindelig. Das Teppichmuster dehnt sich auf einmal wieder über den Boden des Zimmers und dann, als sie in den Gang sieht, auch über den ganzen Flur aus. Die rot-braun-orangenen Hexagone fließen wie ein ausgegossener Eimer Wasser den Gang hinunter, und seitlich verschwinden die Muster unter den Türen in den dahinterliegenden Räumen. Ihr ist, als müsse sie ihre Füße ins Trockene bringen, wie bei auflaufendem Wasser an der See.

Sie sieht noch einmal in das Zimmer zweihundertsiebenunddreißig, dann verlässt sie den Raum und schlurft, so schnell, wie es in den großen Filzpantoffeln möglich ist, zu den Toiletten. Eben konnte sie es noch aushalten, aber jetzt wird der Druck unerträglich. Als sie den alten Toilettenraum mit den vielen Kabinen betritt, knipst sie den Lichtschalter an. Doch das grelle Aufflammen des kalten Lichtes bleibt erst aus. Dann flackert es ein paarmal auf, ehe das Licht wieder ausfällt. Sabine hört das Knarren einer Tür. Trotz der Dunkelheit meint sie sehen zu können, wie sich eine der Klotüren langsam öffnet. Zuerst nur die Klinke, die langsam metallisch quietschend heruntergedrückt wird, dann schlägt die Tür ganz plötzlich auf. Sabine spürt einen Lufthauch. Das Knarren und den Lufthauch, nein, das bildet sie sich jetzt nicht ein.

29

»Thies, ich muss 'ne Vermisstenmeldung aufgeben.« Piet Paulsen ist schwer außer Atem, als er sich ungewöhnlich früh am Morgen zum Stehtisch Zwei durchgetankt hat.

»Bitte nich schon wieder«, mault der Polizeihauptmeister. »Dafür hab ich wirklich keine Zeit. Wir haben 'n Mordfall zu lösen.«

»Vermisstenmeldung?« Antje staunt. Auch Klaas und Bounty sehen ihn fragend an. Nur der Schimmelreiter ist vollkommen in sein Handy vertieft. Hauke verschafft sich einen Überblick über den Gebrauchtmöbelmarkt. Im Rahmen der Renovierung will er Tante Telses großen Wohnzimmerschrank, Geschirr und die große Sitzgarnitur inserieren. Die anderen beachten es gar nicht, sondern kümmern sich sofort um Paulsen. Auch Imbisshündin Susi stellt die Ohren auf.

»Wen vermisst du denn?«, will Thies dann doch wissen.

»Alexa ist verschwunden.« Piet Paulsen wirkt wie am Boden zerstört.

»Wie is dat denn passiert?« Thies kann sich bisher keinen Reim darauf machen.

»Hat die Dame des Hauses die Flucht ergriffen?« Bounty schiebt sich genüsslich einen Kokosriegel in den Mund. »Hast du dich nicht gut benommen, Piet?«

»Du hast den Automat bestimmt verkramt oder so.«

Klaas schüttelt den Kopf und blickt versonnen einem Kombi mit der Aufschrift »Henrys Heringshappen« hinterher.

»Nee, Alexa is weg. Zuerst hab ich sie noch reden hören. Aber dann nich mehr.«

Antje bietet ihrem Stammgast einen Kaffee an, doch der reagiert überhaupt nicht. Die Runde sieht Paulsen zweifelnd an. Allmählich machen sich alle Sorgen um den Zustand ihres Imbissfreundes.

»Ich hab noch gerufen, aber sie hat dann gar nich mehr geantwortet.«

»Vielleicht einfach nur der Akku alle«, glaubt Thies. »Is doch bei meinem Handy auch immer.«

»Nee, die is gar nich mehr da.« Piets Blick über die Gleitsichtbrille wirkt ungewöhnlich ratlos.

»Sie hat ihn umgepolt.« Bounty nickt Nicole, die sich das belustigt anhört, mit bedeutsamem Blick zu.

»Piet, du bist über siebzig Jahre ohne diese blöde Alexa ausgekommen, dann wirst du das jetzt auch wieder können.« Antje hat die Hoffnung, dass sie wieder die Nummer eins im Leben ihres langjährigen Stammgastes ist. »Pass auf, ich mach dir erst mal 'n schönes Putenschaschlik.« Ohne die Antwort abzuwarten, holt sie einen vorbereiteten Spieß aus dem Kühlschrank und wirft ihn auf den Grill.

»Ich begreif dat nich. Wat wollen diese Leute mit ihr? Wir hatten uns doch nun gerade so 'n büschen aneinander gewöhnt. Die anderen kennen sie doch überhaupt nich.«

»Piet, wat denn für Leute?« Inzwischen hat Thies leichte Zweifel am Geisteszustand seines Imbisskumpels.

»Da waren Leute bei mir im Haus.« Paulsen klingt etwas ungnädig. »Sie hat noch gesagt, ich hätte unerwartet Gäste bekommen ... wenn ich dat richtig verstanden hab.«

»Unerwartete Gäste?« Auch Nicole wundert sich langsam.

»Ja, Gäste, dat hat sie gesagt. Da waren Leute im Wohnzimmer.«

»Was denn für Leute? Waren dat Einbrecher, oder was?« Thies denkt sofort an einen Zusammenhang mit den anderen Einbrüchen.

»Gibt es irgendwelche Einbruchspuren im Haus?«, fragt Nicole nach. »Aufgebrochene Türen oder Fenster?«, fragt Thies.

»Aufgebrochen?« Paulsen überlegt. »Nee, nich dass ich wüsste.«

»Merkwürdig«, brummelt Antje, kaum hörbar gegen das Brutzeln der Fritteuse, und wendet das Schaschlik.

»Piet, haben sie irgendwat mitgenommen?«, will Thies wissen. »Fehlt irgendwas, ich mein, mal abgesehen von Alexa.«

»Hast du deine Sachen schon mal durchgesehen, ob irgendwas fehlt.« Nicole sieht den ehemaligen Landmaschinenvertreter prüfend an. »Hattest du Geld im Haus? Fehlen andere Wertgegenstände?«

»Geld nich. Schlimmer! Mein Fußballalbum ist weg. Dat ist unbezahlbar«, stöhnt der unerschütterliche HSV-Fan Paulsen.

»Ach, du Scheiße.« Mit einem Schlag ist Klaas die ganze Dramatik der Situation bewusst.

»Da sind Bilder und Autogramme drin, noch von Uwe Seeler, Charly Dörfel, Kevin Keegan, Peter Nogly …« Piet hört gar nicht wieder auf.

»Memering, Rudi Kargus und und und …« Klaas weiß Bescheid. Er hat schon etliche Stunden zusammen mit Piet vor dem Album verbracht. »Die Eintrittskarten vom Eurocup-Endspiel dreiundachtzig in Athen. Dat is richtig was wert.«

»Meint ihr?« Nicole hat Zweifel.

»Ja, Nicole, dat is echt was wert.« Thies ist auch überzeugt. »Dat is bestimmt dieselbe Gang wie bei Lara und bei Tante Telse. Die schrecken vor nichts zurück.«

»… aber ein altes Fußballalbum?« Die Kommissarin hat ihre Zweifel.

»Die sind skrupellos«, ist sich Thies sicher.

Ganz plötzlich schaltet sich der Schimmelreiter ein, der die ganze Zeit keinen Ton gesagt, sondern hoch konzentriert auf seinem Handy herumgetippt und -gestreichelt hat. »Wat sagt ihr da? Sammleralbum mit HSV-Autogrammen und Karten vom Endspiel gegen Juve? Dat steht hier auf Ebay!«

»Wo steht das?« Piet ist elektrisiert. »Wo is mein Album?«

»Dat is auf Ebay zum Verkauf. Internet.« Hauke zeigt auf sein Smartphone. »Für dreißig Euro.«

»Dreißig Euro?« Klaas schüttelt den Kopf.

»Wie bitte? Dat darf ja wohl nich wahr sein«, entrüstet sich Paulsen. »Das ist 'ne Rarität!«

»Dat is mehr wert«, glaubt Thies.

»Dat ist wesentlich mehr wert!«, ist Piet fest überzeugt.

»Ja, wart mal«, unterbricht Hauke ihn gleich. »Dat ist kein Festpreis, das ist so 'ne Versteigerung. Preis hat sich gerade geändert. Fünfzig Euro.«

»Wieso Versteigerung?« Paulsen ist konsterniert. »Die können doch mein Album nich einfach versteigern.«

30

Tadje ist morgens vollkommen gerädert aufgewacht. Sie hat lange heiß geduscht, um sich den nächtlichen Albtraum abzuwaschen. Anschließend hat sie ihre Schnittwunde am Fuß verarztet. Doch die Bilder von den Zwillingen auf dem nächtlichen Tierfriedhof lassen sie so schnell nicht los. Nur ein Traum kann es nicht gewesen sein, dann hätte sie keinen verletzten Fuß und keine Muscheln im Bett. Sie zermartert sich den Kopf. War das vielleicht ein Schlafwandel? Ist sie mondsüchtig? Besonders lustig findet sie diese Vorstellung nicht, aber jetzt beruhigt es sie fast.

Ausgerechnet heute soll sie den Krebsen zu Leibe rücken. Ihr Kratzen in der Zinkwanne fährt ihr, als sie die Küche betritt, sofort in alle Glieder. Doch heute kommt Tadje nicht mehr um die heikle Aufgabe herum. Vor dem großen Krebsekochen widmet sie sich allerdings erst noch mal kurz ihrem Freund. Auch gegen die ramenternden Krustentiere und den heulenden Sturm kann sie das leise Wimmern des kleinen Seehundes vor der Küchentür deutlich hören. Die Hotelgäste, die Hellseher und der Weltumsegler sind bereits mit Frühstück versorgt. Die Freundin des Sailors ist erst gar nicht im Speisesaal erschienen. Und auch Sabine wurde von den anderen Hellseherinnen und Hellhörerinnen beim Frühstück vermisst. Jetzt will sie dem Heuler ein paar Heringsfilets zum Frühstück spendieren.

»Matjes oder Bismarck?«, fragt Tadje den kleinen Seehund, der vor der Küchentür längst auf sie wartet. Dem Heuler scheint das vollkommen egal zu sein. Er schnappt begierig nach beiden Heringsstreifen, Matjes und Bismarck, und schlingt sie in Windeseile in sich hinein. Erwartungsvoll sieht das Tier Tadje an. Es stößt ein mitleiderregendes »Huhu« aus und tippt sie mit der Schnauze an.

»Mehr ist nicht da. Das war das Frühstück, Heringe sind im Augenblick alle.« Der Seehund und Tadje blicken sich traurig an. Dem Heuler läuft eine Träne aus einem Auge. Tadje würde ihn am liebsten in die Küche lassen. Allerdings riecht er nicht so besonders gut aus dem Mund und insgesamt ziemlich penetrant nach schlickigem Watt. Sie muss sofort an die fette Katze im Keller und an die wiederauferstandenen Krustentiere auf dem nächtlichen Tierfriedhof denken. Die rochen genauso nach moddrigem Schlick und Verwesung. Der Tochter des Polizisten läuft eine Gänsehaut über die Arme. Sie drängt den Seehund, der mit den vorderen Flossenfüßen schon in der Küche steht, zurück und schiebt ihn widerstrebend mit der Tür nach draußen.

Während sie die Tür schließt, wirft sie einen kurzen Blick auf den kleinen Anleger. Gestern hatte da noch dieses Boot gelegen. Sie ist sich gar nicht mehr ganz sicher, ob sie sich das nicht eingebildet hat. Heute Morgen liegt es zumindest nicht mehr da. Und dann sieht sie Meinhard Meyer wieder mit windzerzausten Haaren und wirrem Blick mit seiner riesigen Axt über das Gelände laufen. Gestern hatte sie ihn schon beobachtet, wie er mit dieser Axt wütend Holz hackte. Mit grimmigem Blick, als würde er gegen alles Böse der Welt kämpfen.

Auf einmal steht Vasco, der Sailor mit dem Dreitagebart, in der Küchentür. Tadje hatte eben beim Frühstück mit ihm verabredet, dass sie heute Morgen zur Tat schreiten wollen. Er trägt einen Troyer, gekauft bei einem traditionellen Hamburger Schiffsausrüster, wie er allen ständig erzählt. Er ist noch ein bisschen weniger rasiert als sonst und blickt heute besonders verwegen.

»Na, wie sieht es aus, wo krabbeln unsere Leckerbissen denn?« Er grinst Tadje gönnerhaft an. Aber er hat die Wanne mit den Krustentieren natürlich längst entdeckt. Der Typ tut so, als sei es für ihn die selbstverständlichste Sache der Welt, als würde er jeden Tag vom morgens bis abends Krebse kochen und die Scheren für den Verzehr knacken.

Tadje sieht ängstlich zu der Wanne hinüber. »Na, da«, antwortet sie mit dünner Stimme und deutet zur Zinkwanne.

»Und wo ist der große Topf mit dem kochenden Wasser?« Vasco blickt sie herausfordernd an.

»Ach so.« Tadje bekommt allein schon bei dem Gedanken, die Krebse ins kochende Wasser zu werfen, weiche Knie. Der große Stahltopf steht schon auf dem klobigen Gasherd aus alten Kinderheimtagen. Tadje füllt ihn randvoll mit Wasser, und mit vereinten Kräften hieven die beiden ihn auf den Herd.

»Ein paar schöne Exemplare dabei.« Während das Wasser zum Kochen kommt, begutachtet der Sailor die Krustentiere mit Kennerblick. Aber auch er klingt inzwischen nur noch halb so verwegen. Statt sich den Krebsen zu widmen, erzählt er Tadje lieber von dem sagenumwobenen Piratenfriedhof auf der Hallig.

»Ja, mega gruselig. Da sind ja außerdem auch Tiere vergraben, die dann ... keine Ahnung ... wieder lebendig werden oder so. Katzen, Krustentiere und angeblich auch die ermordeten Zwillinge von Herrn Meyer. Die soll er hier vor hundert Jahren oder so beerdigt haben, weiß auch nich.« Statt mit den lebendigen Schalentieren beschäftigt sie sich auch lieber mit den Toten auf dem Friedhof der Krustentiere.

»Das is voll der Horrorfilm.«

31

Die Warteecke im »Salon Alexandra« ist auch am Morgen schon wieder voll besetzt. Zwei der wartenden Damen haben nicht mal mehr eine ›Gala‹ oder ›Bunte‹ abbekommen. Sie sind in freudiger, aber auch etwas banger Erwartung, dass sie gleich bei Jungcoiffeur Eddie unter die Schere, Tönungspinsel und Fön kommen. Sandra ist schon wieder zum Nachschneiden da. Und Polizistengattin Heike Detlefsen ist ganz gespannt auf die neue Frisur. Den Pixie Cut hat sie bei Marret und Dörte ja schon gesehen. Aber bei ihr sieht Eddies Haarkreation vermutlich wieder ganz anders aus. Endlich hat sie einen der begehrten Termine bekommen.

Frau Bandixen und Oma Ahlbeck sitzen derweil unter der altbewährten Trockenhaube und werden von Janine verarztet und für die Wartezeit unter der Haube mit Zeitschriften versorgt, statt Regenbogenpresse heute mit ›Mein schöner Garten‹ und einer ›In Touch‹.

»Wat is dat denn?«, wundert sich Frau Ahlbeck. »Gar keine ›Frau im Spiegel‹ mehr?«, fragt sie mit rollendem R.

»Nee, Frau Ahlbeck«, weiß Janine. »›Frau im Spiegel‹ und ›Goldenes Blatt‹ haben sie aus dem Lesezirkel wohl rausgenommen.«

Oma Ahlbeck wirft einen schnellen Blick in das Heft. »Wer is dat denn? Die kenn ich ja alle gar nich. Gar nix drin über William und Kate?«

»Soll ich Ihnen vielleicht wat anderes bringen?« Janine kassiert die ›In Touch‹ wieder ein.

»Ja, man will doch informiert sein.« Oma Ahlbeck klingt regelrecht ungnädig.

Eddie kommt aus dem Hinterzimmer, wo früher mal die Sonnenbank stand, mit wehendem schwarzem Shirt und akkurat nach oben stehenden Haarspitzen in den Salon gerauscht, wie bei einem Bühnenauftritt. Seine beiden Scheren hat er bereits in der Hand.

»Wen darf ich denn als Erste glücklich machen?«, fragt er in die Runde. Die wartenden Damen juchzen auf, und eine Frau, für die es der erste Besuch im »Salon Alexandra« ist, nimmt gleich auf einem der Friseurstühle Platz. Der Jung-Maestro erklärt der neuen Kundin mit großer Geste und geschicktem Griff in ihre Haare seine Vorstellung von einer zu ihrem Typ passenden Haarkreation.

»Janine, kannst du die Dame schon mal waschen?« Eddie deponiert seine Scheren, Messer und Kämme neben dem Friseurstuhl und geleitet die Frau aus dem fernen Flensburg zum nahe gelegenen Haarwaschbecken. »Wenn Sie hier erst mal Platz nehmen mögen.«

»Waschen? Ich hab hier mit Frau Ahlbeck und Frau Bandixen zu tun!« Janine ist richtig angefressen. Was bildet dieser Schnösel sich ein, sie, die hier schon viele Jahre arbeitet, zum Lehrling zu degradieren, der für seine Kundinnen gerade mal die Haare waschen darf. Er tut so, als sei er hier der Chef. Janine blickt prüfend zu Alexandra hinüber. Aber die zuckt nur mit den Schultern. Und dann übernimmt sie das Haarewaschen doch. Bei ihren beiden Stammkundinnen ist im Augenblick tatsächlich nichts zu tun. Die sitzen glücklich und zufrieden unter der Climafly 3000. Aus Rache stellt sie das Wasser so heiß, dass die auswärtige Kundin, die Eddie anhimmelt, sofort aufstöhnt.

Wenig später ist Eddie in voller Aktion und lässt die Scheren über den Kopf seiner Kundin kreisen. Die Haare einer Seite fliegen in hohem Bogen durch den Raum, als Thies und Nicole den Salon betreten. Thies hält ein Plastiktütchen mit einem undefinierbaren Metallstück in der Hand. Alle drehen sich sofort zu den beiden um. Nur Eddie fuchtelt seiner Kundin unbeeindruckt weiter in ihren Haaren herum.

»Thies, wat machst du denn hier?«, wundert sich Polizistenfrau Heike. »Du warst doch gerade beim Friseur …«

»Heike, wir ermitteln.« Ihr Mann hat für das Frisurenthema im Augenblick überhaupt keinen Sinn. »Unser Freund hier …«, er deutet auf Eddie, »… muss uns dringend ein paar Fragen beantworten.«

Die Kundinnen blicken fasziniert zwischen den beiden hin und her. Alexandra will sich gerade einschalten.

»Zufrieden mit der neuen Frisur?« Eddie sieht Thies an, als sei er zum Nachschneiden und nicht zu einer polizeilichen Befragung hier.

»Ja, nee …« Thies strubbelt sich etwas verlegen durch den »Out-of-Bed«-Look.

»Deshalb sind wir nicht hier«, stellt Nicole klar.

»Schon mal gesehen, dat Teil hier?« Thies hält dem Friseur das Zellophantütchen vor die Nase.

»Nö, was soll das sein?« Eddie grinst Thies frech an.

Die versammelte Damenrunde auf den Wartestühlen

sieht sofort hinüber. Und auch Frau Bandixen und Oma Ahlbeck strecken ihre mit Lockenwicklern bestückten Dauerwellen aus den Trockenhauben heraus.

»'n Stück von 'ner Schraube, oder wat is dat?«, fragt Frau Ahlbeck. »Wat habt ihr damit denn vor?«

»Kommt Ihnen das vielleicht bekannt vor?«, wendet sich Nicole jetzt an den Jungfriseur, der seine beiden Scheren für einen Moment ruhen lässt und immer noch reichlich überheblich grinst. Dass die beiden Polizisten schon eine präzise Vorstellung von dem Fundstück haben, scheint er nicht zu ahnen.

»Dat is 'n Stück vom Dietrich«, schreit Frau Bandixen in die Runde.

Auch Salonchefin Alexandra und Friseurin Janine kommen jetzt dazu und begutachten das Plastiktütchen und seinen Inhalt.

»Dat sieht aus wie 'n Stück von einer unserer Scheren oder Messer ... das Effiliermesser«, stellt Janine mit sicherem Blick fest.

»Wie kommt ein Stück von meinem Effiliermesser in eure Plastiktüte?«, wundert sich Alexandra. »Wo habt ihr das denn gefunden?« Auch ihre Blicke richten sich sofort auf ihren neuen Mitarbeiter.

»Gibt es denn hier ein beschädigtes Messer?«, will die Kommissarin weiter wissen. »Fehlt etwas hier im Salon?«

»Ich zähle die Scheren und Kämme nicht täglich durch.« Alexandra streicht sich verlegen die rote Löwenmähne aus dem Gesicht. »Außerdem hat eigentlich jeder sein eigenes Werkzeug.«

»Dürfen wir uns Ihre Scheren und Kämme mal ansehen?«, wendet sich Nicole an Eddie. Aber eigentlich ist das keine Frage. Die Kundinnen im Salon verfolgen die Befragung immer gebannter.

»Is das etwa dat Mordwerkzeug?« Heike hat die ›Gala‹ beiseitegelegt und ist von ihrem Stuhl aufgestanden. Janine bekommt immer längere Ohren. Sie ist fast etwas schadenfreudig. »Eddie, die Schere« zückt triumphierend ein Effiliermesser aus der fahrbaren Werkzeugkiste. Thies sieht gar nicht mehr richtig hin. Er steht mittlerweile mit geschlossenen Augen mitten im Salon. Er hält die Plastiktüte vor sich, als würde die abgebrochene Messerspitze ihm die Lösung des Falles verraten oder zumindest, wo der andere Teil des Effiliermessers steckt.

32

Das Wasser in dem Topf kocht sprudelnd. Das heiße Wasser schwappt schon über. Aber weder Tadje noch Vasco machen Anstalten, eines der Krustentiere hineinzuwerfen. Beide sehen sich zunächst abwartend an.

»Wie wird dat jetzt gemacht? Einfach aus der Wanne holen und dann in das kochende Wasser werfen?«, fragt Tadje noch mal, obwohl sie es eigentlich genau weiß.

»Ja, einfach rein damit.« Doch so recht wagt sich auch der Weltumsegler nicht an die krabbelnden Krebse.

»Herr Meyer meinte ja noch, man muss mit den Scheren aufpassen. Man muss die Krebse so anfassen, dass sie einen nicht kneifen können.« Tadje hat einen besorgten Gesichtsausdruck. »Er hat wohl schon mal erlebt, dass so ein Krebs einem den Finger abgekniffen hat.«

Als er das hört, besinnt sich Vasco doch wieder auf das von ihm gepflegte Sailor-Image und greift sich einen Taschenkrebs aus der Wanne. Aber so recht bekommt er den Krebs nicht gleich zu fassen. Das Krustentier rudert mit den Scherenarmen, Vasco muss mit der linken Hand nachfassen, und im selben Moment hat der Krebs seinen Mittelfinger in seiner Schere. Das Tier kneift sofort zu, Vasco schreit auf und versucht den Knieper abzuschütteln. Vergeblich.

»Scheiße, verdammt, mein Finger!« Er schüttelt seine

Hand immer heftiger. »Guck nich so! Hilf mir mal!« Der Sailor klingt kleinlaut.

»Was soll ich machen?« Tadje versucht die Schere auseinanderzuziehen. Sie hat keine Chance. »Am besten ins heiße Wasser.«

»Mit der Hand ins kochende Wasser? Bist du verrückt?«, jault der Sailor.

»Nein, natürlich nur den Krebs … wenn es irgendwie geht.« Tadje nimmt seine Hand mit dem Tier und hält es in den Topf. Das Krustentier wehrt sich mit allen Kräften, der Weltumsegler wimmert. Doch dann löst das Krustentier seine Schere.

Vasco springt, den blutenden Mittelfinger von sich gestreckt, durch die Küche. Jetzt hat er nicht nur eine Bisswunde, sondern sich auch noch verbrüht. Tadje widmet sich dem Taschenkrebs, der noch um sein Leben kämpft und mit den Scheren immer wilder um sich greift. Der Körper hängt schon halb im kochenden Wasser. Mit den beiden Scheren hält sich das Tier noch verzweifelt am Topfrand fest und versucht, dem Bad im siedenden Wasser zu entgehen. Tadje nimmt einen großen Holzlöffel, löst die Scheren vom Rand des Topfes und drückt das Krustentier in das tödliche Wasserbad. Nein, wirklich, Eventmanagment hat sie sich anders vorgestellt.

Mit den nächsten Krebsen macht sie es genauso. Beim dritten Krebs hat sie fast schon Routine. Die Krustentiere haben keine Chance, sich mit ihren Scheren am Topfrand festzuhalten. Tadje rückt ihnen sofort mit dem Holzlöffel zu Leibe. Zwischendurch verarztet sie den winselnden Weltumsegler mit einem Pflaster, das sofort blutdurchtränkt ist. Die verbleibenden Krebse kratzen immer heftiger an den Wänden der Blechwanne, als ahnten sie, was gleich auf sie zukommt. Vasco sitzt daneben und gibt hilfreiche Hinweise. Er ist raus aus der Nummer und ganz offenbar froh darüber.

Als Tadje gerade das nächste Schalentier ins Wasser wirft, stehen auf einmal Marret, Ilona und Rotschenkel Heidrun in der Küche.

»Tadje, hast du Sabine gesehen?« Marret klingt aufgeregt. »Du weißt schon, die Kollegin von unseren Hellsehern, die mit meiner früheren Frisur.«

»Haben Sie ihr das Frühstück gebracht?«, fragt Ilona.

»Nein, wieso?« Tadje ist voll und ganz mit ihren Krebsen beschäftigt.

»Wir waren gerade bei ihr im Zimmer.« Rotschenkel Heidrun wippt von einem Bein aufs andere. »Aber sie ist nicht in ihrem Zimmer, und anderswo können wir sie auch nicht finden.«

»Dabei liegen ihre Klamotten noch alle da«, gibt Ilona zu bedenken. »Als hätte sie sich gar nicht angezogen.«

»Ihre Freundin war doch auch nicht beim Frühstück.« Marret sieht den Weltumsegler fragend an.

»Nein, ich hab ihr Kaffee und ein Rührei aufs Zimmer gebracht. Sie ist nicht ganz so amused von der Atmo hier draußen. Aber wir mögen das, was, Tadje?« Er grinst die Praktikantin an und reckt stolz den Stinkefinger mit dem blutigen Pflaster nach oben. In der anderen Hand hält er bereits das zweite Glas Rum. Vasco ist schon wieder halbwegs obenauf.

»Eure Freundin wird sich in dem großen Hotel verlaufen haben«, versucht er die drei Hellseherinnen zu beruhigen.

Doch die drei Damen sind viel zu aufgebracht. »Sabine hatte so komische Visionen. Sie hat von einem kleinen Jungen erzählt, von Zwillingen und von einem Boot, das hier im Sturm angelegt hat«, ereifert sich Ilona.

»Aber wir haben heute Morgen nachgesehen, da liegt kein Boot«, fällt Heidrun ihr ins Wort. »Ich war gerade mit Udo zusammen am Anleger.«

Tadje sagt gar nichts. Sie hat schließlich dieselbe Beobachtung gemacht. Aber sie will sich nicht lächerlich machen.

»Und dann hat Meinhard Meyer erzählt, dass sein Sohn Michi Meyer aus einer psychiatrischen Anstalt ausgebrochen ist ...« Marret ist ganz bleich unter ihrer schicken neuen Frisur.

»Der soll ja vor vielen, vielen Jahren ...« Ilona zögert.

»... er hat seine beiden Schwestern umgebracht«, führt Marret den Satz zu Ende.

33

Thies steht immer noch mit geschlossenen Augen mitten im Salon. Er hält die Arme leicht von sich gestreckt und atmet tief durch. Er will den Ort erspüren und die Wahrheit. Vor allem aber nimmt er den Duft verschiedener Shampoos, Festiger und Haarsprays auf. Die Kundinnen des Salons sehen ihn staunend an. Das Plastiktütchen mit dem abgebrochenen Effiliermesser hat Nicole inzwischen an sich genommen.

»Thies fühlt sich ja neuerdings in den Fall hinein«, erklärt sie der versammelten Damenrunde mit der Betonung auf »fühlen«.

Bei dem Stichwort horcht Sandra sofort auf. »Hellsehen und Hellfühlen, dat macht Marret doch jetzt auch gerade bei diesem Seminar auf Hallig Westeroog.«

»Ermittlungsarbeit im Spannungsfeld zwischen ...« Nicole überlegt. »Wie war das?«

»... Intuition und Erfahrung.« Thies schlägt die Augen wieder auf.

»Na ja, bei Marret geht dat ja vor allem um dat Hellhören«, wendet Heike ein.

»Heike, dat is ganz was anderes, hier handelt es sich um ernsthafte Polizeiarbeit.« Die Frauen im Salon sehen Thies mit großen Augen an. Heike ist richtig ein bisschen stolz auf ihren Mann. Nur »Eddie, die Schere« grinst süffisant.

Thies sieht ihn durchdringend an. Irgendwie ist er sich sicher, dass die Lösung des Falles mit dem »Salon Alexandra« und mit seinem neuen Friseur zu tun hat.

»Waren Sie schon mal im Biohof von Lara Brodersen?«, versucht die Kommissarin die Befragung wieder aufzunehmen.

»Was hab ich im Biohof zu suchen? Ich steh nich so auf Dinkelkissen.« Eddie grinst.

»Sach dat mal nich, min Jung!«, protestiert Oma Ahlbeck. »Seitdem ich dat Kissen hab, schlaf ich wieder durch. Dat is der Wärmeaustausch. Gut gegen Verspannung und Rheuma.«

»Die Rheumakissen von Lara kommen ja auch aus biologischem Anbau!«, schreit Frau Bandixen dazwischen.

Nicole verdreht die Augen. Allmählich gehen ihr die Zwischenbemerkungen der Friseurkundinnen auf die Nerven. Eddie richtet seine Haarstacheln. Er hat immer noch sein überhebliches Grinsen auf dem Gesicht. Die Kundin mit der halbgeschnittenen Frisur blickt verunsichert. Thies wechselt endgültig vom Einfühl-Modus zur klassischen polizeilichen Vernehmungstechnik.

»Vielleicht stehst du nich auf Dinkelkissen, aber dafür auf antiquarische Geldschränke«, blafft er ihn an.

»Ach, verkauft Lara neuerdings auch alte Möbel?«, ruft Sandra vom Wartestuhl in die Befragung rein.

»Geldschränke? Wieso?« Eddie spielt weiter den Unschuldsengel.

»Aus dem Geldschrank haben wir dies hier rausgefischt.« Nicole hält ihm die Plastiktüte mit der abgebrochenen Spitze des Effiliermessers vor die Nase.

»Wenn du an dem Tresor rumgefummelt hast, dann kriegen wir das raus.« Thies lässt keine Zweifel aufkommen. Wenn Eddie am Einbruch im Bioladen beteiligt war, dann vermutlich auch an dem beim Schimmelreiter und bei Tante Telse. »Wir nehmen auf der Wache gleich mal deine Fingerabdrücke.«

Heike macht sich ernste Sorgen, dass ihr Friseurtermin platzen könnte. Janines triumphierendes Grinsen dagegen wird immer breiter. Aber die Frau auf dem Friseurstuhl wird langsam unruhig.

»Und selbst wenn das Teil hier aus dem Salon ist, was hab ich damit zu tun? Was hab ich mit alten Geldschränken im Biohof zu schaffen? Bin ich bei der Panzerknacker-AG, oder was?« Eddie streckt seine beiden Hände, in denen er immer noch die Scheren hält, fragend aus. »Effiliermesser haben wir viele, da kommt jeder ran. Auch Kunden oder Kundinnen können so was mal mitgehen lassen.«

Jetzt schaltet sich auch Salonchefin Alexandra ein. »In einem muss ich ihm recht geben, hier ist in letzter Zeit allerhand los. Viele, die wegen Eddie auf einmal neu im Salon aufkreuzen. Damen, aber auch Herren.« Sie bindet sich die wilde Mähne mit einem Haargummi zusammen. »Da tauchen plötzlich Leute auf, die ich hier noch nie gesehen hab.« Alexandra blickt etwas ratlos, Eddies Kundin mit dem unfertigen Haarschnitt beleidigt.

»Man kriegt ja überhaupt keinen Termin«, ereifert sich Heike. »Ich musste wochenlang warten.«

»Die Kundinnen kommen inzwischen ja von Gott weiß woher angereist.« Alexandra klingt fast verzweifelt.

Eddie klappert selbstbewusst mit beiden Scheren.

»Und Herren auch«, stimmt Janine in das Lamento mit ein. »Die seltsamsten Typen. Neulich, dieser komische Kerl. Der war doch gar nich wegen Eddie gekommen, sondern wegen den Frisurenfotos im Schaufenster.«

»Frisurenfotos? Was für Frisurenfotos?« Nicole wird das Gefühl nicht los, dass sie bei ihrer Befragung vom Thema abkommen.

»Der hatte im Schaufenster dat Foto mit dem Bob und dem fetten Pony in Kupferrot gesehen«, erklärt Janine. »Komischer Typ. Roch nich gerade gut.«

»Ich hab noch gesagt, dat is doch die Frisur, die Marret all die Jahre hatte.« Oma Ahlbeck ist mittlerweile vollständig aus der Climafly herausgeschlüpft.

»Warum steht meine Frisur eigentlich nich im Schaufenster?«, fragt Heike beleidigt.

»Und dann wollte er sich die Haare schneiden lassen.« Janine klingt so, als hielte sie das für eine völlig abwegige Idee.

Alexandra überlegt. »So genau weiß ich es auch nicht mehr. Eddie, du hast den Herrn doch geschnitten?«

»Viel war da ja nich zu schneiden.« Janine grinst ihren jungen Kollegen an. »War echt 'n bisschen strange. Der hat Eddie die ganze Zeit so komisch angestarrt. Warst wohl sein Typ.« Ihr Grinsen wird immer breiter.

»Keine Ahnung«, flüstert der Friseur ungewöhnlich kleinlaut. »Weiß auch nich, irgendwie krank. Und föhnen wollte er dann nich mehr. Hat nur schnell bezahlt und ist dann raus aus dem Laden.«

»So kommen wir hier mit der Befragung nicht weiter.« Nicole ist genervt von den Frisurendiskussionen und den ständigen Zwischenkommentaren der Kundschaft. Sie kennt das ja schon, Befragungen im Friseursalon gestalten sich schwierig. »Sie kommen jetzt mal mit uns auf die Wache, da können wir uns ein bisschen ungestörter unterhalten.«

Eddie will protestieren. Doch Thies und Nicole lassen keine Zweifel aufkommen, dass Eddie sie jetzt auf die Wache begleiten wird. »Deine beiden Scheren kannst du ruhig hierlassen.« Mit den Worten schubst Thies den Jungcoiffeur sanft Richtung Ausgang.

Die versammelten Damen im Salon sind enttäuscht, dass sie bei der weiteren Befragung nicht dabei sein dürfen. Eddies Kundin sitzt mit Friseurumhang und dem halben Haarschnitt konsterniert auf dem Friseurstuhl. Ihr fehlen die Worte. Und auch Polizistengattin Heike ist regelrecht entsetzt. »Thies, dat darf nich wahr sein, wat ist mit meinem Friseurtermin?«

»Heike, dat weißt du doch, Mord geht vor.«

»Da hab ich Wochen drauf gewartet. Thies, dat kannst du jetzt nich machen. Ich will meinen Pixie Cut!«

34

Die Ermittlungen stocken. Thies und Nicole kommen nicht weiter. »Eddie, die Schere« haben sie nach einer längeren, aber ergebnislosen Befragung wieder nach Hause beziehungsweise in den »Salon Alexandra« geschickt. Dass er an dem Einbruch in den Biohof beteiligt war, leugnete er beharrlich. Von den anderen Einbrüchen bei Dossmann und vor allem bei Tante Telse wollte er erst recht nichts wissen. Die weiteren Fragen nach möglichen Komplizen erübrigten sich damit. Sachdienliche Hinweise waren von Eddie nicht zu bekommen. Er hatte den beiden Polizisten vergleichsweise entspannt gegenübergesessen und die Kommissarin mit Frisurentipps überschüttet.

Nicole war froh, als er wieder aus der Wache raus war. Über Mittag war sie in Husum mit dem Auto unterwegs. In geheimer Mission. Thies hat den Verdacht, dass da wieder was mit Niggemeier, dem Vater von Finn, läuft. Auf dem Schreibtisch in ihrem Husumer Büro hat Thies das Makler-Exposé eines alten Reetdachhofes hinterm Deich liegen sehen. Alleine will sie da bestimmt nicht einziehen, vermutet er. Nicole hatte nur vielsagend gegrinst. Auch heute Nachmittag ist sie bester Laune. Mit ihrem gemeinsamen Fall kann das nichts zu tun haben.

Jetzt sitzen die beiden bei Krabbenbrötchen und Kaffee zusammen mit Bounty und Piet Paulsen in der »Hidden

Kist«. Paulsen stiert leicht deprimiert vor sich hin. Seitdem Alexa aus seinem Wohnzimmer geraubt wurde, verbringt er die Tage wieder in der »Hidden Kist«. Antje begrüßt das eigentlich, aber die Gemütslage ihres Stammkunden macht ihr doch Sorgen. Bounty scrollt auf seinem neuen, gebraucht erworbenen Smartphone. Er hat das aktuelle Gebot für Piets Fußballalbum bei Ebay aufgerufen.

»Alle Achtung, Piet, für dein Album werden jetzt schon dreihundertsiebzig Euro geboten«, versucht er ihn etwas aufzuheitern.

»Sach ich doch, und dat is noch mehr wert. Aber ich will ja gar nich verkaufen.«

Thies und Nicole diskutieren den dürftigen Stand der Ermittlungen. »Nicole, wir müssen uns noch intensiver in den Fall einfühlen«, findet Thies.

»Deine Intuitionen …«, sie wedelt mit beiden Händen durch die Luft, »… haben uns bisher noch nicht viel weitergebracht.«

»Deshalb sag ich doch: intensiver.« Thies sieht seine Kollegin herausfordernd an.

»Willst du durch Hellsehen rausbekommen, wer zu dieser ominösen Bande gehört?« Sie schüttelt den Kopf. »Außerdem wissen wir noch nicht mal, ob die mit dem Tod der Tante überhaupt etwas zu tun haben. Bisher wissen wir eigentlich nur, dass Telse vor ihrem Tod noch mal richtig beim Heringstopf ›Lukullus‹ zugeschlagen hat …«

Der Fredenbüller Hauptmeister strubbelt sich einmal kräftig durch die Frisur. »Deshalb müssen wir die Ermittlungen intensivieren, dat sag ich doch.« Irgendwie ist Nicole nicht recht bei der Sache, hat Thies das Gefühl.

»Antje, wat kommt da eigentlich alles rein?«, schaltet sich Piet Paulsen ein. »In den Lukullus-Topf.«

»Ja, Antje, warum hast du Lukullus eigentlich nich auf der Karte?« Bounty, der immer noch in Zeitlupe auf seinem Handy herumscrollt, grinst breit. »Lukullus klingt geil. Das würde ich unbedingt auch mal ordern. Was meinst du, Susi?« Er sieht den Imbisshund fragend an.

»Ufff.« Susis müde Reaktion klingt eindeutig nach einem Nein.

»Mal wat ganz anderes«, bemerkt Piet auf einmal. »Wo bleibt Klaas eigentlich?«

»Hat heute anscheinend mehr auszutragen als sonst«, vermutet Thies.

»Nee, dat war nich viel«, weiß Antje. »Er hat ja vorhin wie immer seine Post hier auf der Zwei sortiert, und dat war eher weniger als sonst … oder, Bounty?«

»Post wird ja immer weniger«, bestätigt der Althippie. »Geht jetzt alles übers Internet.« Er präpariert sich eine Selbstgedrehte. »Piet, du kannst von Glück sagen, dass du den digitalen Spion los bist.«

Als Antje Thies und Nicole gerade mit neuen Krabbenbrötchen versorgen will, bremst der Schimmelreiter in dem Auto von Tapeten Torbarben mit quietschenden Reifen vor der »Hidden Kist« und stürmt den Imbiss.

»Wat ist los, Hauke? Schon wieder 'n Toter?«, flachst der Hauptmeister.

»Mensch, Thies, hör bloß auf«, quiekt Antje. Thies winkt gleich ab.

»Nee! Klaas!« Der Schimmelreiter wirkt vollkommen aufgelöst.

»Um Himmels willen! Wat is mit Klaas?«, schreien jetzt alle durcheinander und blicken Hauke konsterniert an.

»Klaas lag bei mir vor der Tür, das heißt 'n kleines Stück weiter Richtung Dorfstraße.«

»Wie bitte?!« Antje schwankt und klammert sich an die Fritteuse.

»Was ist mit ihm?«, will Nicole wissen.

»Ich hab gleich bei Telje angerufen.« Der Schimmelreiter wirkt etwas konfus.

»Telje? Wieso Telje?« Piet Paulsen sieht ihn fragend an.

»Telje is doch jetzt in Husum, Nordseeklinik«, erklärt Thies.

»Wat is denn mit ihm?« Antjes Stimme klingt dünn, aber schon wieder etwas erleichtert, dass der Postbote offenbar noch am Leben ist.

»Ja, Scheiße, er lag da.« Hauke zuckt mit den Schultern. »Is wahrscheinlich niedergeschlagen worden. Keine Ahnung. Als ich ihn gefunden hab, kam er grade wieder zu sich und wusste von nichts. Ich hab dann Husum angerufen und gleich Telje verlangt.«

»Die Chefärztin höchstpersönlich!« Bounty versucht ein vorsichtiges Grienen.

»… die haben gleich 'n Unfallwagen geschickt, der war von Bredstedt in zehn Minuten da.« Hauke nickt anerkennend. »Viel schneller bin ich mit dem Mustang auch nich.«

»Und wie geht es ihm? Nu sag schon!« Antje hat einen hochroten Kopf. »Wo is er jetzt?«

»Dat war auch so 'n Ding. Er ist gleich wieder aufgestanden und wollte hierher. Vorher wollte er wohl noch seine Post suchen.«

»Die Post suchen?« Thies macht sich ernste Sorgen um seinen Freund.

»Dat war wohl 'n Überfall. Die haben seine ganze Post mitgenommen. Weiß auch nich.«

»Die Post geklaut? Ist ja irre!« Bounty kann es gar nicht glauben.

»Viel kann dat nich gewesen sein«, krächzt Piet inzwischen wieder in gewohnter Stimmlage und Lautstärke. »Hauptsächlich Reklame.«

In dem Moment klingelt Thies' Handy, die Weiterleitung von der Wache. »Wieder alles auf einmal«, stöhnt er, während er das Telefon aus der zu engen Polizeijacke fummelt. Die Ereignisse überschlagen sich.

»Polizeistation Fredenbüll, Sie sprechen mit Polizeihauptmeister Thies Detlefsen …« Alles lauscht und sieht Thies in der Erwartung neuester Nachrichten vom überfallenen Postboten mit großen Augen an.

»Wat sagen Sie? Eine blinkende Dose … mitten zwischen den Schafen am Deich …« Thies nickt, die anderen horchen. »Ja, dat kommt hin, die is als vermisst gemeldet. Bleiben Sie vor Ort. Ich schick gleich jemand vorbei.« Thies beendet das Gespräch. »Piet, sie haben Alexa wiedergefunden, am Außendeich Richtung Neutönninger Siel zwischen der Schafsscheiße. Aber sie sagt keinen Piep, sie will scheinbar nur mit dir sprechen.«

35

Zu ihren vorgesehenen Übungen sind die Hellseherinnen heute gar nicht gekommen. Frau Lammers-Lindemanns Seminarplan ist vollständig durcheinandergeworfen. Dabei wollte Workshop-Leiterin Iris heute eigentlich mit der Einstimmung auf die in Kürze geplante Séance beginnen. Aber statt Hellsehen und Hellfühlen und erster Kontaktaufnahme mit dem Jenseits, ist die gesamte Gruppe bereits den ganzen Tag auf der Suche nach Sabine. Hellwissen würde jetzt weiterhelfen, hat Udo schon bemerkt. Aber keiner weiß, wo Sabine steckt.

Marret und Ilona, Claudia und Yvonne, Heidrun, Udo und Iris Lammers-Lindemann haben das gesamte Hotel durchkämmt, die langen Zimmerflure, die Bibliothek natürlich, aber auch die Kellerräume und den Dachboden. Ilona und Yvonne sind durch Regen und Sturm an dem Tierfriedhof vorbei zu der kleinen Kapelle gelaufen. Sie waren am Bootsanleger und in dem unbewohnten Teil des ehemaligen Kinderheimes. Alle sind an der Suche beteiligt. Nur Meinhard Meyer sieht das Verschwinden seines Hotelgastes erstaunlich gelassen. Er war mit wirrem Haar und unfreundlichem Blick an der Gruppe vorbeigelaufen und hatte etwas Unverständliches gebrummt, als sei das Verschwinden eines Gastes nichts Ungewöhnliches auf Westeroog.

Rotschenkel Heidrun ist Udo Schmelzer bei der Suchaktion nicht von der Seite gewichen. Udo hat schließlich leidvolle Erfahrungen mit verschollenen Frauen. Das ganze Hotel mit seinen seit Jahrzehnten unbewohnten, vor sich hin rottenden Fluren und Gebäudetrakten flößt allen mittlerweile einen Schrecken ein. Und als ihnen in einem der Kellerräume aus dem Eimer mit Fischabfällen ein Taschenkrebs im schnellen Seitwärtsgang direkt über den Weg läuft und mit seiner Schere Heidrun in die lackierten Zehen kneifen will, flüchtet sie sich mit einem Aufschrei in Udos Arme. Das Krustentier schnappt sich stattdessen eine fette Spinne, die es sich sofort einverleibt.

Die Hellseherinnen sind kaum zum Essen gekommen. Tadje hat den Teilnehmern des Workshops als kleinen Imbiss zwischendurch nur ein paar Heringshappen serviert. Sie sind voll und ganz mit der Suche beschäftigt. Aber Sabine ist nirgends aufzufinden.

»Sie muss aber doch irgendwo sein.« Yvonne klingt verzweifelt.

»Eure Freundin hatte die Nase voll von diesem öden Eiland … genau wie ich.« Die junge Freundin von Weltumsegler Vasco zieht die übliche Flappe. »Sie hat die Fliege gemacht. Aber warum, verdammt, hat sie mich nicht mitgenommen?«

»Sie kann doch gar nicht von der Hallig weg«, jammert Claudia.

»Vor allem nicht bei diesem Wetter.« Marret ist sich sicher.

Sailor Vasco sieht heute angeschlagen aus, alles andere als seetüchtig. Und er verhält sich auffällig ruhig. Seine

Hand schmerzt, möglicherweise eine Entzündung, vermuten die Hellseherinnen. Offenbar hat der Krebs doch kräftiger zugebissen als zunächst gedacht. Wo Sabine abgeblieben ist, weiß er natürlich auch nicht. Die beiden haben ja sowieso nicht das beste Verhältnis.

Iris Lammers-Lindemann sieht mit bohrendem Blick durch alle hindurch in die Ferne. »Ich kann sie irgendwo in diesem Hotel sehen«, säuselt sie. »Ich sehe sie.«

»Ja?«, fragt Udo interessiert.

»Wo?«, will Rotschenkel Heidrun wissen und klammert sich schon wieder an Udo.

Nach einem abendlichen Imbiss, einigen Drinks, nach Heringshappen und den obligatorischen Fredenbüller Kräutertees machen sich Marret und Tadje zusammen noch mal auf die Suche nach Sabine durch das unheimliche Hotel. Der Wind rüttelt inzwischen wieder stärker an den Fenstern. Auf ihrem Weg durch die endlosen Flure meinen sie, schrilles Kinderlachen und ein Schreien zu hören. Jemand ruft »Spiel mit mir«. Dann glauben sie, das Fauchen der Katze zu hören, die einem über den Boden laufenden Taschenkrebs hinterherjagt. Aber das war wohl doch nur ein Schatten, die Möwen von draußen oder eine quietschende Tür, die ein Windzug geöffnet hat. Wieso bekommen alle auf der Hallig diese komischen Visionen? Ist an dem Hellseher-Hokuspokus von Frau Lammers-Lindemann vielleicht doch etwas dran? Nach ihrer nächtlichen Horrortour über den Friedhof der Krustentiere ist Tadje verunsichert. Und jetzt haben sie und Marret dieselben Visionen, von denen Sabine erzählte. Nur der kleine Junge sitzt nirgendwo, und auch den Teppichboden mit den orangenen und roten Hexagonen können sie nirgends entdecken.

Marret fühlt sich immer wieder in ihre Kindheit zurückversetzt. »Es ist nicht zu glauben, hier hat sich überhaupt nichts verändert«, raunt sie Tadje immer wieder zu. Ganz leise, als sei das ein Geheimnis, das niemand wissen dürfe.

Auf ihrer Odyssee durch das riesige ehemalige Kinderheim landen sie schließlich am Ende eines langen Ganges im zweiten Obergeschoss vor der Zimmertür mit der Nummer zweihundertsiebenunddreißig. Einen Moment bleiben sie zögernd vor der Tür stehen. Meinhard Meyer hatte Tadje immer wieder ermahnt, dieses Zimmer nicht zu betreten. Es klang fast wie eine Warnung. Marret blickt konsterniert auf die Zahlen, und Tadje sieht Marret verwundert an. Dann drückt sie die Klinke. Zunächst lässt sich die Tür nicht öffnen. Tadje rüttelt und zieht an der Türklinke. Von draußen ist das Schreien einer Möwe zu hören. Und dann bewegt sich das Türblatt. Die Unterkante des Türblattes hängt irgendwo fest. Sie lässt sich nur einen kleinen Spalt öffnen. Etwas ist im Weg. Tadje stemmt sich mit einem Schwung dagegen. Ein Stück Teppichboden zerreißt, dann öffnet sich die Tür, Tadje und Marret tappen in das Zimmer zweihundertsiebenunddreißig.

Mondlicht erhellt den Raum. Es wirkt, als würde das Zimmer durch einen vor dem Fenster aufgestellten Scheinwerfer mit fahlem weißem Licht ausgeleuchtet. Die beiden starren verblüfft und erschrocken auf den in einem Lichtkegel erhellten Teppichboden. Die Hexagone springen ihnen fast entgegen. Die Farben sind grell. Aber das

Rot, Braun und Orange wirken in dem fahlen Mondlicht kalt.

Marret und auch Tadje wird plötzlich heiß und kalt zugleich. Es kommt ihnen vor, als sei es eine Erscheinung. Aber diesen Teppich, den Sabine beschrieben hat und den Marret jetzt auch zu erinnern meint, gibt es tatsächlich immer noch.

»Tadje, lass uns hier wieder rausgehen, mir ist das unheimlich.« Marret klingt beunruhigt.

»Ja, unheimlich, aber is doch voll aufregend.« Tadje möchte sich hier gern noch etwas umsehen.

»Irgendetwas stimmt hier nicht, ich weiß auch nicht. Außerdem muss ich unbedingt mal auf Toilette.« Marret wippt unruhig von einem Fuß auf den anderen. »... der Tee!«

36

Klaas hat sich mit Händen und Füßen gegen die Fahrt ins Krankenhaus gewehrt. Stattdessen konnte er die beiden Sanitäter überreden, ihn in »De Hidde Kist« zu begleiten. Es ist schon spät. In der Klinik hätten sie ohnehin nicht mehr viel mit ihm angestellt. Der Fredenbüller Postbote macht tatsächlich auch schon wieder einen recht munteren Eindruck. Und dann hat er versprochen, morgen zum Arzt zu gehen. Außerdem haben die beiden Jungs vom Rettungsdienst sowieso gleich Feierabend, und, am allerwichtigsten, Telje hat auch Feierabend und schaut gleich in der »Hidden Kist« vorbei, um nach Klaas zu sehen.

»Ist dir übel? Hast du noch Kopfschmerzen? Schwindelgefühl?« Telje hat den Fragenkatalog voll drauf. Mit Ohnmachtspatienten hatte sie in der Ambulanz der Husumer Klinik schon ein paarmal zu tun. »Weißt du, wie das alles passiert ist?«

»Ganz komisch. Ich war mitten beim Austragen. Auf einmal macht es knack im Kopf, und dann war alles weg.«

»Postbote is 'n gefährlicher Beruf«, bemerkt Piet Paulsen. Aber er ist nicht richtig bei der Sache, denn er hat nur Augen für Alexa, die vor ihm auf Stehtisch Zwei steht und immer noch nichts sagt.

Telje fühlt sich bestätigt, Erinnerungslücken sind ein

typisches Symptom. »Du hast sehr wahrscheinlich ein leichtes Schädel-Hirn-Trauma, Klaas.«

»So weit waren wir auch schon mit unserer Diagnose, Frau Doktor«, grient einer der beiden Sanitäter und beißt genüsslich in einen Croque »Störtebeker«, den Antje ihm gerade serviert hat.

»Das Bewusstsein des Patienten sollte beaufsichtigt werden. Dabei sollte er mit erhöhtem Oberkörper sitzen oder liegen«, repetiert Telje aus dem Pschyrembel.

»Wir sind ja da, Telje«, stoppt Thies seine Tochter. Aber ein bisschen stolz ist er auch.

»... und auf dem Barhocker sitzt er ja aufrecht«, brummt Paulsen. Tatsächlich ist Klaas unter Aufsicht. In der »Hidden Kist« sind zu später Stunde mal wieder alle versammelt. Nur Nicole fehlt. Thies hat einen Verdacht, wo sie schon wieder steckt. Sollte sie tatsächlich ihre Affäre mit Studienrat Niggemeier wiederbelebt haben und vielleicht sogar schon Besichtigungstermine für ein gemeinsames Haus machen?

Piet drückt derweil etwas ratlos auf Alexa herum, die jetzt orange statt blau blinkt. »Sorry, ich kann dich momentan nicht verstehen.«

»Alexa, ich kann dich gut verstehen«, kräht Piet in doppelter Lautstärke, als sei seine digitale Haushaltshilfe schwerhörig.

»Die Kiste muss ans Internet angeschlossen werden«, bemerkt der Sanitäter mit vollem Mund.

»Antje hat doch jetzt WLAN.« Klaas ist voll auf der Höhe der Zeit.

»Aber sie weiß ihr Passwort nicht, oder?«, grient Bounty.

»Passwort, wieso? Ganz einfach: *dehiddekist*, einfach ohne Pause hintereinander weg.«

»Da kommt ja wirklich keiner drauf.« Bountys Grinsen wird breiter.

»Besonders sicher ist das Passwort tatsächlich nicht«, gibt Telje zu bedenken. Sie hat die digitale Haushaltshilfe schnell online geschaltet. Jetzt blinkt der Ring wieder blau.

Piet kann es gar nicht abwarten »Alexa, kannst du mich jetzt verstehen?«

»Ich verstehe dich gut, Piet. Hast du deine Pillen genommen? Haben Magath und Hrubesch heute ihr Futter bekommen?«

Thies unterbricht die Fragerunde sofort. »Alexa, stopp mal, wir haben mal 'n paar Fragen …«

»Piet, hast du wieder Besuch?«

»Ja, nee, wir sitzen hier in der ›Hidden Kist‹ zusammen …« Und dann raunt Paulsen, an Thies gewandt, »… wenn sie 'ne andere Stimme hört, dat erkennt sie sofort«, erklärt er.

»›De Hidde Kist‹« ist ein Imbiss. Die Spezialität ist Putenschaschlik ›Hawaii‹, das Lieblingsessen von Piet«, rekapituliert die kleine schwarze Box.

»Ja, dat is uns bekannt.« Thies will schnell zur Sache kommen.

»Für die Erkenntnis brauchen wir kein Smart Home Office«, merkt Bounty kritisch an.

»Mögt ihr mir eure Namen nennen?«, fragt Alexa.

»Nö, mögen wir nich«, nuschelt der Althippie. »Spinnt ja wohl, die Alte!«

»Wir wollen hier mal mit der Befragung weiterkommen.« Allmählich ist Thies genervt.

»Nun mal ganz sutsche«, mahnt Alexa.

»Hat sie von mir«, verkündet Paulsen stolz. Die anderen grinsen breit.

»Piet, frag du sie mal, wo sie gewesen is«, bittet Thies seinen Imbissfreund um Unterstützung.

»Alexa, wo bist du gewesen?«

»Normalerweise stehe ich bei dir im Wohnzimmer, Piet.«

»Aber jetzt haben dich Leute am Deich gefunden, mitten zwischen den Schafsködeln.« Thies ist ungeduldig.

»Was ist ein Deich? Was sind Schafsködel? Ich habe dich nicht verstanden.«

»Thies, ihren Ausflug hat sie gar nicht mitgekriegt.« Paulsen winkt ab, als wäre Alexa eine verwirrte alte Tante.

»Bei Piet war doch 'n Einbruch …«, fragt der Polizist weiter.

»Was ist ein Einbruch? Ich verstehe dich nicht.« Die schwarze Box stößt an ihre Grenzen.

»Alexa, wir hatten doch neulich Besuch«, erklärt Paulsen, der besser weiß, wie man mit Alexa ins Gespräch kommt. »Die haben dich mitgenommen. Wo warst du da?«

»Ich war bei Gina-Marie und Eddie«, kommt es wie aus der Pistole geschossen. »Wir haben überlegt, ob wir dein Fußballalbum auf Ebay versteigern.«

»Mein Fußballalbum? Alexa, bist du verrückt geworden?!« Piet ist entsetzt. »Dat kannst du nich machen!«

»Sag mal, Eddie, dat is doch der neue Friseur bei Alexandra!« Antje fällt der Frittierkorb fast aus der Hand.

»Und Gina-Marie?«, ruft Telje. »Die war doch bei Tadje und mir in der Klasse.«

»Den verrückten Friseur hatten wir gerade auf der Wache.« Thies strubbelt sich durch die Haare. »Mit dem haben wir jetzt noch mal 'n Hühnchen zu rupfen.«

Piet Paulsen wendet sich demonstrativ von der blinkenden Box ab. »Und ich hab 'n Hühnchen mit Alexa zu rupfen.«

37

Marret ist auf der Suche nach der nächsten Toilette. »In
der Nähe von Zimmer zweihundertsiebenunddreißig müss-
ten welche sein«, meint sie noch aus alten Kinderheimzeiten zu erinnern. Tadje schaut sich derweil alleine in dem
Raum um. Sie betätigt den Lichtschalter. Eine Neonröhre
an der Decke flackert kurz auf, die roten Hexagone auf
dem Teppich leuchten, es surrt, gefolgt von einem Puffen,
und dann liegt der Raum wieder im fahlen Mondlicht da,
das einen Lichtkegel auf den Teppich wirft und auf die
dem Fenster gegenüberliegende Wand mit der verbliche-
nen Blümchentapete aus längst vergangenen Zeiten. Der
andere Teil des Raumes versinkt im Halbdunkel. Bei ge-
nauerem Hinsehen ist ein Etagenbett zu erkennen. Es
riecht staubig, nach Kalk, muffig und ein bisschen nach
Leder, bildet Tadje sich ein.

Sie lässt ihren Blick über die hell erleuchtete Wand
schweifen. Ihr fällt sofort ein Foto ins Auge. Es zeigt zwei
Mädchen in einer Nordseelandschaft. Das alte Foto ist
gelblich verfärbt und verblichen. Die beiden tragen Zöpfe
und blaue Sommerkleider. Besonders deutlich ist das auf
dem blassen alten Bild nicht zu sehen. Trotzdem erkennt
Tadje die Zwillinge von ihrem albtraumhaften nächtlichen
Ausflug auf den Tierfriedhof natürlich sofort wieder. Auf
den Fotos sind sie noch Mädchen, vielleicht zehn Jahre alt,

und es muss lange her sein. Das sind bestimmt die Zwillinge, von denen auch Sabine und Marret erzählt haben. Mit den beiden hatten sie damals bei ihrer Verschickung im Kinderheim gespielt, ehe die Mädchen von ihrem kleinen Bruder ermordet worden waren. Dass die Zwillinge Sabine erschienen sind und sie mit einem Messer bedroht haben, kann Tadje inzwischen nachvollziehen. Sie hatte schließlich selbst eine unheimliche Begegnung mit den beiden. Aber vielleicht hat Sabine auch nur diese Fotos gesehen.

Es ist nicht das einzige Foto, das hier an der Wand hängt. Daneben hängen fünf, sechs … nein, zehn oder fünfzehn weitere Fotos. Und auf allen sind die Zwillinge abgebildet. Die Zwillinge Hand in Hand am Strand, im Dünengras, vor einer Backsteinmauer des Hotels, in einem Ruderboot oder bei einem Kindergeburtstag mit ein paar Wiesenblumen im Haar, die Zwillinge im Rock, in zu kurzen Jeans, im feingerippten Turnhemd und in ihrem ersten Bikini. Es sind vor allem Schwarz-Weiß-Bilder, aber ein paar Fotos sind auch in Farbe, in den nicht ganz echten Fotofarben der neunzehnhundertsiebziger und achtziger Jahre. Es sind blasse alte Fotos, eigentlich schön, wie für ein Nostalgie-Event, denkt Tadje. Aber es ist alles andere als anheimelnd. Mit »hygge« hat das nichts mehr zu tun. Es fröstelt sie, und dann muss sie feststellen, es ist tatsächlich kalt in dem Raum.

Zimmer zweihundertsiebenunddreißig sieht aus wie ein Museumszimmer, ein Mausoleum, als wären die Zwillinge hier bestattet. Tadje friert jetzt wirklich am ganzen Körper. Auf dem Metallbett und einem Tisch liegen sauber drapiert eine Puppe, der ein Arm fehlt, ein halb zerrissenes Springtau, Schulhefte, ein Poesiealbum und zwei alte Schulranzen, auf die sich ein Hauch von Schimmel gelegt hat. In einer Ecke hinter dem Tisch stehen unzählige Ölbilder. Die auf Rahmen gespannten Bilder stehen Leinwand an Leinwand in mehrere Reihen dichtgedrängt nebeneinander, sodass die Malerei nicht zu sehen ist. Tadje zieht eines der riesigen Bilder heraus und stellt es quer vor die anderen Rahmen. Das Bild ist bestimmt einen Meter mal eins achtzig groß, zumindest größer als Tadje. Sie rückt es ein Stück ins Mondlicht. Es zeigt eine wilde, mit fettem Pinselstrich gemalte Nordsee, hohe düstere dunkelviolette bis schwarze Wellen mit weißen Schaumkronen. Man weiß nicht recht, ob Tag oder Nacht ist oder einfach nur dramatisch schlechtes Wetter. Im Vordergrund stehen verloren wieder die Zwillinge. Hand in Hand. In ihren Kleidern wirken sie fremd vor der bewegten See, als hätte der Maler sie nachträglich hineingemalt. Irgendetwas stimmt nicht. In dieser Szenerie hätten sie normalerweise andere Sachen an, nicht diese hellblauen luftig leichten Sommerkleider. Tadje fröstelt gleich wieder. Ihr ist heiß und kalt zugleich.

Tadje zieht den nächsten Ölschinken aus dem Stapel. Die Ölfarbe ist so fett aufgetragen, dass sie reliefartig auf der Leinwand steht. Sie muss aufpassen, dass sie sich an den scharfen Spitzen der Farbe nicht verletzt. Das Bild ist von dem ersten kaum zu unterscheiden. Wieder eine düstere bewegte Nordsee und wieder die Zwillinge, Hand in Hand. Sie haben dieselben Kleider an und denselben Gesichtsausdruck. Eigentlich ist es gar kein Gesichtsausdruck. Sie sehen ausdruckslos aus ... wie tot ... fällt Tadje auf einmal auf. Sie sehen genauso aus wie letzte Nacht auf dem Tierfriedhof. Diese Bilder sind gespenstisch. Aber die toten Zwillinge müssen wohl auch Sabine erschienen sein und sie mit einem Messer bedroht haben. Sehr seltsam.

Sie zieht ein Ölbild nach dem anderen aus der langen Reihe heraus. Es zeigt immer wieder dasselbe Motiv, immer wieder die Zwillinge vor dem Meer. Man sieht sie auf einem schmalen Strand am Rand der Hallig und dahinter die tosende See. Es sieht fast so aus, als ständen die Mädchen auf dem Wasser. Und dann erkennt Tadje die Stelle. Das ist der Tierfriedhof hinter der kleinen Kapelle am Rande des Watts, wo sie gerade die Fischabfälle und die toten Mäuse entsorgt hat. Das fahle Mondlicht, das die Gemälde erleuchtet, lässt die Szenerie auf den Bildern besonders unwirklich erscheinen.

Immer hektischer zieht Tadje ein Gemälde nach dem anderen aus dem Stapel. In kürzester Zeit sind alle Wände mit den riesigen Ölschinken vollgestellt. Meinhard Meyer hat immer wieder genau das gleiche Bild gemalt, das Meer, die Zwillinge und ... den Friedhof der Krustentiere.

Tadje kann ihren Blick gar nicht wieder davon lösen. Aber dann fällt ihr plötzlich Marret ein. Wo bleibt sie? Sie kann doch nicht ewig auf dem Klo brauchen. Was macht sie da so lange? Tadje hat jegliches Zeitgefühl verloren. Sie hat keine Ahnung, wie lange sie hier selbstvergessen in diesem unheimlichen Zimmer schon herumstöbert. Sie wirft noch einen Blick auf eines der Bilder mit den Zwillingen. Dann hetzt sie aus dem Zimmer heraus und den Flur entlang. Auch hier ist es dunkel, aber sie hat sich an die Dunkelheit gewöhnt. Sie weiß nicht, in welche Richtung sie laufen soll. Wo ist Marret hingelaufen? Wo sind hier auf diesem verlassenen Stockwerk die Toiletten? Gibt es hier überhaupt Toiletten? Dass Marret hier als Kind war, ist eine Weile her.

»Marret!«, ruft sie. »Maaarret!« Tadje ruft nicht, es ist eine Mischung aus Flüstern und Rufen.

Und dann sieht sie am Ende des dunklen Ganges einen schmalen Lichtstrahl unter einer Tür in den Flur hineinleuchten. Dabei hat sie immer noch die toten Augen der Zwillinge auf den Ölschinken im Kopf. Mit schnellen Schritten stürmt sie auf den Lichtstreifen zu. Es sind nur Sekunden, aber während dieser ewig dauernden Sekunden ist sich Tadje auf einmal ganz sicher, dass in diesem grell ausgeleuchteten Raum etwas Schreckliches auf sie wartet.

38

Bounty kommt es vor wie eine Art Déjà-vu, mit dem kleinen Unterschied, dass nicht er es schon einmal erlebt hat, sondern Imbissfreund Piet Paulsen. Eben hat er noch tief geschlafen. Nachdem sie Klaas' überstandene Gehirnerschütterung und Alexas Heimkehr mit ein paar Bierchen gefeiert hatten, war er auf seiner Zündapp-Zweigang nach Hause gegondelt. Er hatte ein bisschen auf seiner »Fender« gezerrt und ein kleines Gute-Nacht-Tütchen geraucht, na ja, es war eher eine solvente Tüte. Danach war er zum Gitarrespielen einfach zu müde und sofort eingeschlafen. Seine Klamotten hatte er noch ausgezogen, aber zum Zähneputzen war er nicht mehr gekommen. Mitten im Schlaf ist er hochgeschreckt. Er meint, Geräusche aus seiner Küche zu hören, leise Stimmen, Stühlerücken. Es klingt, als würde sich jemand an seinem Küchenschrank zu schaffen machen.

Es kommt ihm genau so vor, wie Piet es von seinem Einbruch beschrieben hat. Einen entscheidenden Unterschied gibt es natürlich. Bounty hat keine quatschende Alexa in seiner Bude stehen. Was soll die ihm schon sagen? Bounty, hast du heute schon Gitarre geübt? Bounty, hast du auch deine Cannabispflanzen gegossen? Bullshit! Aber irgendjemand ramentert dahinten in seiner Küche herum. Mäuse sind das nicht, und seine Ziege Jimmy hat in der Küche auch nichts zu suchen.

Bounty rappelt sich auf, schlüpft in die Fellhausschuhe und tapert in seinem museumsreifen Baumwollschlafanzug mit den ausgeleierten Bündchen schlaftrunken Richtung Küche. Im Haus ist alles dunkel. Aus der Küche ist noch ein verdächtiges Rascheln zu hören. Er knipst das Licht an. Besonders grell ist es nicht. Die Hängeleuchte mit dem gehäkelten Lampenschirm wirft ein warmes Licht auf das Küchenchaos. Trotz der Müdigkeit erkennt Bounty sofort, dass es noch weniger aufgeräumt ist als sonst. Auch die beiden Typen, die sich auf die Schnelle unter dem Küchentisch hinter der herabhängenden Plastiktischdecke versteckt haben, sind unübersehbar. Und dann entdeckt Bounty, halb verdeckt von seiner Nirosta-Spüle, Marvin Manolo, der tatsächlich nicht auch noch unter den Küchentisch gepasst hatte.

»Ich glaub's nich, was ich da sehe!« Der Althippie klingt erstaunt, aber nicht erschrocken. »Was soll das denn werden, wenn es fertig is?«

»Ja, Scheiße«, stammelt Marvin Manolo. »Weiß auch nich …«

»Spontaner nächtlicher Besuch, oder was?« Bountys ironischer Ton klingt ungewöhnlich scharf, aber er ist dabei ganz ruhig. Durch seinen Joint ist er sowieso recht entspannt. Vor Marvin Manolo, dem Sohn des ehemaligen Talkshowmoderators, der vor einigen Jahren mal eine Zeit in Fredenbüll gelebt und mit dem Bounty damals ein paar gemütliche Joints geraucht hatte, hat er keine Angst. Er ist einfach nur sauer. Marvin tritt nervös von einem Fuß auf den anderen.

»Und was habt ihr beiden Komiker unter meinem

Küchentisch zu suchen? Versteckspielen? Ich fass es nich.«
Sollte das etwa die Einbrechergang sein, hinter der Thies
her ist? Bounty kann es irgendwie nicht glauben, was er da
sieht.

Der große Dicke aus Marvins Gang wühlt sich umständ-
lich unter dem Küchentisch heraus, wobei er die Plastik-
decke halb herunterreißt und dann den ganzen Tisch zum
Kippen bringt. Der Dünne mit den schlechten Zähnen
krabbelt ihm hinterher.

Bounty blickt sich in seiner Küche um. Er fragt sich,
was Marvin Manolo und seine Freunde bei ihm suchen.
»Kohle? Du weißt, dass bei mir keine Kohle zu holen
is.« Der Althippie lässt seinen Blick über die geöffneten
Schränke und aufgezogenen Küchenschubladen schweifen. »Ich hab ja durchaus Verständnis für leichte Grenz-
überschreitung der Legalität, aber das hier …«

Der Dicke macht Anstalten, sich provokant vor Bounty
aufzubauen. Ihn umgibt eine auffällige Duftwolke.

»Bist du bei Lara ins Duftbord gefallen?« Irgendwie
versucht Bounty locker zu bleiben. Währenddessen entdeckt er die geöffneten Teedosen, die Tonkrüge für Mehl
und Körner. Jetzt weiß er natürlich, was Marvin Manolo
und seine beiden idiotischen Komplizen hier suchen. Es
ist unglaublich, Marvin Manolo, der verzogene Spross des
Talkshowmoderators Markus März, steigt hier bei ihm
ein, um sich mit Stoff zu versorgen, dem besten Knaster
ganz Nordfrieslands, und ein paar hübschen Pilzen.

»Also, Marvin, das muss ich jetzt doch mal loswerden.«
Bounty zieht sich seinen grauen Pferdeschwanz in einem
Haargummi stramm. »Ich bin echt enttäuscht.«

»Deine fucking Sozialpädagogen-Sprüche kannst du dir echt schenken.« Marvin wird schon wieder kiebig.

»Ja, scheiße, ich hab dich immer fucking fair behandelt. Du hast Gras zu zivilen Preisen bekommen. Bestes Preis-Leistungs-Verhältnis.« Bounty redet sich allmählich in Rage. »Das Ding hier kannst du echt nich bringen.«

»Du holst aber jetzt nicht gleich die Bullen, oder?« Der Sohn des Talkshowmasters macht sich ernste Sorgen.

»Das muss ich mir mal ganz schwer überlegen.« Bounty sieht ihn strafend an, und Marvin weiß nicht recht, wie ernst er das nehmen soll. Seine beiden Kumpane blicken es noch weniger.

»Nee, echt jetzt«, nölt der Althippie.

»Bounty, das kannst du nich machen, du kannst mich nich an die Bullen verpfeifen. Bounty ... die Bullen!«

»Was denn, Thies Detlefsen hat noch kein einziges Gramm von mir konfisziert. Im Gegensatz zu dir, der hier gleich die ganzen Platten abräumen will. Scheiße!«

»Der Dödel Thies Detlefsen schnallt doch sowieso nichts.«

»Komm, lass mal, Thies weiß ganz genau, was läuft. Er is einfach nur fair. Thies konzentriert sich auf die wesentlichen Dinge, und er hat das richtige Augenmaß. Kleines Tütchen ist erlaubt, du darfst nur keinen umbringen.«

39

Einen Moment bleibt Tadje vor der Tür stehen. Unter der Türschwelle hindurch fällt das Licht auf ihre Sneaker. Die weißen Streifen auf den roten Schuhen leuchten. Sie will die Tür mit einem schnellen Ruck öffnen, aber dann drückt sie die Klinke ganz bedächtig und zieht die Tür langsam auf.

Tadje hat es irgendwie geahnt, aber jetzt kann sie gar nicht glauben, was sie da sieht. Der Raum ist grell erleuchtet. Sie wird geblendet. Es ist so hell, dass sie im ersten Moment gar nichts erkennen kann. Das Licht flackert. Es surrt in der Leitung, das Licht fällt kurz aus, dann ist es wieder gleißend hell. Die Reihe von Toilettenkabinen nimmt sie trotzdem nur schemenhaft wahr. Etwas anderes springt ihr sofort ins Auge. Auf den früher einmal hellen, inzwischen vergilbten und brüchigen Fliesen steht eine große Blutlache. Das makellose tiefe Dunkelrot knallt ihr entgegen wie ein durch den gefliesten Raum hallender Schrei. Direkt daneben liegt Marret, halb an die Wand neben dem Waschbecken gelehnt. Nur eine der Toilettenkabinen gegenüber ist offen. Marrets Kopf ist auf die Seite gefallen. Ihre Augen sind geschlossen. Wo kommt das ganze Blut her? Eine Wunde kann Tadje an Marret auf den ersten Blick nicht erkennen.

»Marret, um Himmels willen, was is los? Marret!« Jetzt

flüstert Tadje nicht mehr, jetzt schreit sie. Sie stürzt sofort zu ihr. »Marret, was ist passiert?«

Tadje hockt sich neben sie. Zuerst bemüht sie sich noch, der Blutlache auf den Fliesen auszuweichen, dann kümmert sie sich gar nicht mehr darum. Sie rüttelt an Marrets Schultern, worauf diese ein leises Ächzen von sich gibt. Tadje tätschelt mit beiden Händen im Wechsel ihre Wangen, erst sanft, dann heftiger. Es sind fast Ohrfeigen.

Und dann öffnet Marret erschrocken beide Augen. »Ta-a-a-dje!«, ruft sie verlangsamt und irgendwie erstaunt. Und dann zeigt sie mit müder Geste auf die offenstehende Kabinentür gegenüber.

Tadje dreht sich um und erstarrt. Sabine kauert neben der Kloschüssel. Ihr Oberkörper ist zwischen der hölzernen Trennwand und der Schüssel eingezwängt. Der Kopf ist nach vorne mit dem Kinn auf die Brust gekippt. Ihre Gesichtsfarbe ist kalkweiß. Sie stiert mit aufgerissenen Augen, die ihr deutlich aus den Augenhöhlen herausgetreten sind, auf ihr geblümtes Shirt, in dem im Bauchraum mehrere Schnitte zu erkennen sind. Aus ihnen muss das Blut in Strömen geflossen sein. Nicht nur das Shirt ist blutdurchtränkt. Auch die Lache vor der Toten auf den Fliesen deutet auf einen beträchtlichen Blutverlust hin.

»Was ist mit ihr passiert?«, stammelt Tadje. »Wer hat das getan?« Dann wendet sie sich wieder Marret zu. »Aber was ist mit dir? Was ist geschehen?«

»Ich wollte ja nur auf's Klo«, stammelt sie. »Und dann … sie war ja nicht zu übersehen.« Sie ist fast genauso bleich wie die Tote. »Mir sind die Knie weggeknickt. Alles hat sich gedreht. Ich muss ohnmächtig geworden sein und dann …«

»Du brauchst einen Arzt.« Tadje überlegt hektisch. »Aber hier gibt es keinen Arzt, nur diese idiotischen Hellseherinnen ... Zu blöd, dass Telje nicht hier ist.« Marret sieht sie fragend an. »Telje hat medizinisch schon voll was drauf. Ehrlich.«

»Bei mir geht's schon wieder einigermaßen«, flüstert Marret. »Aber sie ...« Sie zeigt zu Sabine hinüber.

»Dat is 'n Fall für Papa und Nicole. Eindeutig! Dat sieht doch voll nach Mord aus.« Auch Tadje wirft einen vorsichtigen Blick in die Klokabine. »Sie sieht ja echt schlimm aus.«

»Vor allem hat sie meine Frisur.« Es klingt entrüstet. Marret richtet sich auf. Sie ist längst nicht mehr so bleich. »Das ist meine Frisur!«

40

Der gesamte Workshop »Hellsehen und Hellfühlen« hat sich im Toilettenraum im zweiten Stockwerk des Nebengebäudes versammelt. Marret läuft hysterisch vor den Toilettenkabinen hin und her. Keiner mag hinsehen, aber alle drängeln sich in die enge Klotür, um einen Blick auf die tote Sabine zu werfen. Der Raum ist mit kaltem Neonlicht ausgeleuchtet. Zwischendurch flackert es immer mal wieder, manchmal bleibt es für einige Sekunden ganz aus, aber dann flammt das grelle Neon wieder auf.

»Sabine! Nein!« Claudia kann es nicht fassen, als sie an den anderen vorbei als Letzte jetzt auch einen Blick auf die neben der Kloschüssel eingeklemmte Sabine erheischen kann.

Yvonne japst nach Luft, sie bekommt keinen Ton heraus.

»Ich habe es vorausgesehen, ich habe es gefühlt«, raunt Seminarleiterin Lammers-Lindemann.

»Was hast du vorausgesehen?« Claudia ist skeptisch.

»Sie hatte eine böse Aura.« Iris Lammers-Lindemann sieht Claudia strafend an. »Schlechte Energien.«

»Aber warum musste sie deshalb sterben?«, japst Rotschenkel Heidrun. Ihr drohen die Knie in ihren Skinny Jeans wegzuknicken. Udo Schmelzer fängt sie vorsichtshalber auf, worauf sie ihm gleich in die Arme sinkt.

Auch Tadje ist sichtlich blass um die Nase. Aber sie bewahrt als Einzige halbwegs die Ruhe. »Dat sieht eindeutig nach Mord aus.« Als Polizistentochter ist Tadje mit dem Metier vertraut. »Dat muss mein Vater übernehmen. So kommen wir da nich weiter.«

»Müssen wir nicht den Hotelbesitzer, Herrn Meyer, verständigen?«, fragt Claudia.

»Warum ist der eigentlich noch nicht da?«, wundert sich Udo.

»Der muss sich doch um die Tote kümmern.« Frau Lammers-Lindemann klingt vorwurfsvoll, als gehöre die Entsorgung der toten Sabine zum routinemäßigen Hotelservice.

»Wo ist denn der Herr Meyer?«, will auch Heidrun wissen.

»Wahrscheinlich wieder am Malen«, vermutet Tadje.

Statt des Hoteliers, schneit jetzt der Weltumsegler Vasco mit neuem dickem Fingerverband und schwerer Zunge in den Toilettenraum. »Was ist denn hier los? Ich hab mich schon gewundert, wo Sie alle stecken. War noch auf der Suche nach etwas Gesellschaft für einen gemeinsamen Absacker.« Er stößt ein kurzes meckerndes Lachen aus, das ihm sofort im Halse stecken bleibt. »Um Himmels willen, was ist hier denn passiert?«

»Sehen Sie das nicht?« Jetzt hat auch Yvonne ihre Stimme wiedergefunden.

»Tadje, du hast recht«, findet Marret. »Wir müssen deinem Vater und Nicole Bescheid sagen.«

»Aber wie? Wir haben im Augenblick keine Verbindung zum Festland. Mein Handy ist tot, und dieses Museumstelefon mit der Wählscheibe sagt auch nichts mehr.«

»Auf See haben wir früher einfach SOS gemorst.« Vascos leicht glasiger Blick geht durch eine verdreckte Milchglasscheibe seemännisch in die imaginäre Ferne.

»Ich versuch mal, Herrn Meyer aufzutreiben.« Tadje zögert. »Aber vielleicht sollte ich nicht allein gehen. Kann jemand von Ihnen mitkommen?« Tadje sieht die beiden Männer an. Vasco reagiert überhaupt nicht, aber Udo Schmelzer ist sofort bereit.

In dem Moment steht groß und wuchtig Hotelbesitzer Meinhard Meyer persönlich in der Tür. Er blickt die Umstehenden grimmig an, so als hätte er sie beim Rauchen auf dem Klo erwischt. Die Haare stehen ihm wild vom Kopf ab. Seine großen Hände sind mit Ölfarben verschmiert, vorwiegend Blau- und Grautöne. Als er die Tote sieht, macht es den Eindruck, als wundere er sich darüber nicht besonders.

Tadje wird dieser Meinhard Meyer, dieses Hotel und die ganze Hallig Westeroog immer unheimlicher. »Herr Meyer, was is mit dem Telefon? Wir müssen der Polizei Bescheid sagen, also meinem Vater und Nicole.«

»Der Polizei?« Meyer tut so, als sei das eine vollkommen abwegige Idee.

»Sehen Sie sich die Tote an …« Yvonne deutet mit verängstigtem Blick auf Sabine neben der Kloschüssel.

»Herr Meyer, dat is Mord, eindeutig.« Tadje kann ihre Herkunft aus einer Polizistenfamilie nicht verleugnen.

»Wir haben keine Verbindung zum Festland, alle Leitungen sind tot … und mit dem Boot … sehen Sie nach draußen …« Meinhard Meyer harkt sich nachdenklich durch den Bart und streicht sich die wilden Haare nach hinten. »Was wäre, wenn wir sie auf dem Hallig-Friedhof bestatten.«

»Aber ich denke, das ist ein Tierfriedhof«, wendet Yvonne ein.

»Ja … das heißt …« Er zupft mit den farbverschmierten Fingern an seinem Bart, bleckt die Zähne, und sein Blick aus den blauen Augen bekommt plötzlich etwas Irres. »… es wäre nicht das erste Mal … und … na ja, ihr werdet sehen.«

Die Workshop-Teilnehmer sehen ihn irritiert an. Nur Iris Lammers-Lindemann scheint ganz beseelt zu sein.

»Auf dem Hallig-Friedhof…« Sie macht eine bedeutungsvolle Pause. »Sabine hat diesen Ort, diese Hallig hier gewählt.«

»Frau Lammers-Lindemann, ich will ja nix sagen, aber dat geht gar nich!« Tadje lässt keine Zweifel aufkommen. »Kann nich doch jemand mit dem Boot zum Festland rüber und meinem Vater Bescheid sagen?«

»Wir haben hier nur diese beiden kleinen Boote«, brummt der Maler.

»Hat der Sturm nicht gerade ein wenig nachgelassen?«, gibt Claudia zu bedenken.

»Und vor Kurzem lag hier doch noch ein Boot, das muss doch auch irgendwie gefahren sein.« Tadje lässt nicht locker.

»Einer der Männer muss mit dem Boot zum Festland rüber und Thies holen und auch Nicole.« Auch Marret hält überhaupt nichts von dem Tierfriedhof auf der Hallig.

Die Frauen sehen die drei Männer prüfend an, vor allem den Weltumsegler. Doch Vasco blickt erst angestrengt zu

Boden und dann auf seinen verbundenen Finger. »Normalerweise würde ich das machen. In der Karibik haben wir ganz andere Stürme gehabt, und da sind wir dann mit dem kleinen Beiboot durch. Aber mit meiner Verletzung ...« Er setzt eine Leidensmiene auf. »Das ist im Augenblick ganz schlecht.«

Der wenig seeerfahrene Finanzbeamte und Ornithologe Udo Schmelzer kommt für die riskante Schiffspartie auch nicht in Betracht. Am Ende fallen alle Blicke auf den Hotelier Meinhard Meyer.

»Ich kann die Insel nicht verlassen.« Die Neonröhren an der Decke surren und flackern ein paarmal. »Und das hat nichts mit dem Wetter zu tun.«

Alle sehen ihn fragend an.

»Er ist heimgekehrt«, verkündet Meinhard Meyer mit leiser, unheilvoller Stimme. Die Hellseherinnen hängen jetzt angstvoll an seinen Lippen. »Sie sollten nachts Ihre Zimmer nicht verlassen. Und gehen Sie niemals allein raus.« Er macht eine gespenstisch lange Pause. Sein Blick ist immer noch irre. »Zu Halloween muss ich unbedingt zurück sein.«

Wenig später lässt er eines der beiden Boote zu Wasser und verschwindet in der stürmischen Nacht Richtung Festland.

41

Klaas, Thies und Nicole werden von Antje mit einem Morgenkaffee versorgt.

»Langsam werden die Becher knapp«, ermahnt die Imbisswirtin Thies mit vorwurfsvoller Miene zur Rückgabe der Pfandbecher, die er in seinem Dienstwagen spazieren fährt.

Nicole hat den kleinen Finn mit in den Imbiss gebracht. Quasi-Patenonkel Piet Paulsen soll heute als Babysitter einspringen. Die Kita ist wegen einer grassierenden Darmgrippe für einige Tage geschlossen.

Im Augenblick steht Piet Paulsen zusammen mit Bounty vor der »Hidden Kist« und raucht. Bei den beiden ist die Stimmung gedrückt. Bounty ringt noch mit sich, ob er den Imbissfreunden von seinem nächtlichen Besuch erzählen soll. Und Piet beschwert sich, dass Alexa sein Haus neuerdings zur raucherfreien Zone erklärt hat.

»Nich, dass du jetzt auch noch auf E-Zigaretten umsteigst.« Bounty sieht ihn vorwurfsvoll an.

»Gibt dat eigentlich auch E-Zigarillos?«

»Keine Ahnung, solange ich keine E-Joints rauchen muss, is mir das egal.« Bounty nimmt einen Zug und inhaliert tief. »Aber um dich mach ich mir langsam Sorgen, Piet. Deine neue Hausdame manipuliert dich doch immer mehr.«

»Ja, sie hat ihren eigenen Kopf«, gibt Paulsen zu. »Vor allem wird dat Fräulein ausgesprochen kostspielig.«

»Kostspielig?«

»Die bestellt alles Mögliche, dat kommt dann per Paketpost ins Haus. Alkoholfreies Bier, Gymnastikgeräte, Biogemüse. Ich kann damit gar nichts anfangen. Und von meinem Konto wird dat Geld abgebucht.«

»Piet, ich hab das doch gleich gesagt: Die Maschinen übernehmen die Macht.« Bounty pustet einen Rest Rauch in die kühle Herbstluft.

»Und weißt du, wat gestern kam? Mehrere Kartons mit Fanartikeln von Werder.«

»Wie bitte?«

Als treue HSVer haben die Imbissfreunde zu dem Bremer Verein ein eher angespanntes Verhältnis.

»Werder-Sticker, Werder-Kaffeebecher, dat Trikot mit der Brathähnchen-Firma drauf, Werder-Maskottchen Möwe-Werdi, dat is doch das Letzte!« Paulsen redet sich immer mehr in Rage, dass ihm fast das Zigarillo ausgeht. »Wat soll ich damit? Dat ist doch die reinste Provokation.«

»Gleich zurückschicken oder besser noch: entsorgen.«

»Dat is doch Sondermüll!«

»Aber sag mal, Piet, wie kommt Madame überhaupt auf den Trichter, dir den Scheiß zu bestellen?« Die Geschichte mit den Fanartikeln wundert Bounty jetzt doch.

»Ich weiß auch nich, aber neulich, nach dem Werder-Sieg in Hoffenheim, hab ich wohl gesagt, *Ja, Werder-Fan müsste man sein.* Dat muss Alexa irgendwie in falschen Hals gekriegt haben. Ich versteh auch nich, was da in ihr vorgeht.«

Zur Beruhigung wird für Piet ein morgendliches Pils bestellt. »Einmal Helltrinken für Piet«, ordert Bounty, als sie sich wieder an den beiden Stehtischen einfinden. Nicole wirft ihm einen strafenden Blick zu. Sie sieht es nicht so gern, wenn in Gegenwart von Finn schon am frühen Morgen Bier getrunken wird. Und dann erwartet den ehemaligen Landmaschinenvertreter gleich die nächste Überraschung.

»Piet, ich hab in der Poststelle 'n Paket für dich stehen.« Klaas unterbricht das Sortieren der Post auf dem Stehtisch. »Der Paketzusteller hat dich nich angetroffen. War eben gerade da.«

»Schon wieder 'n Paket?« Eigentlich kann Paulsen so schnell nichts aus der Ruhe bringen, aber jetzt wird er doch leicht panisch.

»Ich hab mich auch gewundert. Fünfzig Dosen Ananas in ganzen Ringen.«

»Ananas?!« Paulsen klingt, als wäre ihm eine Paketbombe angeliefert worden. »Fünfzig Dosen!«

Die gesamte Belegschaft hat sofort ein breites Grinsen auf dem Gesicht.

»Fünfzig Dosen«, überlegt Finn, der schon Spaß daran hat, erste kleine Rechenaufgaben zu lösen. »Piet, wie viele Putenschaschlik ›Hawaii‹ ergibt das?«

»Sag mal, Piet, wie stellst du dir dat eigentlich vor?« Antje findet es überhaupt nicht lustig.

Bountys Grinsen wird immer breiter, doch dann wird er ungewöhnlich ernst. Er druckst einen Moment herum. »Ich will ja keinen verpfeifen, aber das solltet ihr doch wissen.« Alle sehen den Althippie erwartungsvoll an. »Nee, ich mein jetzt Thies und Nicole.«

»Raus damit, Bounty?« Thies wundert sich. »Verstoß gegen dat Betäubungsmittelgesetz, oder wat?«

»Ja, nö, ich hatte letzte Nacht, glaube ich, denselben Besuch wie Piet und seine Freundin.«

»Gibt's doch nich.« Antje ist voll bei der Sache.

»Dieselbe Gang wie bei Piet?«, will Thies gleich wissen. »Hast du was gesehen? Steckt dieser Figaro dahinter?«

»Nö, die schnelle Schere war nich dabei.« Bounty zögert einen Moment. »Aber dafür 'n alter Bekannter. Kennt ihr den Sprössling von dem Fernsehfritzen noch, Marvin Manolo?«

»Der Sohn von Markus März?« Antje kann sich sofort erinnern.

»Mit zwei Kumpels zusammen, die hatten sich bei mir unterm Küchentisch verkrochen. Voll verpeilt, die Typen.«

»Wat wollten die denn bei dir unterm Küchentisch?« Paulsen ist über den Ananas-Schock halbwegs hinweg.

»Hast du jemanden von den beiden erkannt?«, fragt Nicole.

»Nö, weiß nich, 'n Dünner und 'n Dicker, der kaum wieder unter dem Tisch rausgekommen ist und penetrant nach so 'nem komischen Wässerchen duftete.«

»Wässerchen? Dat sind Laras Duftöle, die sie im Biohof geklaut haben«, schaltet Thies sofort.

»Fehlt bei dir auch etwas, Bounty?«, fragt Nicole nach.

»Fußballalbum hat er ja keins.« Antje reicht Piet sein Pils herüber.

»Übrigens, Piet, dein Album is jetzt bei siebenhundertsiebzig Euro angekommen«, fällt Klaas bei der Gelegenheit ein.

»Wat hab ich gesagt.« Thies fühlt sich bestätigt. Die anderen nicken anerkennend. Nur Piet Paulsen wird die digitale schöne neue Welt jetzt doch langsam unheimlich. Auch Finn hört interessiert zu. Er hat schließlich schon etliche Nachmittage mit Piet und dessen Album, das für ihn wie ein Bilderbuch ist, verbracht.

»Nicole, da geben wir gleich mal die Haftbefehle raus: Marvin Manolo März und …«

»Ja, und? Ein Dicker, der nach ›Störtebekers Journey‹ duftet, oder wie?« Nicole wird ungeduldig. »Und ob die Typen Tante Telse umgebracht haben, wissen wir doch auch nicht. Thies, wir sind genauso weit wie vorher.«

»Aber diesen Manolo schnappen wir uns gleich mal, und der führt uns dann zu der ganzen Gang.«

Eine weitere Diskussion des Ermittlungsstandes wird abrupt unterbrochen. Plötzlich steht Thies' Frau Heike mit aufgelöster Frisur und in Begleitung eines Mannes in der »Hidden Kist«. Er trägt schweres Ölzeug und hat kräftige graue Haare, die unter dem Südwester herausgucken,

»Thies, wozu hast du überhaupt 'ne Wache hier und Frau Oberkommissarin dat neue Büro in Husum?« Heike ist vollkommen außer Atem. Der Große in dem Südwester bleibt dagegen im Augenblick stumm. »Was soll dat, wenn nie einer da ist?«, ereifert sich die Polizistengattin.

»Wat ist denn los, Heike?« Thies vermutet mal wieder einen von Heikes hysterischen Anfällen.

»Ja, Herr Meyer stand bei uns zu Hause vor der Tür. Tadje hat ihm wohl die Adresse gegeben, für den Notfall … und dat is 'n Notfall, nä, Herr Meyer?«

42

Thies steht in Ölzeug und mit geschlossenen Augen auf dem kleinen Anleger der Hallig und hält seine geöffneten Hände dem Sturm über der See entgegen. »Der Mörder is über dat Wasser gekommen«, raunt er mit bedeutsamer Stimme. »Und der Mörder ist vielleicht noch auf der Hallig.«

»Das ist eher unwahrscheinlich«, wendet Nicole ein. »Dann würde noch ein Boot daliegen. Er muss trotz der rauen See irgendwie weggekommen sein. Vielleicht war es nicht die ganze Zeit so stürmisch.«

Thies und Nicole mussten den Einsatzleiter der Küstenwache erst überreden, sie trotz des Sturms zusammen mit Gerichtsmediziner Carstensen und KTU-Mann Börnsen, die schnell aus Kiel angereist sind, und einem Zinksarg zur Hallig überzusetzen.

»Mann, Papa, endlich! Was hier abgeht, das is echt voll krank.« Tadje steckt der Schreck noch in den Gliedern. Sie ist heilfroh, dass ihr Vater und Nicole jetzt auf der Hallig eingetroffen sind. Telje ist auch mitgekommen. Sie lässt im Augenblick kein medizinisches Fachgebiet aus und wollte dem Gerichtsmediziner unbedingt mal bei seiner Arbeit zusehen.

Der gesamte Workshop »Hellsehen und Hellfühlen« hat sich im Toilettenraum versammelt, außerdem hat sich auch Weltumsegler Vasco, der demonstrativ seinen ausgestreckten, dick verbundenen Finger vor sich her trägt, eingefunden. Sogar seine schlecht gelaunte Freundin ist mit dabei. Nur Hotelbesitzer Meinhard Meyer hat sich nach der Ankunft auf der Hallig gleich wieder verdrückt.

»Papa, dat is mega unheimlich hier, voll wie im Kino, ›Halloween‹ oder dieser komische ›Friedhof der irgendwas‹, keine Ahnung.« Die aufgeregten Hellseherinnen nicken zustimmend. »All die toten Tiere, die wieder lebendig werden, Mäuse, die Katze und die Krustentiere.« Tadje guckt angeekelt.

Thies sieht seine Tochter prüfend an, Nicole hebt die Augenbrauen. Irgendwie haben die beiden Polizisten den Eindruck, dass hier auf der Hallig mit allen die Fantasie durchgeht. Die beiden Kieler machen sich sofort an die Arbeit. Carstensen untersucht die Tote, dann trägt er sie zusammen mit Börnsen in den Zinksarg. Börnsen macht Fotos und nimmt Fingerabdrücke.

»Hier auf'm Klo sind bestimmt super viele Fingerabdrücke von mir«, gibt Tadje vorsichtshalber zu.

»Verdächtig, verdächtig!« Börnsen grient die Polizistentochter an. »Da sind auch noch jede Menge andere Fingerabdrücke und Fußspuren«, beruhigt er sie.

»Warten Sie mal einen Moment, Doktor«, stoppt Thies den Gerichtsmediziner, als er gerade den Deckel des Zinksargs schließen will. Irgendetwas kommt ihm an der Toten bekannt vor. Und dann fällt es ihm wie Schuppen von den Augen.

»Die sieht ja genau aus wie … du … Sag mal, Marret, hast du 'ne Zwillingsschwester?« Die versammelte Runde sieht den Polizeihauptmeister mit großen Augen fragend an.

Marret weiß sofort, was er meint. »Nee, Thies, dat is nur meine Frisur!« Sie zeigt auf die tote Sabine in dem Zinksarg. Dabei wirkt sie gar nicht mehr entsetzt, sondern mehr entrüstet. »Na, die Frisur, die ich früher hatte.«

»Ach so, ja.« Jetzt fällt Thies auch auf, dass Marret eine andere Frisur hat. »Aber jetzt? Warst du auch im ›Salon Alexandra‹ bei diesem Zauberer mit den Scherenhänden, wo ihr neuerdings alle hinwollt? Dat is 'n Verdächtiger in unserem Mordfall. Is dir klar, oder?«

Nicole schnieft demonstrativ. Von dem Frisurenthema hat sie langsam die Nase gestrichen voll. Und Thies' intuitive Ermittlungsmethoden haben sie bisher auch nicht viel weitergebracht.

»Wer hat Sabine denn zuletzt lebend gesehen?« Die Kommissarin blickt fragend in die Runde. Alle sehen sich gegenseitig an.

»Ich glaube, wir haben sie alle zuletzt vorgestern bei unserer Gruppensitzung gesehen, und danach haben wir noch in der Bibliothek zusammengesessen«, überlegt Yvonne. Die anderen nicken.

»Ich habe sie danach noch gesehen«, haucht Iris Lammers-Lindemann. »Ich habe sie gehört.« Ihr Blick geht an allen vorbei zu der Milchglasscheibe.

»Wann war das?«, hakt Nicole sofort nach.

»Ich habe ihren Tod ganz deutlich gefühlt.« Der Blick der Oberhellseherin geht immer weiter in die Ferne.

»Frau Lammers-Lindemann, so kommen wir hier nicht weiter.« Nicole wird schon wieder ungeduldig.

»Wat machen Sie hier eigentlich, Frau Lammers-Lindemann?« Eigentlich hält Thies die ehemalige Elternvertreterin für eine Nervensäge, aber im Rahmen der intuitiven Ermittlungsmethoden wird er auf einmal hellhörig.

»Papa, die machen doch dieses Seminar hier«, antwortet Tadje stattdessen.

»Hellsehen, ich hab schon gehört.« Thies wendet sich wieder Frau Lammers-Lindemann zu. »Haben Sie denn von dem Mord irgendwat ... gesehen ... oder gefühlt, Sie wissen schon? Den Täter, eventuell?«

»Den Täter?« Die Seminarleiterin sieht in sich hinein, wird aber offenbar nicht fündig. »Nein, ich fürchte, nicht.«

43

Hauke Schröder hat lange überlegt, ob er überhaupt zur Beisetzung seines Onkels Henry nach Büsum fahren soll. Zu dem Büsumer Teil der Familie hatten Telse und auch Hauke keinen Kontakt mehr. Außerdem ist der Schimmelreiter ohne eigenen fahrbaren Untersatz. Sein Mustang steht zu längeren Restaurierungsarbeiten immer noch in der Schlütthörner Tankstelle. Und einen schwarzen Anzug hat er auch nicht. Aber dann hat er sich doch in die engen schwarzen Jeans und die alte schwarze Satinjacke gezwängt und ist im Firmenwagen von »Tapeten Tobarben«, mit einer einzelnen Rose auf dem Beifahrersitz, nach Büsum gefahren. Die großen AC/DC- Buchstaben auf dem Rücken der Jacke sind für eine Beerdigung vielleicht nicht ganz so passend. Aber schwarz ist schwarz, denkt sich der Schimmelreiter und singt auf der Fahrt den AC/DC-Song »Black is back«, angesichts des traurigen Anlasses aber nur mit halber Lautstärke.

Vielleicht sollte er zu Tante Telses Beisetzung, die ja auch in wenigen Tagen ansteht, doch an die Anschaffung eines schwarzen Anzuges denken. Tragisch so was, denkt er bei sich, erst Henry, dann dessen Schwester Telse. Und was ist eigentlich mit meiner Mutter? Hauke hat seine Mutter seit Jahren nicht gesehen, und auch heute ist sie nicht mal zur Beisetzung ihres Bruders erschienen. Echt 'ne ganz schwache Nummer, brummt er in sich hinein. Aber eigentlich ist er fast froh, dass sie nicht angereist ist.

Hauke staunt, wie viele Menschen zu Onkel Henrys Beisetzung gekommen sind. »Henrys Heringshappen« gehören in Büsum ganz offenbar zur besseren Gesellschaft. Der lange Trauerzug mit einem kleinen Posaunenchor begleitet den Sarg von der kleinen Kapelle durch den strömenden Regen zum ausgehobenen, mit Blumengestecken geschmückten Grab. Fast alle haben Schirme aufgespannt. Schwarze, aber auch farbig gemusterte, so fällt Haukes AC/DC-Jacke gar nicht so auf. Allerdings ist er so ziemlich der Einzige, der keinen Schirm aufgespannt hat.

Hauke kennt hier niemanden. Es ist erstaunlich, es ist seine Familie, aber sie ist ihm fremd. Nur der Typ, der als Einziger allein gleich hinter dem Sarg herläuft, kommt ihm bekannt vor. Das muss Henrys Sohn Freddy sein. Irgendwann hat er ihn schon mal gesehen, aber das ist Ewigkeiten her. Hauke war noch ein Kind oder eben gerade ein Jugendlicher, und Freddy war viel zu alt für ihn und ein unheimlicher Typ mit seiner großen Narbe im Gesicht, die er immer schon hinter einer dicken Brille mit einem schweren Kassengestell versteckte.

»Wat wird denn nun mit dem Fischhandel?« Hauke hört die beiden Frauen hinter sich tuscheln.

»Freddy kann das doch nich. Im Grunde war er nie 'n Fischhändler.« Gegen die schiefen Töne des Trompetenchors kann Hauke nur einzelne Wortfetzen verstehen.

»Hatte Henry sich auch mal anders vorgestellt«, schnauft die kleine Dicke, die bei dem Trauerzug kaum mitkommt. »Aber wat will man machen? Nu isser tot.«

»Ursprünglich sollte ja Freddy den Fischhandel mal übernehmen«, weiß die zweite Frau, die den Schirm hält. »Aber er hat nie wirklich Interesse an Heringen gehabt.«

»Eigentlich is er ja auch gar nich sein richtiger Sohn. Henry hat ihn ja adoptiert. Und zuletzt hatten sie sich wohl nur noch in den Haaren.«

»Ja, ja, ich weiß.«

»Sowieso 'n büschen komischer Typ. Waren ja wohl auch tragische Umstände, schon, wie er zur Welt gekommen ist. Es wird ja erzählt ...« Die Dicke, in deren Dauerwelle sich jetzt auch noch eine Speiche des Regenschirms verfängt, kommt immer mehr aus der Puste. »... also, dass er ...« Sie senkt die Stimme. »... na ja, du weißt schon ... soll ja wohl 'ne Vergewaltigung gewesen sein, wat so erzählt wird.«

»Ja ja, schlimm ist dat, und dann das Feuer in dem Haus damals. Er is dabei ja fast verbrannt.« Sie hält den Schirm jetzt höher. »So wat geht nich spurlos an einem vorbei.«

»Henry soll ihn angeblich enterbt haben, wat man so hört«, hechelt die Frau. »Aber dat will er wohl nich wahrhaben.«

Der Schimmelreiter horcht. Aber die Bläser drehen jetzt noch mal ordentlich auf.

»Komisch. Denn da soll doch schon 'ne Anzeige in der Zeitung sein«, hat die Frau mit dem Schirm gehört. »Er will verkaufen, und dat, obwohl ihm die Firma scheinbar noch gar nicht gehört? Wer hat die ›Heringshappen‹ denn geerbt?«

»Dat ist die große Frage«, schnauft die Dicke mit wichtiger Stimme. »Steht bestimmt alles im Testament, und dat liegt wohl beim Notar oder im Gericht, weiß auch nich.«

»Henry hatte doch auch noch die Schwester in Dings …
in Fredenbüll oben«, fällt dem Regenschirm ein.

Haukes Ohren werden immer länger. Er kennt die
beiden Frauen nicht und sie ihn offenbar auch nicht.

»Ja, seine Schwester Telse.« Die Dicke ist bestens informiert. »Mit der hat er sich eigentlich immer noch ganz gut
verstanden.«

»Bei der haben sie doch eingebrochen, und dabei ist sie
ermordet worden.«

»Na ja, weiß ich doch, schlimm is dat.«

Der Schimmelreiter weicht währenddessen immer mehr
durch. Die Haare sind klitschnass, das Wasser läuft ihm
unter den Kragen seiner AC/DC-Jacke.

»Willst bei mir mit untern Schirm?«, fragt der Mann vor
ihm.

Hauke winkt ab. »Lass man, geht schon.« Er will von
dem Gespräch der beiden Damen nichts verpassen. Aber
die sagen jetzt gar nichts mehr.

Auch die kläglichen Blechinstrumente sind verstummt.
Der Trauerzug ist vor dem ausgehobenen Grab angekommen. Jetzt ist nur noch das Prasseln des Regens auf den
Schirmen zu hören. Als Hauke mitten in der Reihe der
Kondolierenden mit seiner einzelnen dornenfreien Rose
vor dem Grab steht, fühlt er sich ausgesprochen unbehag-
lich. Er steht irgendwie neben sich. Erst lässt er die Rose
auf den hölzernen Sarg fallen, dann nimmt er, wie alle vor
ihm auch, die Schaufel, die in einem Erdhaufen steckt, und
wirft etwas Erde auf den Sarg. Anschließend gibt er Freddy
die Hand.

»Herzliches Beileid auch.« Dem Schimmelreiter kommt

es vor, als würde jemand anders diese Worte sagen. In Freddy Krügers Brillengläsern spiegelt er sich. Er sieht jämmerlich aus, findet er, in der schwarzen Satinjacke und mit den nass angeklatschten Haaren. Hauke kommt sich selbst fremd vor.

44

Während Spusi-Mann Börnsen und Gerichtsmediziner Carstensen mit der toten Sabine wieder aufs Festland übersetzen, führen Thies und Nicole nach einer kurzen unruhigen Nacht in dem seltsamen Hotel ihre Befragungen fort.

»Gab es Spannungen in der Gruppe?« Nicole will allmählich mal zu den konventionellen Befragungsmethoden zurückkehren. »Hatte Sabine Feinde?«

Heidrun und auch die anderen sehen den Sailor Vasco vielsagend an.

»Wie war Ihr Verhältnis zu der Toten?«, hakt die Kommissarin gleich nach.

»Verhältnis?« Vasco hebt fragend seine Hände mit dem verbundenen Stinkefinger. »Ich habe kein Verhältnis zu der Dame.« Die Freundin verdreht die Augen.

»Aber gestern sind Sie mit Sabine ganz schön aneinandergeraten«, bemerkt Yvonne giftig.

»Deswegen bringe ich sie aber nicht gleich um.«

»Vasco, wo hast du mich hier hingeschleppt? Was ist das für eine absurde Veranstaltung?« Die Freundin des Seglers wirft den Hellseherinnen einen giftigen Blick zu. »Ich wollte von Anfang an nicht auf diese Insel.«

»Das is keine Insel«, wird sie von Tadje sofort korrigiert. »Das ist eine Hallig.«

Nicole seufzt. Irgendwie entgleitet ihr die Befragung schon wieder. So recht kann sie sich noch kein Bild von dem Tathergang und den ganzen Umständen auf der Hallig machen. Und Thies macht auch schon wieder Anstalten, die Hände zu heben, seinen intuitiven Blick aufzusetzen und den Raum auf sich wirken zu lassen. Selbst Tadje sieht ihren Vater skeptisch an.

»Ich will ja nichts sagen«, mischt die Tochter des Polizisten sich ein, »aber Herr Meyer hat doch was von seinem Sohn erzählt, der angeblich auf dem Weg zur Hallig ist und der ...«

»Was für ein Sohn?«, unterbricht Nicole sie.

»... der damals die Zwillinge umgebracht hat und jetzt wohl aus der Psychiatrie ausgebrochen ist«, geht Marret mit aufgeregter Stimme dazwischen.

»Zwillinge?« Thies hält die Hände immer noch erhoben, hat aber die Augen wieder geöffnet.

»In dem Raum am Ende des Flurs is alles voller Bilder von diesen Zwillingen, Fotos und so riesige Ölschinken, tausend Bilder von den Zwillingen hinten in dem Zimmer zweihundert...soundso, in das wir eigentlich nicht reindürfen.« Tadje wird immer aufgeregter.

»Aber wir waren da letzte Nacht trotzdem drin, Tadje und ich.« Marret hat mittlerweile knallrote Wangen.

»Diesen Raum ...ähh ...«

»Zweihundertsiebenunddreißig.« Als Finanzbeamter hat Udo Schmelzer ein gutes Zahlengedächtnis.

»... müssen wir uns wohl mal ansehen.« Aber sie weiß gar nicht, wonach sie da überhaupt suchen soll. Nicole und Thies schwirren inzwischen die Köpfe. Wer ist verdächtig? Meinhard Meyer, Vasco oder einer der Workshop-Teilnehmer?

»Der Mörder ist in einem Boot auf die Hallig gekommen«, raunt Iris Lammers-Lindemann leise, aber bedeutsam. »Meinen Sie nicht auch, Herr Detlefsen?«

Thies weiß nicht recht, was er sagen soll.

»Irgendwann schon«, stellt die Kommissarin lapidar fest. »Aber wir dürfen auch nicht ausschließen, dass er schon eine Weile hier war.« Sie lässt ihren Blick noch einmal prüfend durch die Runde schweifen. Sie versucht sich Mordmotive vorzustellen und geht mögliche Verdächtige durch. Aber mit den klassischen polizeilichen Überlegungen kommt sie heute wirklich nicht weiter.

»Vielleicht solltet ihr euch mal um diesen Sohn von Herrn Meyer, Michi Meyer, kümmern. Der ist aus der Psychiatrie ausgebrochen«, meint Marret. »Wisst ihr davon gar nichts?«

»Wir sind die Mordkommission«, gibt Nicole knapp und fast etwas beleidigt zurück. »Dafür ist die Vermisstenstelle verantwortlich, und die sitzt in Kiel oder auch in Hamburg.«

»Der hat ja wohl schon mehrere umgebracht«, klärt Marret die beiden Polizisten weiter auf.

»Wie bitte? Wen?« Thies wird hellhörig. Hat der Sohn von Herrn Meyer vielleicht mit dieser Vermisstenmeldung zu tun, die er gerade auf dem Schreibtisch hat?

»Na ja, diese Zwillinge auf den Bildern in Zimmer zweihundert…«

»Zweihundertsiebenunddreißig.« Thies hat sich die Zimmernummer gleich gemerkt.

»Bitte nicht schon wieder diese Zwillinge!« Nicole hat von den Gespenstergeschichten genug.

»Na ja, soll ja wohl auch dreißig Jahre her sein«, räumt Yvonne ein.

»Dat denkt ihr euch doch aus?«, hat Thies den Verdacht.

»Gibt es bei unserer Toten vielleicht Parallelen zu dem Mordfall Tante Telse?«, raunt Nicole ihrem Kollegen zu.

Die hellhörige Marret bekommt es natürlich trotzdem mit. »Wat sagst du da? Mordfall? Telse ist doch nich etwa auch ermordet worden?«

»Wir haben doch Telse tot im Watt gefunden, hast du das gar nich mitbekommen?«

»Mann, Papa, wir sind hier auf der Hallig doch von der Außenwelt abgeschnitten.« Tadje verdreht die Augen.

»Im Watt?«, fragt Marret erstaunt.

»Im Mustang des Schimmelreiters«, ergänzt Thies.

»Wie bitte?« Marret ist von den Socken. »Ich habe Telse doch noch gesehen.«

»Wo hast du sie gesehen?«, will Thies wissen.

»Na ja, in dem Mustang.« Marret tut so, als sei Telse ständig in Haukes Auto unterwegs gewesen. »Ich hab noch gewunken, aber sie hat nich mal geguckt. Fand ich schon komisch.«

»Aber Telse ist nicht gefahren, oder?«, fragt Thies weiter.

»Den Mustang vom Schimmelreiter? Nee, die hat doch gar keinen Führerschein. Die saß auf'm Beifahrersitz, wie sonst auch.« Marret schüttelt den Kopf.

»Hast du gesehen, wer gefahren ist?« Nicole sieht sie eindringlich an.

Marret überlegt. »Hauke war dat nich, oder?«

»Marret, dat fragen wir dich.«

»Ich weiß nich. Ich hab nur Telse gesehen und dat sie nich zurückgewunken hat. Aber wo ihr das jetzt sagt, wat mir aufgefallen is, der Mustang fuhr ungewöhnlich langsam und ohne die übliche Metallmusik.«

»Wann war das?«, hakt Nicole nach.

»Na ja, auf dem Weg zu Alexandra.« Marret tut so, als wären Thies und Nicole dabei gewesen. »Dieser Eddie hat mir doch noch die neue Frisur gemacht, bevor ich hierher auf die Hallig gefahren bin.« Sie überlegt. »Der hat das Auto doch auch gesehen. Wir hatten uns zufällig schon auf der Dorfstraße getroffen. Ich war an dem Tag sein erster Termin.«

»Hat der vielleicht irgendetwas gesehen?«, fragt Nicole weiter.

»Na ja, Eddie hatte sich auch gewundert und auf den Wagen gezeigt.«

»Was hat er denn gesagt?« Nicole gibt nicht auf.

»Ja, was hat er gesagt? Ich glaub, ›krass‹, ja, ›krass‹ hat er gesagt. Und dann meinte er noch, dat is doch nich der Schimmelreiter.«

45

»Tonight's the Night! Heute bist du dran, Gina-Baby!«
Eddie grinst Gina-Marie süffisant herausfordernd an.
»Heute Nacht bekommst du deinen Ultimate Haircut.«
Er sieht sie aus seinen schwarz umränderten, weit aufgerissenen Augen an und tanzt auf der nächtlichen Fredenbüller Dorfstraße um sie herum. Dabei fährt er ihr immer
wieder mit den blau lackierten Fingern durch die langen
blonden Haare. Das Mädchen nimmt einen Schluck aus
einer Sektflasche und hält sie ihm dann hin. Eine kleine
Fontäne spritzt über die Dorfstraße.

Eddie öffnet die Glastür vom »Salon Alexandra«. Die
beiden schleichen sich nicht in den Friseursalon, sie stürmen die Bude. Gina-Marie knipst das Licht an, dass der
ganze Salon hell erstrahlt, und lässt sich sofort in den erst-
besten Friseurstuhl hinter dem Schaufenster fallen.

»Komm da mal lieber raus.« Er zieht sie aus dem Friseurstuhl heraus und in den hinteren Raum, wo ganz früher mal das Solarium stand. »Muss ja nicht jeder sehen,
was wir hier nachts anstellen.«

»Was wir hier anstellen? Du schneidest mir die Haare.«
Sie wirft ihre blonde Mähne und sieht sich in einem der
Spiegel an. »Daran ist doch nichts Verbotenes.«

»Klar, ich schneide dir die Haare.« Er zieht die schwarz
geschminkten Augenbrauen hoch. Gleichzeitig sieht er sie

provozierend an. Er löscht das Licht im vorderen Teil des Salons und schubst Gina-Marie in den einzelnen Friseurstuhl, der neben dem Haarwaschbecken im Hinterraum steht. Eddie schaltet nur ein indirektes Licht am Spiegel ein. Das Mädchen greift sich den Fön aus einer Halterung vor dem Spiegel und hält ihn vor sich und singt wie in ein Mikrofon. »I'm in love with the shape of you ...«, einen Song von Ed Sheeran. Sie schaltet den Fön ein und singt weiter. Ihre Haare wehen im warmen Luftstrom. Dazu stellt Eddie den Song an, der jetzt gleichzeitig aus einem Lautsprecher kommt. Gina-Marie krallt ihre rotlackierten Finger um den Fön und singt jetzt mit Ed Sheeran im Chor.

»... although my heart is falling too ...«

Währenddessen schnippt Eddie schon im Rhythmus mit den Scheren. Ehe sie sich versieht, fliegt ein Fächer blonder Haare durch das schummrige Licht. Gina-Marie, ihre leuchtende Mähne und der silbern glänzende Fön sind in dem warmen Licht im Rahmen des Spiegels deutlich zu sehen, Eddies Stachelfrisur und die schwarz geschminkten Augen dahinter nur schemenhaft. Das nächste Haarbüschel segelt kurz durch das Licht, ehe es zu Boden fällt.

»Mein Gott, was machst du mit meinen schönen langen Haaren?!«

»Deine schönen Haare werden jetzt noch schöner.« Er macht eine theatralische Geste.

Sie legt den Fön auf die Ablage vor dem Spiegel. »Eddie, stopp mal!« Sie dreht sich zu ihm um und zieht ihn an seinem schwarzen Shirt zu sich herunter. Sie küssen sich, zuerst nur zaghaft, dann heftig und leidenschaftlich. Eddie hält seine beiden Hände mit den Scheren gestreckt von sich. Sie zieht ihn weiter zu sich heran. Dabei hat er Probleme, das Gleichgewicht zu halten. Mit den Scherenhänden kann er sich nirgendwo abstützen, und die Scheren will er offenbar auch nicht aus den Händen legen. Ganz im Gegenteil. Während sie sich exzessiv küssen, klappert er ekstatisch mit den Scherenblättern. Gina-Marie kommt durch das Messerklappern erst richtig in Fahrt.

Und dann halten sie plötzlich inne. Aus dem vorderen Teil des Salons, der zur Straße geht, meinen sie, gegen die Musik ein Geräusch zu hören, ein leises Quietschen der Eingangstür.

»Was ist das?«, zischelt Gina-Marie. »Eddie, hast du nicht abgeschlossen?«

»Weiß nich, keine Ahnung.« Eddie streckt die Scherenhände fragend von sich. »Wer soll schon kommen um diese Zeit? Nachts hab ich sonst keine Termine, außer deinem.« Er grinst schon wieder.

46

Meinhard Meyer ist heute Nacht außerstande zu malen, und auf die Vorbereitungen des Krebsdinners an Halloween und die geplante Séance seiner Gäste kann er sich auch nicht konzentrieren. Die Tote in den Toiletten und die beiden Polizisten im Hotel gehen ihm nicht aus dem Kopf. Und dann hat sich Doktor Lohmis schon wieder bei ihm gemeldet. Michi ist immer noch nicht aufgespürt worden. Lohmis ist schleierhaft, wie sein ehemaliger Patient überhaupt aus der »Geschlossenen« herauskommen konnte. Aber sein langjähriger behandelnder Arzt ist ja auch längst in Rente und nicht mehr zuständig. Die jüngeren Kollegen halten ihn nur auf dem Laufenden.

»Sicherlich nur, um die Verantwortung abschieben zu können«, vermutet der Arzt. »Halten Sie die Augen offen, Herr Meyer«, hatte er gesagt. »Ich wiederhole mich, aber er ist bestimmt auf dem Weg nach Hause auf die Hallig. Halten sich Kinder oder Jugendliche bei Ihnen auf Westeroog auf? Sind Zwillinge auf der Hallig?« Glücklicherweise nicht. Unter diesen sonderbaren Hellseherinnen sind keine Jugendlichen und auch keine Zwillinge, soviel er weiß.

Aber ist Michi vielleicht schon auf Westeroog? Oder war er es? Der Hotelbesitzer zermartert sich den Kopf. Gestern lag da dieses Boot. Aber heute ist es nicht mehr da. Ist Michi mit dem Boot gekommen, hat er diese Frau ermordet und die Hallig dann wieder verlassen? Oder hat sich die See das Boot geholt und er ist noch immer auf der Hallig? Es ist zum Wahnsinnig-Werden.

Meyers fiebriger Blick geht durch das große Fenster des Ateliers nach draußen auf die bewegte See und den kleinen Steg, an dem kein Boot liegt. Ihm ist, als sehe er Michi in seinem blauen, mit weißen Tupfern gesprenkelten Overall und mit einer Maske vor dem Gesicht durch den Regen auf das Haus zugehen. Sein Herz rast. Sein Gehirn fühlt sich an, als sei es zu groß für seinen Kopf. Der Druck in seinem Hirn nimmt zu. Er fühlt seinen Blutdruck steigen. In diesem verdammten Hotel wird es immer kälter. Seine Hände und Füße sind kalt, aber im Kopf wird ihm immer heißer.

Am liebsten würde er sofort nach draußen in den Sturm laufen und im Regen eine Runde Holz hacken. Wütend könnte er heute Nacht einen ganzen Klafter Holz hacken. Irgendetwas muss er tun, aber er weiß nicht, was. Er darf jetzt nicht durchdrehen, er muss sich zusammenreißen. Vielleicht haben sie Michi inzwischen längst aufgespürt, und er sitzt wieder in den Anstaltswerkstätten und bastelt seine Masken. Niemand ist in Gefahr, versucht er, sich einzureden. Aber er weiß, dass das nicht stimmt. Michi Meyer geistert durch Nordfriesland, auf dem Festland über die Inseln und Halligen auf der Suche nach Opfern.

Ohne sich etwas überzuziehen, stürmt Meinhard Meyer in seinem großkarierten Holzfällerhemd nach draußen. Der Regen hat fast aufgehört, aber der Wind heult um die hohen Hotelmauern und den Tierfriedhof auf der Warft hinter der Kirche. Der Mond kommt immer zwischen den

Wolken hervor und wirft kaltes Licht auf die Schaum-
kronen der hohen Wellen. Meyer steht auf dem Friedhof
inmitten der in mehreren exzentrischen Kreisen angelegten Grabstellen, der verwitterten, kleinen, kaum sichtbaren
Kreuze und Steine. Am Rande sieht man noch die erdigen
Stellen, an denen er vor Kurzem die Abfälle von Krustentieren vergraben hat. Frische anonyme Tiergräber. Die
Gräber im inneren Kreis tragen die Namen der von den
Kindern geliebten Haustiere von damals, von den in einer
Sturmflut jämmerlich ersoffenen jungen Katzen, von Seehund Molly, der an der Seehundstaupe verendet ist, und
von Cujo, dem liebsten Hund der Welt, für den er mit den
Zwillingen zusammen damals einen kleinen Holzsarg ge-
baut hatte und dessen Stein immer noch daliegt.

Meyer weiß, es gibt keine Grenzen für den Tod und das
Grauen. Er geht zur Mitte der Warft, zum Grab der Zwillinge. Das Kreuz ist fast nicht mehr zu erkennen. Das Holz
mit den eingeritzten Namen »Ellen« und »Judith« ist im
Wind und in den Sturmfluten längst verwittert. Er sieht
von dem erhöhten Friedhof aus über die bewegte See. Ihm
wird jetzt kalt. Und auf einmal fühlt er, dass er von etwas
gestreift wird. Aber diesmal kann er die Zwillinge nicht
sehen. Sie wollen ihn reinlegen, ihm übel mitspielen. Sie
und auch Michi wollen ihn in den Wahnsinn treiben. Sie
meinen es nicht gut mit ihrem Vater, sie sind böse. Alle
sagen, es gibt keine Gespenster. Das weiß Meinhard Meyer
besser.

»Das Grauen bringt weiteres Grauen hervor«, raunt er
mit tiefer Stimme durch die stürmische Nacht. »Manchmal ist es besser, tot zu sein!«

47

Gina-Marie lässt nicht locker. Sie ist fest davon überzeugt, im Vorraum des Friseursalons eben wieder ein Geräusch gehört zu haben. »Da war was, sieh bitte mal nach!«, flüstert sie aufgeregt.

Eddie geht die paar Schritte zum Durchgang. Aber in dem vorderen Bereich des Salons kann er nichts Verdächtiges entdecken.

»Die Eingangstür ist zu«, ruft er. Gina-Marie sieht, wie Eddie im Durchgang steht und seinen Blick einmal über Friseurstühle, Trockenhauben und die Warteecke schweifen lässt. Dann ist er gleich wieder bei ihr.

»Ist das etwa wieder dieser gruselige Typ in dem Overall mit den Malerflecken?« Gina klingt verschreckt.

»Nee, kein Overall. Komm, da ist nichts.« An Küssen ist im Augenblick allerdings nicht mehr zu denken. Stattdessen klappert Eddie mit den Scheren und will sich ihrem neuen Haarschnitt zuwenden. Doch auch gegen das Scherengeklapper im Rhythmus von Ed Sheeran meint Gina-Marie schon wieder ein Geräusch zu hören.

»Eddie, da is jemand, kein Scheiß.« Gina-Marie klingt ungewöhnlich kleinlaut.

»Lass uns hier abhauen … ich will hier raus.«

»Gina-Baby. Ich bin mitten im Haareschneiden. Bleib ganz ruhig, ich guck noch mal nach.«

Eddie schlurft erneut in den Vorraum. Für einen Moment hört Gina-Marie nichts. Und dann nimmt sie Stimmen wahr. Sie zuckt in ihrem Friseurstuhl zusammen.

»Was willst du denn hier? Salon ist geschlossen«, hört sie Eddie sagen. Der oder die andere scheint nichts zu antworten. Gina kann zumindest nichts verstehen. An einer leiseren Stelle des Songs meint sie, ein schweres Atmen, so etwas wie ein Seufzen zu hören. Und dann klingt es, als würde jemand geschubst werden. Ein Stuhl fällt um, und eine fahrbare Trockenhaube rattert über den welligen PVC-Boden. Gina-Marie bekommt es nun wirklich mit der Angst zu tun. Sie steht leise aus dem Friseurstuhl auf und überlegt kurz, ob sie nach Eddie sehen soll. Aber dann will sie sich doch lieber verstecken. Wirklich erlaubt ist das schließlich nicht, was sie hier machen. Hektisch sieht sie sich in dem Raum um. Da entdeckt sie eine Art Besenkammer, in der allerdings kein Besen, dafür eine ausrangierte Trockenhaube Modell »Figaro« steht. Viel Platz hat sie nicht. Sie zwängt sich in die enge Kammer und zieht die Tür möglichst nahe zu sich heran. Aber durch einen kleinen Spalt kann sie noch nach draußen sehen. Ihr Kopf mit der unvollendeten Frisur hängt halb in der »Figaro 1711«.

Durch den schmalen Spalt hat Gina-Marie einen Teil des Durchgangs zum Vorraum im Blick. Sie kann zwar kaum etwas sehen, hört aber, trotz der Musik, Kampfgeräusche. Es klingt wie ein Schwertkampf. Metall, das auf Metall schlägt, untermalt von heftigem Atmen, Stöhnen und Ächzen. Obwohl es dunkel ist, sieht sie plötzlich ein riesiges Messer aufblitzen und danach Eddies Scheren. Die beiden Kämpfenden kann sie nur als Schatten erkennen. Eddies Haarstacheln huschen einmal kurz durchs Bild. Den oder die andere kann sie nicht erkennen, nur das mörderisch lange Messer und die beiden Scheren sieht sie durch die Luft wirbeln, begleitet von metallischem Säbelrasseln und Stöhnen.

Gina-Marie kommt sich vor wie in einem fernöstlichen Martial-Arts-Film, untermalt von Ed Sheerans ›Shape of you‹. Ab und an schnappt sie ein paar Wortfetzen auf. Was geht da vor sich? Sie überlegt, ob sie Eddie irgendwie helfen kann. Aber sie weiß nicht, wie. Am besten bleibt sie hier in der Besenkammer.

»Was musstest du da auch auf der Straße rumstehen und dämlich glotzen«, keucht eine Stimme. »Du und diese Frau mit diesem idiotischen roten Pony …«

»… von dem ich sie dann gleich befreit habe«, ruft Eddie. »Schnipp-schnapp!«

»Was? Sie hat keinen roten Pony mehr?«

»Nein, keinen spießigen Pony mehr, dafür einen Pixie Cut! Aber was interessieren dich Hilfs-Zorro meine Haarkreationen?«

Jetzt sind nur noch die Musik und das Geklapper der Scheren zu hören. Für einen Moment scheint Eddie in dem Degengefecht die Oberhand zu haben. Aber dann durchschneidet ganz plötzlich ein durchdringender Schrei den Friseursalon, gefolgt von einem langgezogenen Stöhnen und einem letzten leisen Scherenklappern. Dann verstummt die Musik abrupt, und Gina-Marie hört schwere Schritte, die in den hinteren Raum kommen. Sie wagt nicht mal mehr zu atmen. Die Person, die sie nicht sehen kann, bleibt offenbar ganz in der Nähe der Besenkammer stehen und sieht sich vermutlich im Raum um. Anschließend entfernen sich die Schritte wieder.

Gina-Marie hört noch ein leises Scheppern der gläsernen Eingangstür. Und dann ist alles ganz still im »Salon Alexandra«.

»Eddie!«, flüstert sie flehend und zittert dabei am ganzen Körper. Sie traut sich nicht aus der Besenkammer heraus. Sie will gar nicht wissen, was da passiert ist.

Die Fritteuse bruzzelt, und der »Exlosion Compact« gibt ein munteres »Dadadüdadadüdüdüda« von sich. Lasse füttert das Gerät mit ein paar Zwanzigcentstücken, als Piet Paulsen zusammen mit Nicoles kleinem Finn »De Hidde Kist« betritt. Während Nicole auf der Hallig ermittelt, kann der Kleine bei Paulsen übernachten. Piet sieht heute mitgenommen aus. Mit einem tiefen Seufzer sinkt er auf seinen Barhocker am Stehtisch.

»Antje, so wie dat aussieht muss ich die nächste Zeit erst mal anschreiben lassen.«

»Ist die Rente nicht rechtzeitig gekommen?«, feixt Bounty.

»Schlimmer, mein ganzes Konto ist leergeräumt. Ich war gerade in der Bank in Schlütthörn und hab mir die Auszüge ausdrucken lassen.«

»Auf den Zetteln stehen überall Nullen drauf«, verkündet Finn stolz, als wäre es die Lösung einer Rechenaufgabe. Dann sieht er Piet prüfend an. »Das ist nich so gut, oder?«, fügt er unsicher hinzu.

»Wir wollten für den Jung dat große ... wie heißt dat?«

»Mein großes Wimmelbuch von der Nordsee«, platzt Finn heraus.

»Wir wollten extra mit 'm Bus zur Buchhandlung nach Bredstedt.« Piet macht ein betrübtes Gesicht. »Tja, dat mussten wir känzeln.«

»Piet, wie kann dat angehen?« Antje steht mit fragendem Blick und leerem Frittierkorb da, während aus dem »Explosion Compact« gerade ein paar Münzen rasseln. »Du kriegst doch 'ne gute Rente. Hast du denn größere Ausgaben gehabt?«

»Dat sind diese zig Bestellungen von Alexa, die ich bezahlen muss. Wieder alle möglichen Fitnessdrinks. Ich weiß doch auch nich ...«

»Fitnessdrinks?« Klaas guckt ungläubig.

»So 'n Zeug trink ich doch überhaupt nicht.« Piet wird richtig böse.

»Ich hab dich gewarnt, die Lady reißt dich ganz böse rein.« Bounty fühlt seine schlimmsten Befürchtungen bestätigt.

»Ja, ja, und dann hat sie offenbar noch 'ne Kreuzfahrt gebucht. Is alles schon runter von meinem Konto. ›Magische Nordlichter‹, die hab ich hier in der ›Hidden Kist‹ doch viel günstiger.«

»Vielleicht kann Lasse dir aushelfen. Hat ja offenbar gerade 'ne Glückssträhne.« Und dann bekommt Bounty seinen missionarischen Gesichtsausdruck. »Ich hab es dir gleich gesagt, sie spioniert dich aus, und jetzt bist du ihr hoffnungslos ausgeliefert.«

»Aber Piet, Alexa hat mir gestern Abend ganz toll vorgelesen«, wendet Finn ein.

»Finn, das kann Onkel Piet doch auch machen«, versucht Antje ihn zu überzeugen.

»Ja, schon, aber nich so wie Alexa«, entgegnet Finn mit entwaffnender Ehrlichkeit. »Die kann das so mit verschiedenen Stimmen.«

»Ach, das kriegen wir hier mit uns allen im Imbiss doch auch hin«, versucht es Antje weiter.

»Aber Onkel Piet hört sich immer wie Onkel Piet an«, stellt Finn fest.

»Und Bounty wie Bounty, wär ja auch noch schöner«, ergänzt Paulsen.

»Demnächst kommt das Hörbuch ›Onkel Piet liest Pippi Langstrumpf‹ raus«, schlägt Bounty vor.

»Pippi und Piet in Taka-Tuka-Land, oder wat?«, krächzt der ehemalige Landmaschinenvertreter. »Hör doch auf, verarschen kann ich mich alleine.«

Zu einer weiteren Erörterung des Themas kommt die Imbissrunde nicht. Alexandra stürmt im Friseurkittel »De Hidde Kist«. Sie ist leichenblass und bleibt vor Aufregung fast in der Tür hängen. »Wo is Thies?«, stammelt sie. »Wieso is der nich im Imbiss?«

»Wat ist denn los, Alexandra?«, will Antje wissen.

»Thies und Nicole sind doch nach Hallig Westeroog rüber«, klärt Klaas sie auf. »Da gibt's 'ne Tote. Hat Heike dir das noch gar nich erzählt?«

»Auf der Hallig?« Sie starrt die Imbissfreunde entsetzt an. »Das gibt's doch nich. Bei mir sitzt auch 'n Toter.«

»Was?« Jetzt blickt auch die ganze Imbissrunde entsetzt. »Wer?«

»Eddie. Erdolcht auf'm Friseurstuhl. Und in der Besenkammer sitzt ein Mädchen mit 'ner halbfertigen Frisur und zittert am ganzen Leib. Ich bilde mir ein, die hätte ich auch schon mal gesehen.«

»Wat macht die denn in der Besenkammer?«, fragt sich Piet Paulsen.

»Hat sie ihn mit seinen Scheren erdolcht?« Antje hält immer noch den leeren Frittierkorb in der Rechten.

»Na ja, eine von seinen Scheren steckt bei ihm im Bauch. Grausig.« Die Salonchefin bekommt bei dem Gedanken ganz weiche Knie.

»Und wer ist das Mädchen in der Besenkammer?« Bounty unterbricht das Auspacken eines Kokosriegels.

»Mir ist so, als ob die bei Telje und Tadje in der Klasse ist oder war.« Alexandra ist immer noch außer Atem. »Was machen wir denn jetzt? Wir müssen schnell Thies anrufen!«

»Dat geht leider nicht«, klärt Klaas die Friseurin auf. »Da is die Verbindung abgebrochen.«

»Und Handy?«

»Die haben da bei dem Wetter scheinbar kein Netz.« Antje ist das unbegreiflich.

»Willkommen im digitalen Zeitalter.« Bounty sieht Piet vielsagend an.

»Aber was sollen wir denn jetzt tun?« Alexandra klingt verzweifelt.

»Zuallererst muss dat Mädchen mal aus der Besenkammer raus«, meint Antje.

»Ist sie doch längst. Da hab ich sie natürlich gleich rausgeholt. Aber ich hab ihr gesagt, dass sie dableiben soll, bis Thies und Nicole da sind.« Alexandra wischt sich eine Strähne ihrer roten Mähne aus dem Gesicht. »Janine und Oma Ahlbeck sind jetzt bei ihr. Janine is auch völlig fertig.«

»Und Oma Ahlbeck hat die Ermittlungen aufgenommen, oder wie seh ich dat«, vermutet Paulsen.

»Die sitzen auf den Wartestühlen um die Ecke, wo sie

Eddie mit der Schere im Bauch nich sehen können. Aber Frau Ahlbeck hat natürlich jede Menge gute Ratschläge, wat wir mit Eddie machen sollen.« Alexandra ist dagegen reichlich ratlos.

»Alexandra, den toten Scherenkünstler darf keiner anfassen!« In Thies' Abwesenheit schlüpft Klaas sofort in die Rolle des Assistenten. »Da muss erst mal die Spusi ran. Deshalb sollten wir versuchen, ob wir im neuen Kommissariat in Husum jemanden erreichen. Hat Nicole da nich noch 'ne Assistentin oder so sitzen?«

»Oder wir fragen Heike mal, die hat doch bestimmt die Telefonnummer von Spusi-Börnsen.« Bounty grient süffisant. Die Polizistengattin und der Spusi-Mann aus Kiel waren sich vor ein paar Jahren beim Feuerwehrfest mal nähergekommen.

49

Thies und Nicole kommen mit ihren Ermittlungen mal wieder überhaupt nicht hinterher. Sie wissen gar nicht, wo sie anfangen sollen. Jetzt verlassen sie die Hallig mit dem Boot der Küstenwache schon wieder, weil sie sich um den nächsten Toten kümmern müssen. Börnsen hat gleich die Küstenwache losgeschickt, um Thies und Nicole wieder aufs Festland zurückzuholen. Die Hallig-Gäste wundern sich, dass die beiden die Ermittlungen so plötzlich abbrechen.

»Neuer Mordfall«, erklärt Thies knapp. Die Hellseherinnen und auch Tadje wollen natürlich gleich wissen, um wen es sich handelt. »Dat sind laufende Ermittlungen«, verkündet der Polizeihauptmeister mit wichtiger Miene.

»Die letzten Monate, seit ich in Husum bin, ist hier nichts passiert, und jetzt kommt alles auf einmal«, seufzt die Hauptkommissarin. »Es ist zum Verrücktwerden, die Morde passieren immer dort, wo wir gerade nicht sind.«

»Und wenn wir gleich wieder auf dem Festland sind ...«, sinniert Thies, »... dann passiert hoffentlich nich wieder wat auf der Hallig.«

»Thies, das Boot ist nicht mehr da. Der Täter ist vermutlich wieder auf dem Festland, und da darf er uns nicht entkommen. Uns bleibt gar nichts anderes übrig, als schnell wieder überzusetzen.« Nicole wirkt auf einmal hektisch.

Thies ist beunruhigt. Sie sind nicht einmal mehr dazu gekommen, Hotelier Meyer richtig zu befragen. Er hat eben noch etwas von den Zwillingen und seinem Sohn, der in einem blauen Overall auf dem Weg nach Hause sein soll, fantasiert.

»Madame Lammers-Lindemann und ihre Hellseher-Truppe sind nicht die Einzigen, die nich ganz … ja, wie soll ich sagen …« Thies fehlen die Worte. »Dieser Hotelbesitzer gehört jedenfalls auch mit in die Sparte.«

Am liebsten würde Thies auch Tadje und Telje wieder von der Hallig mitnehmen und Westeroog sicherheitshalber ganz räumen. Aber eine so große Gruppe findet auf dem Boot gar keinen Platz. Außerdem nimmt Tadje ihre Aufgabe als Eventmanagerin sehr ernst, und Telje will ihre Schwester hier nicht alleine lassen. Trotz des grauenhaften Mordes sollen das Krebsessen am heutigen Halloweenabend und auch die mitternächtliche Séance stattfinden. Tadje bereitet ein Zitronen-Aioli für die Krustentiere zu. Sie hat den großen alten Eichentisch im Speisesaal schon eingedeckt. In der Bibliothek stehen ein runder Tisch, Wassergläser und ausgehöhlte Kürbisse mit Kerzen bereit, die während der spiritistischen Sitzung als einzige Lichtquelle dienen sollen.

Iris Lammers-Lindemann hat alle Hände voll damit zu tun, ihre Workshop-Teilnehmer auf die spiritistische Sitzung einzustimmen.

»Der erste Schritt ist, eine geisterfreundliche Atmosphäre zu schaffen. Ihr müsst mich mit eurer Energie und Konzentration unterstützen.« Iris' Stimme klingt, als hätte die Séance schon begonnen. »Wir müssen aufgeschlossen sein, um eine einladende Atmosphäre zu schaffen. Die Geister einladen, unsere Fragen zu beantworten.«

»Ich weiß gar nicht recht, was ich Doris fragen soll.« Udo Schmelzer macht sich so seine Gedanken.

»Ja, bereitet gerne Fragen vor, um der Séance eine Struktur zu geben. Sie sollten so einfach formuliert sein, dass sie mit Ja oder Nein beantwortet werden können«, doziert Iris. »Und ihr dürft keine zu umfassenden, komplexen Antworten erwarten.«

»Ich wollte ihr eigentlich nur noch etwas sagen ... ich weiß auch nicht.« Udo ist sich gar nicht mehr so sicher, ob er seine verstorbene Doris wirklich sprechen will. Ihm ist das Ganze doch etwas unheimlich. Und auch bei Rotschenkel Heidrun überwiegt die Skepsis.

»Ihr sollt euch nicht fürchten, nur wundern«, verkündet Frau Lammers-Lindemann mit einschläfernder Stimme. »Bringt der jenseitigen Welt Wertschätzung entgegen. Eine Séance ist auf der kollektiven positiven Energie der Teilnehmer aufgebaut. Wenn nur einer oder eine dabei ist, die nicht daran glaubt, kann es nicht gelingen, mit den geliebten Menschen auf der anderen Seite in Kontakt zu treten.«

Thies und Nicole können sich tatsächlich nur wundern. Sie haben im Augenblick einfach keine Zeit für diese Geisterbeschwörung. Als sie sich im Boot der Küstenwache schon ein ganzes Stück von der Hallig entfernt haben, hat Nicole plötzlich eine Idee. Das Frisurenthema interessiert sie ja meistens gar nicht, aber jetzt bekommt sie die neue Frisur von Marret nicht mehr aus dem Kopf.

»Könnte es nicht sein, dass der Mörder gar nicht Sabine umbringen wollte, sondern Marret?« Den beiden spritzt bei der bewegten Überfahrt eine Gischt ins Gesicht. »Sie hat doch ausgesagt, dass sie das Auto des Schimmelreiters gesehen hat.«

»Dat Telse nich gewunken hat, is kein Wunder«, kombiniert Thies weiter. »Die konnte nich mehr winken.«

»Marret hat das beobachtet, und sie war nicht allein. Der Jungfriseur Eddie war dabei … und Eddie ist jetzt tot.«

In Thies arbeitet es. »Du meinst: Marret is in Gefahr?«

»Vielleicht sind auch die anderen auf der Hallig in Gefahr«, überlegt Nicole.

»Wat ist mit Tadje und Telje?« Am liebsten würde Thies mit dem Schnellboot gleich wieder umdrehen, mit Kurs zurück auf die Hallig.

50

Vor dem Schaufenster des »Salon Alexandra« hat sich eine für Fredenbüller Verhältnisse beachtliche Menschentraube gebildet. Neben der stets dauergewellten Frau Bandixen versuchen zwei weitere Stammkundinnen und Pensionswirtin Renate, über die Frisurenfotos hinweg einen Blick auf den erdolchten Jungcoiffeur zu erhaschen. Klaas hat sich vor dem Salon postiert, um den drei Damen den Weg in den Salon zu versperren. »Hier gibt dat gar nichts zu sehen.«

»Klaas, dat kann man ja nu nich behaupten.« Renate zeigt Richtung Eddie und protestiert mit rollendem R. »Der Verrückte sitzt doch da mit seiner Schere im Bauch im Friseurstuhl.«

»Heute bleibt der Salon geschlossen«, ruft Alexandra mit zittriger Stimme aus dem Hintergrund.

»Renate, dat ist 'n Tatort hier«, belehrt Klaas die Fredenbüller Pensionswirtin. Eben sind Kriminaltechniker Mike Börnsen und Gerichtsmediziner Carstensen aus Kiel angereist, und jetzt treffen auch Thies und Nicole ein. Sie begrüßen die beiden Kieler.

»Ihr seid ja schon wieder ordentlich in Schwung hier in Fredenbüll«, stellt der Spusi-Mann lapidar fest.

»Könnt ihr schon irgendetwas sagen?«, fragt Nicole.

»Immer mit der Ruhe, Frau Kommissarin«, mault Carstensen. »Wir sind auch erst seit 'ner Minute da. Aber sieht mir nach tödlicher Stichwunde aus. Mit einer Schere.« Er sieht sich um. »Vermutlich hier aus dem Friseursalon.«

»Friseurschere haben wir auch nich alle Tage«, stellt Börnsen fest.

»Der hat mir auch die Haare geschnitten.« Thies fährt sich demonstrativ durch seinen »Out-of-Bed«-Look. »Heike hatte eigentlich auch 'n Termin bei ihm. Aber da haben wir ihn vorher festgenommen.«

»Wegen krimineller Frisuren, oder was?« Börnsen sieht Thies provozierend an, und der blickt verärgert zurück.

Die beiden Polizisten werfen einen Blick auf den Toten, dann widmen sie sich der Zeugin und ihren Betreuerinnen in der Warteecke. Gina-Marie sitzt kreideweiß mit einer halbgeschnittenen Frisur auf einem Stuhl. Friseurin Janine sitzt ebenso blass neben ihr. Sie konnte den Kollegen Eddie ja nicht leiden, aber so einen grausamen Tod hat sie ihm natürlich nicht gewünscht. Oma Ahlbeck hat den beiden stundenlang gut zugeredet. Die Mutter des Fredenbüller Bürgermeisters hat schon eine ganz heisere Stimme.

Zuerst wendet sich die Kommissarin an Janine. »Sie haben den Toten heute Morgen entdeckt?«

»Ja, das war voll der Schock.« Janine ist der Schreck noch immer ins Gesicht geschrieben. »Echt mega-gruselig … wie damals der Bruder von Lara Brodersen. Der lag doch hier im Salon, verkohlt auf der Sonnenbank, das war richtig heftig.«

»Ja ja, daran erinnern wir uns natürlich noch.« Auf den alten Fall will Nicole im Augenblick eigentlich nicht näher eingehen.

»Aber du hast hier hoffentlich nichts verändert oder angefasst?« Thies deutet zum Friseurstuhl mit Eddie hinüber.

»Angefasst? Um Himmels willen, Herr Detlefsen, wo denken Sie hin!« Janine sieht ihn mit weit aufgerissenen Augen an. »Ich hab dann ja auch gleich sie hier in der Abstellkammer gefunden.« Sie deutet auf Gina-Marie.

»Wat machst du hier bei Alexandra in der Besenkammer?« Thies dreht sich zu Gina-Marie. »Und wat is dat für 'ne halbe Frisur?« Er mustert das unvollendete Hairstyling.

Gina-Marie starrt zu Boden, wie eine Schülerin, die nicht drankommen möchte. »Was haben Sie hier nachts im Friseursalon gemacht?«, fragt Nicole nach. »Es war doch nachts?«

»Ja … also …« Gina-Marie windet sich. »Ja, wir waren außerhalb der Öffnungszeiten noch mal im Laden.«

»Deutlich nach Schließung des Salons, oder?«, vermutet die Kommissarin. »Wann war das?«

»Ach, keine Ahnung, so um elf oder halb zwölf?« Es klingt wie eine Frage.

»Ja, wir waren nich dabei«, blafft Thies sie an.

»Eddie wollte mir die Haare schneiden …«

»Und dat musste unbedingt um Mitternacht passieren.« Thies schüttelt den Kopf. Nicole gibt ihm ein Handzeichen, dass er seine Befragung etwas moderater gestalten soll.

»Er hat Ihnen die Haare geschnitten … zumindest einen Teil«, übernimmt die Kommissarin. »Offensichtlich sind Sie dabei unterbrochen worden. Was hat sich da abgespielt?«

»Wir waren in dem hinteren Raum. Wie gesagt, Eddie hat mir die Haare geschnitten.«

»Und dann seid ihr in Streit geraten, und du hast dem Friseur eine von seinen Scheren in den Bauch gerammt.« Sehr viel moderater klingt Thies noch nicht.

»Wie bitte? Streit? Nein! Ganz im Gegenteil«, protestiert das Mädchen. Und auch Nicole sieht ihren Kollegen strafend an.

»Haben Sie etwas von der Tat mitbekommen?«, übernimmt sie die Befragung. »Haben Sie irgendetwas gesehen?«

»Da waren so Geräusche ... an der Tür, glaube ich. Dann ist Eddie nach vorne. Und dann gab es Kampfgeräusche ... wie so ein Degengefecht. Voll krass.«

»Ein Degengefecht?« Nicole fragt ungläubig nach.

»Wenn so Klingen immer wieder aufeinanderstoßen, Eddies Scheren und ... keine Ahnung. Und im Hintergrund die ganze Zeit die Musik ... so krass!«

»Wat denn für Musik?« Thies sieht das Mädchen zweifelnd an.

»›Shape of you‹ ... Ed Sheeran!«

»Haben Sie gesehen, mit wem Eddie da gefochten hat?« Nicole gibt nicht auf.

Thies steht inzwischen mit geschlossenen Augen in angedeuteter Fechthaltung mitten im Salon. Alexandra und auch Nicole sind nur froh, dass er nicht gleich wie in einem Mantel-und-Degen-Film auf die Tische und Friseurstühle springt.

»Hier is mit scharfen Waffen gekämpft worden«, verkündet Thies das Ergebnis seiner Intuitionsübung.

Gina-Marie sieht ihn mit großen Augen an. Auch sie hat

jetzt offenbar ein konkretes Bild vor Augen. »Eddie hatte wie immer seine schwarzen Klamotten an«, stammelt sie. »Und dann habe ich einen blauen Arm oder auch ein Bein gesehen … wie von einem Overall oder so … keine Ahnung.«

»Ein Overall?« Nicole sieht das Mädchen skeptisch an. Thies erinnert sich sofort an den Overall aus der Vermisstenanzeige. Und was hatte der verrückte Hotelier eben erzählt? So recht können sich die beiden Polizisten noch kein Bild vom Tathergang machen. Hängt der Mord an Eddie mit den anderen Morden oder mit den Einbrüchen zusammen?

»Im Augenblick können wir nichts ausschließen«, flüstert Nicole ihrem Kollegen zu.

»Liebe, Eifersucht und Geldgier«, zitiert Thies die klassischen Mordmotive. »Nicole, die Bande is für mich noch nich aus der Nummer raus. ›Eddie, die Schere‹ gehörte schließlich dazu, und der große Unbekannte im blauen Overall vielleicht auch. Vielleicht ist die Bande in Streit geraten.« Thies überlegt. »Streit um die Beute.«

»Um welche Beute?« Nicole schüttelt den Kopf. »Piets Fußballalbum?«

»Dieses Manolo-Früchtchen sollten wir uns trotzdem unbedingt mal vornehmen.«

Die weitere Diskussion wird unterbrochen. Der Firmenwagen von »Tapeten Tobarben« stoppt mit quietschenden Reifen vor dem »Salon Alexandra«. Der Schimmelreiter stürmt an Klaas, der ihn noch aufhalten will, vorbei in den Salon. Statt der Malerklamotten trägt er heute ein weißes Hemd unter seiner AC/DC-Jacke.

»Wat is los, Hauke?« Thies wundert sich über das ungewöhnliche Outfit des Schimmelreiters.

»Jaaa …« Hauke wirkt verunsichert. »Ich war beim Gericht.«

»Gericht?« Thies wundert sich. »Wat hast du denn mit dem Gericht zu tun? 'n paar Rollen Auslegware mitgehen lassen, oder was?«

»Nee, wie heißt dat … Nachlass…gericht … wegen so 'nem Testament.«

»Ach so, wegen Tante Telse? Hast du dat Häuschen geerbt?«, vermutet Thies.

»Ja, nee, Telse hat wat geerbt.«

»Telse?«

»Ja, steht so im Testament. Komisch, oder? Deswegen bin ich gleich zum Gericht hin. Weil, Tante Telse lebt ja nich mehr.«

51

Die Heizung des Hotels ist immer noch defekt. In allen Räumen des weitläufigen Gebäudes hat sich die Kälte breitgemacht. Zumindest im Speisesaal, in dem das große Halloween-Krebsessen stattfindet, hat Meinhard Meyer einen Ofen eingeheizt, der wohlige Wärme verströmt. Etliche Flaschen Wein wärmen die Dinner-Runde zusätzlich durch. Trotz des grausamen Todes von Sabine, der die Hellseherinnen verständlicherweise vollkommen aus der Bahn geworfen hat, ist die Stimmung beim Essen im großen Speisesaal des Hotels fast gelöst. Durch das Gefummel mit den Krebsscheren sind alle abgelenkt. Neben dem normalen Besteck und einer zusätzlichen Hummergabel, liegen auf einem Holzbrett auch noch eine Zange und ein Hammer zum Knacken der Schalen bereit. Die schummrige Beleuchtung in den ausgehöhlten Kürbissen, die flackernd auf den zugigen Fensterbänken stehen, macht es nicht unbedingt leichter, an das Krebsfleisch in den Scheren heranzukommen.

Nicht nur die Krebse stoßen auf große Begeisterung, vor allem auch das von Tadje kreierte Aioli. Yvonne verzichtet gleich ganz auf die Schalentiere und hält sich an geröstetes Brot mit Aioli.

»Richtig lecker«, schwärmt sie und leckt sich die Mayonnaise von den Lippen. »Was ist da alles dran, Tadje?«

»Och, nix Besonderes.« Die Eventpraktikantin überlegt. »Ich hab einfach 'ne schöne Mayonnaise gemacht, aus Eiern vom Fredenbüller Biohof und nordfriesischem Rapsöl ...«

»Ist ja toll«, staunt Hellseherin Yvonne. »Alles regionale Produkte.«

»Alles regional und voll nachhaltig!«, bestätigt Tadje voller Stolz.

»Na ja, die Zitronen, der Senf und die Prise Curry kommen natürlich nich aus Fredenbüll. Aber sonst ...« Die Zwischenbemerkung kann Telje sich nicht verkneifen.

»Auf jeden Fall der Hammer zu den Krebsen«, findet auch Rotschenkel Heidrun, die durch den Mosel richtig in Stimmung gekommen ist. Tadje versorgt die Hotelgäste sehr umsichtig mit Wein, frisch getoastetem Brot, und diejenigen, die partout keine Krebse mögen, mit ein paar Heringshappen in süßsaurer dänischer Soße. Hotelier Meinhard Meyer hat noch ein paar Holzscheite in den Ofen gelegt, dann ist er gleich wieder verschwunden.

Im Anschluss an das Halloween-Dinner haben sich die Hellseherinnen kurz vor Mitternacht um einen großen runden Tisch in der Bibliothek zu der mit Spannung erwarteten Séance versammelt. Es ist feucht und kalt. Die Sitzpolster der Stühle sind klamm. Von der Ausgelassenheit ist jetzt nichts mehr zu spüren. Auch hier leuchtet schummrig ein ausgehöhlter Kürbis, der gespenstische Schatten wirft und die Gesichter unheimlich ausleuchtet. Ilona sieht aus wie eine Eule, Claudia wie ein Gespenst und Workshop-Chefin Lammers-Lindemann, als wäre sie eine der Toten aus dem Jenseits, die heute Abend erscheinen sollen. Auf dem Tisch steht außerdem ein Wasserglas, und auf dem Stövchen, das ebenfalls einen Lichtschimmer auf die samtene Tischdecke wirft, steht eine große Kanne mit dem obligatorischen Fredenbüller Kräutertee.

Iris Lammers-Lindemann gibt mit sanfter Stimme noch mal einige Verhaltensregeln zum Besten. »Falls jemand anfängt zu weinen oder zu schreien, muss er von denjenigen, die weniger energiegeladen sind, aus dem Raum in einen anderen begleitet werden.« Rotschenkel Heidrun macht ein Gesicht, als wolle sie jetzt schon losheulen. Udo ergreift gleich ihre Hand. Auch die anderen Hellseherinnen blicken betrübt. Ihnen schwant Unheimliches.

»Alle sollten unbedingt ihre Handys ausschalten …«

»Is sowieso kein Empfang hier«, geht Yvonne dazwischen.

»… und, falls notwendig, noch einmal zur Toilette gehen«, ermahnt Iris ihre Mitstreiterinnen. »Wie wichtig das ist, wissen wir, seitdem diese schreckliche Sache mit Sabine passiert ist.«

Den Teilnehmern des Workshops wird es immer unbehaglicher. Einige überlegen ernsthaft, die Séance zu verlassen und sich in ihre Zimmer zurückzuziehen. Aber bei dem Gedanken ist ihnen auch nicht unbedingt wohler. Draußen, vor den klapprigen Hotelfenstern, heult der Sturm.

»Lasst den Ort auf euch wirken. Sprecht nicht zu viel«, mahnt Iris. »Stellt nur eine Frage auf einmal.« Die anderen sehen sie verschüchtert, aber auch fasziniert an. »Möglicherweise erhält der eine oder die andere von euch eine Botschaft, die für die anderen rätselhaft bleibt und die sie den anderen übersetzen muss.« Claudia fühlt sich an ihren Italienischkurs an der Volkshochschule erinnert. »Wenn ein Lufthauch zu spüren ist«, fährt Iris fort, »wenn eine Kerze flackert oder ein Glas Wasser umfällt, ist das ein Zeichen, dass ein Geist anwesend ist.«

Und dann lädt Frau Lammers-Lindemann die Geister ein, an der Séance teilzunehmen. »Wir bitten darum, dass sich die guten Geister mit guten Absichten unserem Zirkel anschließen.«

Alle fassen sich an den Händen. Sie schließen die Augen und warten.

52

Nach dem Fund der Leiche und der Besichtigung des Tatortes im »Salon Alexandra«, hatte Nicole sofort Thies' Kollegen in Husum alarmiert.

Die beiden Beamten hatten Marvin Manolo März in seiner Wohnung angetroffen, ihn gleich verhaftet und umgehend nach Fredenbüll überführt, wo Thies ihn wegen Fluchtgefahr vorübergehend in der kleinen Zelle der Wache untergebracht hat. Außerdem hatte einer der Husumer Polizisten, ebenfalls überzeugter HSV-Anhänger, Piets Fußballalbum auf dem Küchentisch liegen sehen und mit nach Fredenbüll geschickt.

Der auf die schiefe Bahn geratene Spross des Talkshowmoderators hat gleich nach einem Anwalt gefragt und Verpflegung gefordert.

»Anwalt kannst du gerne anrufen. Wasserflasche stell ich dir sofort hin, und zum Frühstück lass ich dir morgen wat aus der ›Hidden Kist‹ kommen«, hat Thies ihn angeschnauzt. »Dat ist hier Vollpension.«

Näher haben sich Thies und Nicole mit Marvin Manolo noch nicht beschäftigt. Denn jetzt steht Hauke Schröder gleich wieder vor der Wache.

»Thies, ich hab noch 'n Testament gefunden. Diesmal von Tante Telse, ich weiß auch nich, hatte sie in 'ner Vase, zusammen mit fünfhundert Euro in kleinen Scheinen.« Der

Schimmelreiter wirkt etwas durcheinander. »Ich hab die beiden Testamente mal mitgebracht.«

Thies und Nicole werfen gleich einen Blick auf die Schriftstücke. »Ja, Hauke, du erbst«, stellt Thies fest. »Tante Telse hat dir alles vermacht. Du bist jetzt stolzer Hausbesitzer. Wer hätte das gedacht.«

»Ja, nee, hätt ich lieber drauf verzichtet, wenn Telse dafür noch leben würde.« Das ständige Gezeter seiner Tante hat der Schimmelreiter innerhalb kürzester Zeit offenbar vergessen. Irgendwie hat er die neue Situation noch nicht recht begriffen. »Und wat ist mit dem andern Testament? Da hat Telse ja wohl von Onkel Henry geerbt … und dem gehörten ja die ›Heringshappen‹.«

»Heringshappen?« Nicole sieht ihn fragend an. Sie nimmt das andere Testament zur Hand.

»›Henrys Heringshappen‹«, erklärt Thies. »Fischgroßhändler in Büsum.«

Nicole hat das Dokument schnell überflogen. »Ja, deine Tante Telse hätte den eigentlich geerbt.«

»Ja, aber …«

»Wenn sie noch leben würde«, bringt Nicole den Satz zu Ende.

»Und wat is jetzt mit den ›Heringshappen‹?«, will Thies wissen.

»Die erbt jetzt ein Friedhelm Krüger«, liest die Kommissarin. »Ist das Henrys Sohn?«

»Ja, dat ist Freddy, sein Adoptivsohn.« Hauke nickt.

»Telse war die Vorerbin, und dieser Freddy ist der Nacherbe.« Auf einmal stiert Nicole auf das Testament, als wäre ihr persönlich gerade eine Erbschaft entgangen.

»Wat is, Nicole? Irgendwat nich in Ordnung?«, will Thies wissen. Aber dann weiß er gleich, was sie irritiert.

»Also, wenn dieser Freddy kein Motiv hat, dann weiß ich auch nicht. Nach Telses Tod ist er der Alleinerbe.«

»Dat könnte auch den Überfall auf Klaas erklären«, fällt Thies ein. »Freddy wollte unbedingt verhindern, dass die Gerichtspost zugestellt wird.« Er zeigt auf das Testament. »Wenn dat geklappt hätte, dann wüssten wir das alles nich.«

»Thies, mit Freddy müssen wir uns dringend unterhalten.«

»Ist auch 'n büschen komischer Typ«, fällt dem Schimmelreiter ein. »Ich war ja grade auf der Beerdigung von Henry in Büsum, und … na ja … da wurde so geredet …«

»Geredet? Was wurde da geredet?«, fragt Nicole nach.

»Ja, dat Freddy eigentlich kein Interesse an der Firma hat und wohl am liebsten verkaufen würde oder so.«

»Thies, den müssen wir uns unbedingt vornehmen.« Nicole tut so, als würde sie den Fischhändler am liebsten gleich verhaften. »Hauke, wo wohnt Freddy? In Büsum?«

»Ja, der hat seine Wohnung über dem Büro, gleich neben der Fischhalle.«

»Wir sollten schnellstens mal nach Büsum rüber.« Die Kommissarin ist voller Tatendrang.

»Und was is mit unserem Freund Manolo?« Thies deutet in den hinteren Raum mit der Zelle.

»Du kannst dir Marvin Manolo noch mal vornehmen, vielleicht bekommst du ja doch etwas aus ihm heraus. Und ich düse jetzt nach Büsum.«

»Nicole, wenn der mit dem Mord zu tun hat, solltest du nicht allein fahren.«

»Das geht jetzt nicht anders. Hier ist Gefahr im Verzug.« Nicole ist nicht mehr zu bremsen. »Außerdem hab ich im Gegensatz zu dir immer eine Waffe dabei.«

53

Nachdem Nicole in ihrem Dienst-Mondeo nach Büsum losgefahren ist und sich auch der Schimmelreiter verabschiedet hat, kann sich Thies seinem speziellen Freund widmen. Für den Fredenbüller Polizeihauptmeister ist der Sohn des Fernsehmoderators, trotz des neuen Verdächtigen, noch nicht aus dem Spiel.

»So, mein Freund, jetzt wollen wir noch mal in Ruhe schnacken.« Thies hat sich zu später Stunde noch schnell zwei Kaffee aus der »Hidden Kist« geholt, für sich und seinen Gast in der Zelle.

»Was ist mit der Verpflegung? Und was ist mit einem Anwalt?«, motzt Manolo.

»Hier gibt's erst mal 'n Kaffee, und dafür möchte ich ein paar Antworten.«

»Scheiße, ich hab alles gesagt. Was wollen Sie noch wissen?«

»Stimmt, das meiste wissen wir tatsächlich.« Thies strubbelt sich einmal kurz durch die Haare. »Eure Bande hat hier 'ne ganze Einbruchsserie abgezogen.«

»Von was für einer Serie reden Sie?« Marvin Manolo pustet verlegen in seinen wiederverwertbaren Kaffeebecher.

»Tante Telse, Biohof, Geflügelzüchter Dossmann, Landmaschinenvertreter Piet Paulsen, ach so, und dann auch Bounty, für mich is dat 'ne Serie.«

Marvin Manolo sagt im Augenblick gar nichts mehr.

»Dafür gibt es Zeugen«, trumpft Thies auf.

»Was denn für Zeugen?« Manolo überlegt. »Hat die kleine Gina geplaudert?«

»Das ist nicht die Einzige.«

»Ach so, bestimmt hat der Gruftie Bounty rumfantasiert.«

»Wir haben da noch eine andere Kronzeugin, die garantiert nicht fantasiert und ihre Aussage jederzeit gerne wiederholt.« Thies denkt dabei an Alexa. »Und bei den Einbrüchen ist es nicht geblieben. Wir haben zwei Tote … und ein Fußballalbum bei dir sichergestellt. Kannst du mir das erklären?«

»Ja, weiß irgendwie auch nich.« Er druckst herum.

»Und dein dicker Komplize duftete ja wohl wie 'n ganzer Harem nach Laras Duftölen.«

»Kann ja sein … wir haben dem blöden Biohof einen kleinen Besuch abgestattet und dabei ein paar Duftwässerchen mitgehen lassen. Was soll's?« Marvin windet sich. »Aber wir haben keinen umgebracht. Echt nich.«

»Mein Freund, du gibst immer nur das zu, was wir schon wissen. Jetzt würde ich gern mal was hören, was ich noch nicht weiß.«

Es wirkt tatsächlich so, als überlegte Marvin.

»Mit den Morden haben wir nichts zu tun, kein Scheiß … Aber da tauchte immer so ein Typ in einem blauen Overall auf, so ein Blaumann mit weißen Farbklecksen.« Er pustet in den Becher, obwohl der Kaffee längst abgekühlt ist. »Wir hatten das Gefühl, der wollte sich bei uns dranhängen. Gina und Eddie haben ihn genauer gesehen. Voll ghostly der Typ.«

»Wisst ihr, wer das war?«

»Keine Ahnung.«

»Solange wir das nich wissen, behalt ich dich über Nacht noch mal hier.«

Doch an der Geschichte von dem großen Unbekannten im Blaumann könnte etwas dran sein, überlegt Thies. Es deckt sich mit den Aussagen von Gina-Marie und dem verrückten Hotelbesitzer. Und in der Vermisstenmeldung, von der Thies bislang nichts wissen wollte, ist doch auch von einem blauen Overall die Rede.

54

Meinhard Meyer ist beunruhigt. Am Anleger der Hallig liegen heute Abend zwei Boote. Gestern war er froh gewesen, dass die Polizei die Hallig gleich wieder verlassen hatte. Jetzt wäre es ihm lieber, wenn die beiden Beamten noch hier wären. Eines der Boote gehört seinem Sohn Michi, da ist sich Meinhard ziemlich sicher. Geht die Tote im Toilettenraum auf sein Konto? Er hat die größten Befürchtungen, und er hat Angst, dass es weitere Tote geben wird. Heute Morgen hat er noch mal versucht, Doktor Lohmis zu erreichen. Aber die Telefonleitung zum Festland ist immer noch tot. Er muss jetzt unbedingt mit dem Doktor sprechen. Lohmis konnte ihm stets einen realistischen Blick auf die Krankheit seines Sohnes geben. Er konnte ihn beruhigen. Oder auch warnen. Warum musste ausgerechnet jetzt das Telefon ausfallen?

Das Boot an dem Anleger spricht dagegen, dass die Polizei seinen Sohn mittlerweile aufgegriffen hat. Michi muss hier auf der Hallig sein, vermutlich hält er sich irgendwo in dem großen unübersichtlichen Hotel versteckt. Meinhard läuft hektisch die langen Flure entlang. Er sucht die einzelnen Stockwerke ab, den Keller und den Dachboden. Er lauscht immer wieder. Aber er hört nur den Sturm, der sich im Dach fängt, die ächzenden Balken, das unheilvoll klingende Schreien der Seevögel in der Nacht. Liegen hier irgendwelche Dinge herum, die hier vorher noch nicht gelegen haben und die Michi vielleicht vergessen hat?

Meinhard weiß genau, auf wen es sein Sohn abgesehen hat. Als er die tote Sabine in der Toilettenkabine liegen sah, fiel es ihm ganz plötzlich wieder ein. Und dann erkannte er auch Marret wieder, die ebenfalls an dem Kurs für Hellseherinnen teilnimmt. Es ist vierzig Jahre her, und die beiden haben sich natürlich sehr verändert. Doch jetzt hat er die damaligen Gesichter der beiden Mädchen auf einmal wieder vor Augen. Er erkennt sie in den beiden Frauen von heute wieder. Die damalige Zeit des Kinderheims ist ganz nah. Es kommt ihm vor, als wäre es gestern gewesen. Die Gesichter von damals und heute schieben sich übereinander und werden zu einem. Es gibt keinen Zeitsprung mehr, die Jahre dazwischen sind aufgehoben, als hätte es sie nie gegeben.

Er hört die Mädchen laut lachen. Marret und Sabine zusammen mit seinen Zwillingen Judith und Ellen. Ein schrilles, überdrehtes, ein bisschen albernes und hämisches Lachen. »Seht ihn euch an ... seht nur, seine komischen Haare, und wie er aussieht ... wie er blöd seine Autos über das Teppichmuster schiebt.« Und dann hatten Ellen, Judith und ein paar andere Mädchen, Sabine und Marret waren wohl auch dabei, ihn in die Toilettenräume für Mädchen gelockt und die Röcke ihrer Sommerkleider gehoben. »Willst du mal gucken, Michi? Hihihi.« Die Mädchen waren um ihn herumgesprungen, zuerst hatten sie gekichert, sie hatten gefeixt und schließlich laut gejohlt. Sabine hatte am lautesten gelacht. Sie hatten Michi gepiesackt und gehänselt. Je mehr er sich ärgerte, desto mehr haben sie sich über ihn lustig gemacht.

Ein gutes Jahr später an Halloween, es waren gerade keine Kindergruppen oder Schulklassen im Heim, lagen Judith und Ellen in ihren blutüberströmten Kleidern im Zimmer zweihundertsiebenunddreißig. Michi saß mit einer Halloween-Maske auf dem Teppichboden im Flur und schob sein Auto penibel auf den Streifen der Hexagone entlang, an jeder Ecke ruckartig die Richtung ändernd. Neben ihm lag noch das blutige Küchenmesser.

Meinhards Frau war vor Schrecken erstarrt. Nachdem er die Zwillinge auf dem Hallig-Friedhof beigesetzt hatte, saß sie zwei Tage lang unbewegt vor dem Grab, stierte auf die See und war dann in einer stürmischen Nacht einfach in die eiskalten Wellen in den Tod gegangen. Um nicht selbst durchzudrehen, hatte Meinhard den Psychiater Lohmis zu Hilfe gerufen, und der hatte den kleinen Michi gleich in Gewahrsam und von der Hallig aufs Festland in seine Klinik mitgenommen.

Nicht nur Sabine und Marret sind in größter Gefahr. Jetzt ist hier auch noch die Zwillingsschwester seiner Praktikantin aufgekreuzt. Dummerweise ist ihm das erst aufgefallen, nachdem die beiden Polizisten die Hallig übereilt wieder verlassen hatten. Warum müssen auch noch Zwillinge auf der Hallig sein? Und warum lachen sie immer wieder? Hat er nicht schon genug Probleme? Sind Tadje und ihre Schwester Telje denn lebensmüde? Meinhard fehlt jedes Verständnis. Schließlich hat sein Sohn nicht nur damals als Kind seine Schwestern umgebracht, sondern zehn Jahre später, nach einem Ausbruch aus der Psychiatrie, noch ein anderes Zwillingspaar mit einem Messer bestialisch ermordet. Er muss verhindern, dass ein weiteres Unglück geschieht. Er muss ihn finden. Unbedingt.

Meinhard läuft immer wieder dieselben Flure ab, wirft einen Blick in dieselben Zimmer. Er ist außer Atem. Er ist erschöpft, aber er muss trotzdem weitermachen. Und dann meint er das Blau des Overalls draußen im Mondschein kurz aufleuchten zu sehen, hinter der Kapelle in Richtung Tierfriedhof. Eine Gestalt huscht über die nächtliche Hallig. Die Bewegungen sind ruckartig wie in einem Film, in dem ein Stück fehlt. Und dann ist der Blaumann hinter der Hallig-Kapelle verschwunden. Hatte Meinhard eben auch eine weiße Maske gesehen? Oder bildet er sich das nur ein?

55

»Doris? Hörst du uns?« Iris' Stimme klingt leicht weggetreten, aber trotzdem beschwörend. Alle halten die Hände ihrer Nebenleute fest umklammert. Ilona spürt Yvonnes feuchte Hand und Udo Heidruns kalte. Alle haben die Augen geschlossen. Claudia blinzelt heimlich kurz einmal. Sie meint, ein Flackern des Lichtes in dem Kürbis zu sehen. Dann schließt sie die Augen gleich wieder. Tadje und Telje haben sich vor dem Beginn der spiritistischen Sitzung verdrückt. Doris oder anderen Bewohnern aus dem Reich der Toten wollten sie nicht unbedingt begegnen. Tadje hat von den wiederauferstandenen Tieren langsam die Nase voll. Sie will mit ihrer Schwester in der Küche einfach noch ein Bier trinken und vielleicht dem Seehundheuler als Mitternachtshappen noch einen Hering spendieren.

»Doris, wir bitten dich, uns deine Anwesenheit zu zeigen«, murmelt Iris Lammers-Lindemann. Bei Udo Schmelzers ermordeter Frau Doris sieht die Workshop-Leiterin die größte Chance, mit dem Reich der Toten in Verbindung zu treten.

Alle warten, dass irgendetwas passiert, dass sich wenigstens die Wasseroberfläche im Glas kräuselt. Die Teilnehmer der spiritistischen Sitzung sind mittlerweile richtig durchgefroren. Die Funzel in dem Kürbis spendet keine Wärme. Udo fühlt sich in der ganzen Situation reichlich unwohl.

Er ist fast froh, dass sich Doris nicht gleich aus dem Jenseits meldet.

Und dann räuspert sich Marret plötzlich. »Was ist das?« Sie wirkt wie hypnotisiert. Marret sieht nichts, die geräuschempfindliche Fredenbüllerin hört etwas.

»Was hörst du?«, fragt Iris Lammers-Lindemann in einem Ton, als sei es die selbstverständlichste Sache der Welt.

»Ich höre Klappern … Scherengeklapper.«

»Das Klappern von Scheren«, wiederholt Lammers-Lindemann mit bedeutsamer Stimme.

Die anderen lauschen angestrengt. Yvonne meint, die Scheren jetzt ebenfalls zu hören. »Wer ist das?«, säuselt sie verunsichert. »Was ist das?«

Marret fasst sich in ihre Frisur. Sie hat immer noch die Augen geschlossen. »Jetzt kann ich ihn auch sehen: Eddie! Aber wieso? Wat macht Eddie hier?« Sie hat ihn jetzt verschwommen in diffusem blauem Licht, aber sehr deutlich vor Augen. Die schwarz geschminkten Augen, der arrogante Blick, die nach oben gestellten Haarstacheln.

»Wer ist Eddie?«, will Lammers-Lindemann wissen. »Wer ist das?«

»Wieso, dat is der neue Friseur in Fredenbüll. Von dem is mein neuer Haarschnitt.« Marret ist verstört. »Aber dat kann nich sein. Der is nich im Jenseits, der is im ›Salon Alexandra‹.« Marret scheint plötzlich aus ihrer Hypnose zu erwachen.

»Zerstöre die Stimmung nicht. Du solltest bereit sein, dich auf dieses Abenteuer einzulassen.« Frau Lammers-Lindemann klingt verärgert. Schließlich hat sie Udos Doris erwartet und nicht irgendeinen Friseur.

»Ja, ich bin ja bereit«, gibt Marret ebenfalls leicht bockig zurück. Und dann ist der Geist von »Eddie, der Schere« auch schon wieder verschwunden.

Iris ist bemüht, die geisterfreundliche Atmosphäre aufrechtzuerhalten. »Bitte bewahrt das Gefühl des Wunderns und der Wertschätzung für die jenseitige Welt.« Alle fassen sich noch etwas fester an den Händen und schließen die Augen.

»Doris, bitte fühle dich in unserem Kreis herzlich willkommen und schließe dich uns an, wenn du bereit bist«, versucht Iris noch einmal den Kontakt zu Udos verstorbener Frau herzustellen. Rotschenkel Heidrun ist von der Idee nicht sonderlich begeistert.

»Horcht auf die Geräusche«, raunt die Seminarleiterin, »auf die Botschaften des Geistes.« Doch alle hören nur das Peitschen der Wellen und die schreienden Möwen von draußen. »Doris, geht es dir gut?«, raunt Iris. Minutenlang warten alle schweigend. »Wenn es dir gut geht, lass etwas Wasser aus dem Glas schwappen.« Aber auf der Oberfläche des Wasserglases passiert nichts. Dafür fällt im obersten Bord im Bücherregal der Bibliothek ein Buch um. Es ist der Band über die Zugrouten der Seevögel, bei dem sich Udo und Heidrun vor drei Tagen nähergekommen sind. Udo weiß nicht so recht, wie er das umfallende Vogelbuch deuten soll. Aber Heidrun nickt ihm jetzt aufmunternd zu. Auch die anderen blicken erwartungsvoll zu dem obersten Bord des Regals auf.

Doch dann meldet sich Marret plötzlich. »Ich höre wieder etwas«, murmelt sie mit geschlossenen Augen. »Ich kann es hören.«

»Ist es Doris?«, will Lammers-Lindemann gleich wissen.

»Nein, nicht Doris …« Marret horcht.

»Wieder die Scheren?« Iris raunt nicht mehr, sie klingt jetzt aufgeregt.

»Nein, keine Scheren.« Marret hebt ihre Hände und damit auch die Hände der neben ihr sitzenden Heidrun und Yvonne. »Es ist Motorengeräusch … ein Auto. Der Sound ist mir vertraut.«

»Kommt Doris im Auto aus dem Jenseits?« Udo hat Zweifel.

»Das ist nicht Doris. Das ist der Mustang des Schimmelreiters mit Tante Telse auf dem Beifahrersitz.« Marrets Stimme zittert. »Telse, kannst du uns hören?« Die Séance-Runde wartet gespannt. Yvonne meint, ein kurzes Flackern der Kerze in dem Kürbis zu beobachten.

»Kannst du den Fahrer sehen? Oder die Fahrerin?« Iris Lammers-Lindemann scheint immer noch zu hoffen, dass Doris Schmelzer mit im Wagen sitzt.

»Nein, ich sehe ganz verschwommen ein blaues Hemd … nein, ich glaube, so einen blauen Anzug, wie ihn Sönke auf der Tankstelle in Schlütthörn hat.«

56

Tadje hat auch nach dem Krebsessen alle Hände voll zu tun. Sie ist ganz froh, dass ihre Schwester sie jetzt unterstützt. Telje hilft ihr beim Abräumen und dem anschließenden großen Abwasch. Nebenbei versorgen sie in der Küche den kleinen Seehund mit Heringshappen und den Weltumsegler Vasco mit dem einen oder anderen Rumgrog. Außerdem sieht die angehende Medizinerin Telje nach seinem verletzten Finger.

»Oh, solventer Schnitt, das sieht mir nach einer handfesten Infektion aus«, stellt Telje fest. »Schmerzen?«

»Kann man wohl sagen.« Vasco gibt sich alle Mühe, seine verwegene Sailor-Miene aufzusetzen. Aber der gestreckte Mittelfinger wirkt heute eher bemitleidenswert als provozierend.

»In Husum hätte ich Ihnen das eben genäht. Aber hier ...« Sie blickt achselzuckend auf das Küchenchaos mit den schmutzigen Geschirrtürmen und den Bergen von Krebsscheren. »Wann war denn die letzte Tetanus-Auffrischung?« Telje ist gleich voll in ihrem Element.

»Tetanus? Keine Ahnung. Vor meinem letzten großen Törn zu den Azoren vielleicht.«

Telje desinfiziert die Wunde noch mal und macht ihm einen neuen Verband, und Tadje gießt ihm einen nächsten Grog auf. Dann machen sich die beiden Mädchen an den

Abwasch, und anschließend muss ja auch noch ein ganzer Berg an Krebsscheren und Hummerresten entsorgt werden.

»Was machen wir denn mit den ganzen Scheren?«, will Telje wissen.

»Nee, Telje!« Tadje steht augenblicklich der Schrecken im Gesicht. »Ich geh da heute Nacht nicht raus, keine Chance. Never.«

»Ach so, auf diesen ... ähhh ... Tierfriedhof. Komm, sei kein Frosch!« Und schon ist Telje dabei, die ausgehöhlten Krebsscheren und Hummerschalen in mehreren großen Plastiktüten zu sammeln. Sie nickt ihrer Schwester noch mal aufmunternd zu, dann tappen die Zwillinge, mit drei schweren Tüten und einem schmalen Spaten bewaffnet, in die Nacht, Richtung Tierfriedhof.

Die Sturmböen wehen ihnen die Haare vors Gesicht. Momentan ist es stockdunkel auf der Hallig. Sie können nicht erkennen, wo sie hintreten. Sie sehen kaum die Hände vor Augen, geschweige denn ihre Füße. Beide ziehen ihre Schuhe aus und gehen barfuß. Erst spüren sie Grasbüschel unter ihren Fußsohlen, dann Sand, der schnell weicher und schlammiger wird. Sie kommen jetzt aufs Watt. Muscheln knirschen unter ihren Füßen. Tadje denkt sofort an die Schlammflecken in ihrem Bett.

»Ich war vor Kurzem schon mal hier«, hechelt sie ihrer Schwester zu.

»Ja klar, hast du doch schon erzählt. Lässt sich ja auch kaum umgehen, wenn man hier auf der Hallig ist.«

»Nein, ich meine, ich war im Traum hier oder so. Ach, keine Ahnung«, zischelt sie, als sei es ein Geheimnis. »Es war alles irgendwie unwirklich, aber am nächsten Morgen waren Muscheln und Sand in meinem Bett. Ich hab keinen Schimmer, wie das dahingekommen ist.«

»Komm, Tadje, erzähl keinen Scheiß.« Telje wehrt sich noch gegen die Visionen ihrer Schwester. Doch ganz langsam steigt auch in ihr eine leise Panik hoch. Die Tüten mit den Krebsscheren werden immer schwerer. Sie hat das Gefühl, dass ihre Arme länger werden und sie mit den Füßen noch tiefer im Schlick versinkt. Spitze Steine und Muscheln drücken und schneiden den beiden in die Füße. Tadje spürt ihr Herz immer heftiger schlagen, und auch Telje ist auf einmal aufgeregt. Sie will es selbst nicht wahrhaben. In der Dunkelheit tritt sie mit den nackten Füßen auf die Kante des Spatens, den ihre Schwester jetzt hinter sich herschleifen lässt.

Tadje ist stehen geblieben. »Pst.« Sie hört ein Geräusch im Watt. Der heulende Sturm legt eine kurze Pause ein. »Hörst du das nicht?«

»Spinn nicht rum.« Auch Telje horcht, und dann meint sie es ebenfalls zu hören. Es klingt wie weit entfernte, schmatzende Schritte. Über das Wasser werden die Geräusche weit getragen. Das satte Schmatzen hallt durch die Nacht.

57

Nicole ist sofort nach Büsum runtergefahren. Von Fredenbüll ist es nur ein Katzensprung. Die Ermittlungen dulden
keinen Aufschub. Die ganze Zeit sind sie nicht weiter-
gekommen, aber heute Nacht überschlagen sich die Ereignisse.

Die Kommissarin ist nicht die Einzige, die eine Nacht-
schicht einlegt. Im Büsumer Hafen bringt sich gerade ein
kleiner Fischtrawler vor dem Sturm in Sicherheit. Auch
auf dem Gelände von ›Henrys Heringshappen‹ ist erstaun-
licherweise heute Nacht noch Betrieb. Der Hof ist hell
ausgeleuchtet. Unter einer Bogenlampe stehen zwei Lieferwagen mit dem stilisierten Hering, der grinsend in ein
Glas springt. Von einem anderen Pritschenwagen werden
Kisten mit Heringen abgeladen. Zwei Männer verstauen
den Fisch in einer Kühlhalle. Nicole fallen sofort ihre
blauen Overalls ins Auge. Auf der Brust haben sie das
Logo von »Henrys Heringshappen«.

»Wo ist denn die Wohnung von euerm Chef, Herrn
Krüger?«, will Nicole wissen.

»Unser Chef? Unser Chef ist verstorben«, gibt der
Mann knapp zurück, ohne die Fischkiste abzustellen.

»Sie meinen, Henry? Ich denke an seinen Sohn Freddy.
Der hat doch auch seine Wohnung hier irgendwo auf dem
Gelände, oder?«

»Freddy? Jo.« Eine sonderlich hohe Meinung scheint der Mann im blauen Overall von dem Junior nicht zu haben.

»Ist der jetzt nicht der Chef?«, hakt die Kommissarin nach.

»Dat wissen wir auch nich so recht. Henry, also der verstorbene Chef, und sein Sohn Freddy hatten in letzter Zeit nur Streit gehabt. Er is ja auch nur der Adoptivsohn … Aber ich will nix gesagt haben.«

»Angeblich soll ja seine Schwester oben in … ähhh … Fredenbüll den Fischhandel geerbt haben«, schaltet sich der zweite Overall, der keine Fischkiste in den Händen hält, ein. »Und dann is die ja wohl auch überraschend verstorben.«

»Schon komisch. Sind irgendwie schwierige Familienverhältnisse. Freddy hat ja auch keine schöne Kindheit gehabt. Er is ja damals in dem brennenden Haus fast umgekommen. Deshalb auch die Narbe im Gesicht«, übernimmt sein Kollege wieder. »Aber wie gesagt, wir wollen nix gesagt haben.«

»Fragen Sie ihn am besten selbst.« Der Zweite deutet über den Hof. »Aber er ist momentan nich da.«

»Er ist nicht in seiner Wohnung?«, fragt Nicole noch mal nach.

»Nee, wir haben ihn auch gesucht«, brummt der erste Blaumann. »Sein Wagen steht auch nicht da. Also, der ist weg.«

»Wo könnte er denn hin sein?«, will die Kommissarin weiter wissen.

»Tja, weiß auch nich.« Der Mann stellt die Heringskiste jetzt doch ab. »Wenn er nich hier ist, dann ist er normalerweise mit seinem Boot unterwegs. Aber bei diesem Wetter? Eher unwahrscheinlich. Wir sind ja schon froh, dat der Fischkutter mit unseren Heringen wieder im Hafen is.«

»Sein Boot liegt normalerweise hier im Büsumer Hafen, oder?«, fragt Nicole. Die beiden Männer nicken synchron. »Und dort fährt er mit seinem Wagen hin? Was fährt er denn für einen Wagen?«

»So einen wie den da.« Er zeigt zu den beiden Kombis mit dem »Heringshappen«-Logo. »Aber jetzt müssen wir hier mal weitermachen.« Die beiden werden ungeduldig.

»Nur eine Frage hätte ich noch«, unterbricht die Kommissarin ihn. »Hat Freddy auch so einen blauen Overall, wie Sie ihn tragen?«

»Jo, hat er aber eher selten an … mal bei der Arbeit«, gibt der Fischhändler zurück und greift sich die Kiste mit den Heringen. »Er drückt sich ja, wo er kann. Aber in seinem Auto hat er auf der Rückbank immer einen Blaumann liegen, damit er sich sein schönes rot-grün geringeltes Shirt nich schmutzig macht.«

Nicole fährt die paar Meter zum Hafen mit dem Auto. Der Anleger ist menschenleer. Der Sturm bringt die Fischkutter, die in langer Reihe an der Pier vertäut sind, zum Schaukeln und Ächzen. An der Kaimauer hat die Kommissarin den Kombi mit dem lachenden Hering sofort gefunden. Doch ein Boot ist an der entsprechenden Stelle nicht zu sehen. Der Liegeplatz ist nicht besetzt. Sie geht zu dem Auto zurück und sieht durch die Fenster in den Wagen. Auf der Rückbank liegt ein Stapel Werbeflyer von »Henrys Heringshappen«. Einen blauen Overall kann sie nicht entdecken.

58

Den beiden Zwillingen ist bitterkalt. Ihre Gelenke scheinen wie eingefroren. Tadje zittert vor Kälte, aber gleichzeitig schwitzt sie. Während die beiden weiter durch die Dunkelheit tapsen, drohen die Plastiktüten mit den Schalentieren zu reißen. Die Trageöffnungen leiern immer mehr aus. Und dann kommt es Tadje plötzlich so vor, als bewegten sich die Krebsscheren in der Plastiktüte.

»Sie leben!«

»Hör auf, Tadje, mach dich doch nicht lächerlich.« Teljes Stimme hallt durch die Dunkelheit über das Watt. Sie versucht ein klägliches Kichern. Es klingt absolut nicht nach Telje.

»Alles in Ordnung bei dir?«, fragt Tadje unsicher.

»Ja, alles klar.« Dabei ist jetzt auch Telje alles andere als wohl.

»Lass uns schnell die Scheißscheren vergraben und dann weg hier.« Tadje klingt jetzt panisch. Sie will den Inhalt der Plastiktüten ganz schnell loswerden.

Sie haben gerade eben den Rand des Tierfriedhofs erreicht, schon setzt Tadje ihre Tüte ab und beginnt sofort hektisch zu graben. Der Spaten lässt sich gut in den Boden hineinstechen. Der feuchte Sand ist schwer und rutscht immer wieder von dem Spaten herunter. Zuerst kann Tadje kaum erkennen, was sie da tut. Aber dann kommt der

Mond zwischen den Wolken heraus und wirft fahle Schlaglichter über die Hallig. Telje sieht über die Friedhofswarft mit den in konzentrischen Kreisen angelegten Grabstellen. Im bläulichen Mondlicht kann sie ein verwittertes Kreuz und mehrere Gedenksteine erkennen.

»Na, Tadje, wo sind denn all die toten Tiere ... vom Friedhof der Krustentiere? Huhuhuuuh.« Telje imitiert einen Geist. Sie gibt sich alle Mühe, die Mutige zu spielen, und macht sich über ihre Schwester lustig.

»Vielleicht hilfst du mir mal beim Graben?!« Tadje hält ihrer Schwester den Spaten hin, worauf die lustlos ein paar Spatenstiche schlickigen Boden aushebt.

Tadje ist richtig aus der Puste, sie schwitzt. Und dann zeigt sie in die andere Richtung über die Hallig. »Telje, da ...!« Weiter kommt sie gar nicht.

»Na, was ist denn jetzt?« Telje nimmt ihre Schwester immer noch nicht ernst.

»Da, der blaue ... Overall.« Ihr steht die blanke Panik im Gesicht.

»Das ist ... das darf nicht wahr sein ...«, stammelt Tadje. »Nein ...« Sie wird immer blasser.

Der Typ in dem blauen Overall geht in seltsam ruckartigen Bewegungen Richtung Geräteschuppen.

»Wer soll das schon sein? Das ist der Hausmeister oder Elektriker oder so«, vermutet Telje. »Haben doch viele so einen Blaumann an wie Sönke von der Tankstelle in Schlütthörn.«

»Telje, hier gibt dat keinen Elektriker und 'n Tankwart erst recht nich.«

Dann sehen sie den Typen in dem Overall in ihre Richtung kommen, leicht schwankend und ruckartig, als würde er zwischendurch immer kurz stoppen und nicht weiterkönnen und dann weiterspringen. Seine Bewegungen sind langsam, trotzdem ist er schneller als sie. Inzwischen wird auch Telje nervös.

»Hat der 'ne Maske auf?« Einen kurzen Moment bleibt Tadje wie eingefroren stehen. »Telje, dat is dieser Michi Meyer, von dem alle erzählen.«

Panisch lassen beide die Tüten mit den Krebsscheren in das ausgehobene Loch fallen und laufen zum Haus zurück. So schnell sie können. Doch allzu schnell können sie nicht. Bei jedem Schritt bleiben sie mit den Füßen immer wieder in dem feuchten Boden hängen.

»Scheiße, Tadje, heute ist Halloween!«, stöhnt Telje mit gepresster Stimme.

59

Marret hat die Séance vorzeitig verlassen. Ihre Visionen von dem Auto des Schimmelreiters und seiner Tante Telse haben ihr Angst gemacht. Sie ist regelrecht in Panik verfallen. Sie musste ganz schnell aus der Bibliothek heraus, weg von Iris Lammers-Lindemann und der ganzen Gruppe. Die Hellseherei wird ihr auf einmal unheimlich. Eben vor der Küche hat sie noch den Sailor Vasco getroffen, der sie mit schwerer Zunge auf einen Absacker einladen wollte. Aber sie hat schon genug Kräutertee getrunken. Da musste sie jetzt nicht auch noch einen Rum haben. Und dann hat sie mit einem Ohr doch noch das Ende der spiritistischen Sitzung mitbekommen.

Aus der Bibliothek war deutlich die Stimme von Iris Lammers-Lindemann zu hören. »Nun ist es getan. Gehet in Frieden. Wir bedanken uns bei den Geistern, dass sie an unserer Séance teilgenommen haben.«

Marret hat sofort die Flucht ergriffen. Von Geisterbeschwörungen hatte sie für heute genug. Außerdem ist sie vollkommen durchgefroren. Jetzt liegt sie in ihrem Zimmer auf dem Bett. Aber an Schlaf ist nicht zu denken. Sie ist einfach zu aufgewühlt. Der Sturm rüttelt unaufhörlich an dem Fenster. Stoßweise kommt immer wieder ein kalter Luftzug durch die maroden Fensterrahmen. Aber es regnet nicht mehr. Draußen kreist ein einzelner, krakeelender Austernfischer immer wieder um das Hotel herum. Marret dröhnen die Geräusche mal wieder im ganzen Kopf.

Sie geht zum Fenster und sieht nach draußen. Zunächst mag sie gar nicht glauben, was sie da sieht. Hat sie schon wieder so eine Vision wie eben? Aber dann erkennt sie Telje und Tadje, die mit einem Spaten in der Hand über die Hallig auf das Hotel zulaufen. Was ist da los? In kurzer Entfernung läuft eine Gestalt hinter ihnen her ... in einem blauen Overall. Marret wird schwindelig. Was geschieht hier? Ist das dieselbe Person, die sie eben in der Séance gesehen hat? In dem fahlen Mondlicht leuchten weiße Flecken auf dem blauen Anzug auf, wie Farbtupfer auf einem Maleranzug. Ist das der Hotelier Herr Meyer? Er ist schließlich Maler. Aber die Person ist kleiner als Herr Meyer und sehr viel schlanker als der Mann in ihrer Vision eben. War es überhaupt ein Mann? Marret weiß im Augenblick gar nicht mehr, was sie glauben soll. Aber der Typ, der ihr eben in der Séance erschienen ist, war sehr viel korpulenter, und er hatte keine Maske vor dem Gesicht. Jetzt fällt es ihr auf einmal auf. Warum hat diese Gestalt, die den Detlefsen-Zwillingen auf den Fersen ist, eine Maske auf? Marret atmet schwer. Sie muss erst mal zur Ruhe kommen. Die spiritistische Sitzung und auch diese Fredenbüller Kräuterteemischung von Tadje haben alles andere als eine beruhigende Wirkung. Marret versucht sich ganz auf ihren ruhigen Atem zu konzentrieren. Als sie wieder durchs Fenster nach draußen sieht, sind Telje und Tadje und auch der blaue Overall verschwunden. Hat sie sich vielleicht alles nur eingebildet? Sie wünscht, sie wäre schön in Fredenbüll geblieben und nie zu diesem Hellsehen auf die Hallig gereist.

Obwohl es in ihrem kargen Schlafzimmer mittlerweile eiskalt ist, schwitzt Marret. Sie schüttet ein Glas Wasser in einem Zug in sich hinein. Sie zieht sich ihre Klamotten aus und ihren Pyjama an. Sie will sich schnell an dem kleinen alten Zimmerwaschbecken die Zähne putzen, und dann will sie einfach nur noch schlafen. Auf der Toilette draußen im Flur war sie glücklicherweise schon.

Während sie Zahnpasta auf die Bürste drückt, hört sie schon wieder ein Geräusch. Sie will es überhören. Vielleicht bildet sie es sich nur ein. Aber als sie mit dem Zähneputzen beginnt, hört sie es immer deutlicher. Sie horcht. Kein Zweifel, da sind Geräusche auf dem Flur, und die kommen nicht von Heidrun, die ein Stück weiter ebenfalls auf diesem Flur ihr Zimmer hat. Heidrun klingt anders, dafür hat Marret ein Ohr.

Ganz langsam öffnet sie ihre Zimmertür. Sie fragt sich selbst, was das soll. Eigentlich sollte sie lieber in ihrem Zimmer bleiben und am besten die Tür abschließen. Aber sie muss einfach nachsehen. Es ist wie ein Zwang. Doch als sie die Tür weiter öffnet, ist nichts mehr zu hören und auch nichts Verdächtiges zu sehen. Nichts von Sabines Visionen, kein kleiner Junge, keine Zwillinge, kein Teppichboden mit roten Hexagonen. Doch dann hört sie eine Tür knarren.

Bekanntlich hört Marret mehr, als sie sieht. Der Austernfischer hat mittlerweile Ruhe gegeben, aber jetzt hört sie Schritte. Ganz deutlich. Schwere, schmatzende Schritte wie von großen nassen Schuhen. Sie stellt sich schmutzige

Fußabtritte auf dem Boden vor. Die Schritte kommen näher. Und dann erscheint am Ende des Flurs ganz plötzlich … der blaue Overall. Marret zuckt zusammen. Dabei hat sie es eigentlich erwartet, sie hat die lauter werdenden Schritte schließlich gehört. Und sie hat den blauen Overall eben draußen gesehen.

Sie weicht sofort zurück in ihr Zimmer, zieht hektisch, aber leise die Tür heran und schließt ab. Alles mit einer Hand, in der anderen hält sie immer noch die Zahnbürste. Hinter der Tür bleibt sie stehen und horcht. Das Herz schlägt ihr bis zum Hals. Sie ist außer Atem, obwohl sie sich gar nicht bewegt hat. Aber sie atmet möglichst leise. In ihrem Kopf macht sich ein Übelkeit erregender Schwindel breit. Marret hat die Gestalt nur kurz gesehen. Eigentlich hat sie nur den Blaumann gesehen. Ist das derselbe, der eben draußen hinter Telje und Tadje her war? Aber der Typ eben im Flur hat, soweit sie das erkennen konnte, keine weißen Farbflecke auf seinem Anzug. Außerdem kam er ihr massiger vor als die über die Salzwiese laufende Gestalt, die sie vom Fenster aus gesehen hat.

Marret hört, wie er ihrer Tür immer näher kommt, Schritt für Schritt, langsam, schmatzend und zielstrebig. Dann hat sie das Gefühl, dass er ihr ganz nah direkt gegenübersteht, nur durch die Tür getrennt. Sie ist verschlossen, aber sonderlich beruhigend findet Marret das nicht. Und dann sieht sie, wie sich die Klinke der Tür nach unten senkt.

60

Thies und Nicole haben widersprüchliche Ermittlungsergebnisse. Die Kommissarin hat Henry Krügers Adoptivsohn Freddy im Visier, Thies dagegen Michi Meyer. Aber in einem sind sie sich vollkommen einig: Sie müssen unverzüglich zur Hallig Westeroog übersetzen. Ausgerechnet jetzt ist der Sturm wieder stärker geworden. Der steife Nordwest wirft die Wellen mit Windstärke acht an die Küste. Der Diensthabende bei der Küstenwache hat sich zunächst strikt geweigert, schon wieder zur Hallig überzusetzen.

»Frau Kommissarin, wir sind hier nich Ihre Fahrbereitschaft und auch nich die Fährverbindung nach Hallig Westeroog«, hatte der kleingewachsene Käpt'n mit der kleinen Nordfrieslandflagge auf der Schippermütze mit rollendem R gebrummt. »Wir haben Sturmwarnung. Dat große Boot is in der Werft, und mit dem kleinen bringen wir uns alle selbst in Gefahr. So dringend kann es ja wohl nich sein. Müssen die Toten mal 'n büschen warten.«

»Dat wollen wir ja grad verhindern, dass es noch mehr Tote gibt«, hat Thies den Mann postwendend angepflaumt. Er steht nicht ohne Grund mächtig unter Druck. Nicole hat dann noch mal an die Seetüchtigkeit des kleinen Käpt'n appelliert und konnte ihn dann doch überreden, sie zur Hallig überzusetzen.

Das Boot hat den Husumer Hafen kaum verlassen, schon schlägt dem Trio die grollende See entgegen. Schon ein paar Hundert Meter vor der Küste wird das kleine Boot hin und her geworfen. Von Steuerbord auf die Backbordseite. In einem Moment wird es von einer Welle bedrohlich hochgehoben. Im nächsten Moment stürzen sie in ein Wellental. Die Gischt schießt spritzend über das ganze Deck. Der kleine Mann steht halbwegs trocken in seinem Steuerhaus und nickt den beiden triumphierend zu. Thies und Nicole sitzen eingepackt in Ölzeug an Deck und klammern sich krampfhaft an die Reling, um nicht über Bord zu gehen. Auch wenn sie im Windschatten des Steuerhauses etwas in Deckung gehen, bekommen sie eine Dusche nach der anderen ab. Guschhhhh. In schreiender Lautstärke versuchen sie, ihre Ermittlungsergebnisse der letzten Stunden auszutauschen.

Nach seiner Befragung von Marvin Manolo und dessen Hinweis auf den Verdächtigen in dem Blaumann hat sich Thies noch mal die Vermisstenmeldungen angesehen. Dabei ist er sofort wieder auf Michi Meyer gestoßen, der vor einer Woche aus der geschlossenen Psychiatrie bei Husum ausgebrochen ist. »Michael Meyer trägt einen blauen Overall mit weißen Flecken und oft eine Maske. Er ist mit Messern bewaffnet und macht von der Waffe Gebrauch.« Darauf hatte Thies sich von dem Wachhabenden in Kiel die Akte »Michael Meyer« mailen lassen und mit der Psychiatrie bei Husum telefoniert. Der Arzt im Nachtdienst hatte ihm gleich die Nummer von Doktor Lohmis gegeben, und der hatte dem Fredenbüller Polizeihauptmeister nach kurzem Zögern und mit Hinweis auf die ärztliche

Schweigepflicht den Fall dann doch ausführlich dargelegt. Der Doktor hat ihm von den damaligen Morden an seinen Schwestern und von dem späteren Zwillingsmord erzählt und war der Ansicht, dass von seinem ehemaligen Patienten eine große Gefahr ausgeht. Er vermutete, dass Michi Meyer auf dem Weg zur Hallig ist, um sich neue Opfer zu suchen. Als der Doktor in diesem Zusammenhang von Zwillingen sprach, wäre Thies am Telefon in seiner Fredenbüller Wache fast umgekippt. Ihm kann die Fahrt zur Hallig gar nicht schnell genug gehen.

»Nicole, wir müssen dat Schlimmste verhindern!«, brüllt er gegen den Sturm an. »Dat darf alles nich wahr sein!«

Seine Kollegin hat im Augenblick mit sich selbst zu tun. Sie klammert sich krampfhaft an der Reling fest und versucht verzweifelt, den Horizont im Blick zu behalten, was bei dem hin und her und auf und ab stürzenden Boot kaum gelingen kann. Die gelben Öljacken der beiden Polizisten leuchten kalt gelb im fahlen Mondlicht. Nicole kleben ein paar nasse blonde Haarsträhnen im grünlich blassen Gesicht.

Der Käpt'n guckt kurz aus seinem Steuerhaus heraus. »Lieber kehrtmachen? Wat meint ihr?«, ruft er den beiden Polizisten durch den Sturm zu.

»Nee! Auf keinen Fall!«, schreit Thies und zeigt aufgeregt Richtung Hallig Westeroog.

61

Telje und Tadje hetzen atemlos auf das Hotelgebäude zu. Den Spaten hält Tadje immer noch in der Hand. Die Krebse haben sie auf dem Tierfriedhof zurückgelassen. Der blaue Overall ist hinter ihnen her. Er hat es auf sie abgesehen, davon ist auch Telje mittlerweile überzeugt. Mal ist er weiter und dann wieder weniger weit entfernt. Es kommt ihnen vor, als würde er ein Stück überspringen. Und er ist vollkommen lautlos. Sehr seltsam. Aber die Zwillinge haben jetzt wirklich keine Zeit, sich darüber nähere Gedanken zu machen.

Die beiden flüchten sich ein paar Stufen hinunter in den Nebeneingang zum Keller. Die anderen Eingänge sind zu weit weg. Im ersten Moment klemmt die Tür. Telje zerrt mit aller Kraft daran, dann lässt sich die Stahltür kratzend ein kleines Stück über den maroden Betonboden ziehen. Sie zwängen sich nacheinander durch den schmalen Türspalt und ziehen die Tür hinter sich wieder zu. Nach dem Vorraum landen sie sofort in dem großen Heizungskeller mit der defekten Heizung, an den Kesseln vorbei, zwischen denen Tadje kürzlich die Mäuse entgegengelaufen kamen. Als die Zwillinge den Raum verlassen, hören sie hinter sich erneut das Kratzen der Stahltür auf dem Beton.

Telje dreht sich um und kann kurz einen blauen Ärmel sehen. Im selben Moment hetzen sie schon weiter, an der

Waschküche vorbei und dem Weinkeller, in dem eine ganze Batterie verstaubter Weinflaschen liegt und ein großes Rumbuddel-Regal steht, aus dem Tadje in den letzten Tagen immer wieder Nachschub für den Weltumsegler Vasco heraufgeholt hat.

»Wo sollen wir hin?« Tadje hat ihre Schwester mit der Panik angesteckt. »Wo sind wir in Sicherheit?«

»Telje, hier bist du nirgendwo in Sicherheit.« Schwer atmend hecheln sie die langen Kellerflure entlang. Es ist feucht und riecht schimmelig.

»Wo willst du hin?«, japst Telje. »Können wir uns irgendwo verstecken? Kennst du dich hier aus?«

»Nein, verdammt, keine Ahnung.« Allmählich ist Tadje von den blöden Fragen ihrer Schwester genervt.

»Na ja, der Blaumann kennt sich vermutlich auch nicht besser aus«, japst Telje.

»Sag das nicht, der is hier aufgewachsen, als das noch Kinderheim war ... deshalb ist er ja wohl überhaupt zurückgekommen.«

Die Zwillinge sind drauf und dran, sich in dem Kellerlabyrinth zu verirren. Sie laufen immer wieder um Ecken in neue Seitengänge, sodass sie nach kurzer Zeit überhaupt nicht mehr wissen, wo sie sich befinden. Die schmatzenden Schritte haben sie die ganze Zeit im Nacken, und sie meinen zu hören, dass das Schmatzen näher kommt. Sobald sie das Ende eines Ganges sehen und in eine Sackgasse zu laufen drohen, biegen sie schnell in einen anderen Gang ab. Bald haben sie das Gefühl, im Kreis zu laufen. Sie hasten an verschlossenen Türen, an Verschlägen mit dick eingestaubtem altem Mobiliar vorbei, ohne es richtig wahrzunehmen. Tadje bleibt mit dem Spaten kurz an einer Abtrennung aus Maschendraht hängen.

»Lass doch diesen Scheißspaten mal liegen«, faucht Telje ihre Schwester an.

»Wer weiß, wozu wir den noch brauchen«, hechelt Tadje zurück.

Neben den schmatzenden Schritten von hinten kommt plötzlich ein anderes Geräusch von vorne. Was ist das? Die Zwillinge verlangsamen ihr Tempo. Sie gucken sich kurz um. In dem Moment erscheint der Typ in dem Blaumann am Ende des Ganges. Vor dem Gesicht trägt er eine weiße Maske.

»Neiiin!«, quietscht Tadje und bleibt vor Schreck stehen. Der Typ kommt ein Stück näher. Im selben Augenblick tritt wenige Meter vor ihnen Meinhard Meyer aus einem Seitengang. Der Hotelbesitzer steht mit wilden Haaren und Ölfarbenhemd vor ihnen. In der Hand hält er seine große Axt, mit der Tadje ihn gestern beim Holzhacken beobachtet hat. Seine massige Gestalt füllt den ganzen Gang aus. Tadje steht ihm erschrocken mit ihrem Spaten gegenüber. Meyer sieht die Zwillinge mit wirrem Blick an, dann entdeckt er hinter ihnen sofort den blauen Overall, der daraufhin, wie in einem seltsamen Zeitraffer, am anderen Ende des Ganges wieder verschwindet.

»Bringt euch in Sicherheit!«, raunt der Hotelier den beiden Mädchen zu. »Versteckt euch in irgendeinem Zimmer und schließt gut ab!« Er zwängt sich an den Zwillingen vorbei und stapft dem Typen mit der Maske hinterher. »Aber denkt daran: Ihr geht auf keinen Fall in das Zimmer zweihundertsiebenunddreißig«, ermahnt er sie noch einmal.

62

Marret steht im Pyjama an ihrer Zimmertür, wie erstarrt. Sie hat Eisfüße und ihr ist kalt. In einer Hand hält sie immer noch die Zahnbürste. Sie bemüht sich, leise zu atmen. Der Fremde draußen auf der anderen Seite hat ein paarmal an der Tür gerüttelt. Das Rütteln ging ihr durch Mark und Bein. Sie hat zwar abgeschlossen, aber sicher fühlt sie sich deshalb noch lange nicht. Jetzt macht er sich an dem Schloss zu schaffen. Behutsam schleicht Marret weg von der Tür. Aber eigentlich weiß sie gar nicht, wohin. Sie überlegt verzweifelt, wo sie sich in ihrem Zimmer verstecken kann. Vielleicht hat der Typ das alte Schloss jeden Moment geknackt. Jetzt rüttelt er schon wieder an der Tür.

Marret ist in Panik. Sie weiß nicht, was sie machen soll. Soll sie schreien? Aber würde das irgendjemand hören in dem abgelegenen Flur? Tadje kreuzt hier nicht auf und der Hotelier Meinhard Meyer ebenfalls nicht. Hier auf diesem Flur gibt es nur sie und Heidrun. Und die sitzt jetzt wahrscheinlich noch mit den anderen Hellseherinnen in der Bibliothek zusammen und palavert über ihre spirituellen Erlebnisse von eben. Wenn sie schreit, bringt das die unheimliche Gestalt vor ihrer Tür vielleicht sogar erst recht in Rage. Falls der Fremde in ihr Zimmer kommt, muss sie ein Versteck finden. Aber in diesem kargen Raum gibt es kein Versteck.

Und dann fällt ihr der alte Metallspind ins Auge. Sie schleicht ganz leise zu dem Schrank, in dem ein paar Klamotten von ihr hängen. In dem hohen schmalen Spind haben sich die Mädchen früher versteckt, um den kleinen Michi Meyer zu erschrecken und dann schallend auszulachen. Vor über vierzig Jahren hatten sie noch bequem hineingepasst. Es gab damals mehrere Spinde nebeneinander, und sie hatten in ihren Pyjamas dringestanden und versucht, das Kichern zu unterdrücken.

Im Augenblick ist Marret alles andere als nach Kichern zumute. Und in den Spind hineinzukommen ist auch nicht mehr so einfach wie zu Kinderheimzeiten. Vorsichtig tritt sie auf den Blechboden des Schrankes. Sie darf auf keinen Fall ein Geräusch machen. Vielleicht weiß der Typ vor der Tür gar nicht, dass sie hier im Zimmer ist. Aber vermutlich hat er sie doch bemerkt, als sie vorhin aus der offenen Zimmertür herausgesehen hat. Marret weiß es einfach nicht.

Als sie endlich mit beiden Beinen in dem Spind steht, gibt der Boden dann doch mit einem kurzen metallischen Ploppen nach. Sie hält den Atem an und hofft, dass der Schrankboden ihr Gewicht aushält. Sie muss den Kopf ein Stück einziehen. Mehrere Bügel mit Blusen und Jacken sind ihr im Weg. Sie zieht von innen die Tür heran, fast ohne jedes Geräusch. Erst jetzt fällt ihr auf, dass sie immer noch die blöde Zahnbürste in der Hand hält. Sie horcht. Doch im Augenblick kann sie nichts hören. Sie versucht ganz ruhig zu atmen. Aber das Herz hämmert ihr bis zum Hals.

Ist das Michi Meyer, der da vor der Tür steht? Hat Michi Meyer Sabine ermordet? Und hat er es jetzt auch auf sie abgesehen, weil sie ihn damals gehänselt haben? Oder ist es jemand ganz anderes? Michi Meyer hat doch nicht im Mustang des Schimmelreiters gesessen? Leichte Übelkeit steigt in ihr auf. Ihr Mund ist trocken. An ihren Lippen klebt angetrocknete Zahnpasta.

So lange wie heute hat die Überfahrt zur Hallig Westeroog beim letzten Mal nicht gedauert. Thies kommt es wie eine Ewigkeit vor. Nicole wird von Minute zu Minute immer grünlicher im Gesicht. Thies arbeitet sich derweil durch den Sturm zum Käpt'n im Steuerhaus durch. Die Gischt spritzt ihm immer wieder ins Gesicht. Wenigstens regnet es nicht mehr. Er reißt die Tür des kleinen Steuerhauses auf.

»Wann sind wir endlich da?«, schreit Thies gegen den tosenden Sturm an.

»Wir haben heute 'n büschen Gegenwind. Ich hab Ihnen dat gleich gesagt.« Der kleine Käpt'n versucht ein gequältes Grinsen. »Dreißig Seemeilen und acht Windstärken von vorne, dat ist keine Spazierfahrt«, schreit er mit rollendem R und spitzem SP.

»Unsere Kommissarin ... muss gleich ...«, brüllt Thies. »Na ja, ihr is nich so gut.«

»Umkehren bringt jetzt auch nichts mehr.« Der Käpt'n zeigt wenig Mitleid. Thies wird von der Gischt eines Wellenbrechers getroffen, als er sich wieder Nicole zuwendet. Gissschhh.

Es sind nicht die besten Bedingungen, den gegenwärtigen Ermittlungsstand zu diskutieren. Dabei hat Thies sich vor der Abfahrt noch intensiv in die Akte »Michael Meyer« eingearbeitet.

»Nicole, er hat damals seine Schwestern umgebracht, dat waren Zwillinge. Und als er später noch mal ausgebrochen ist, hat er erneut Zwillinge ermordet. Jetzt is er wieder aus der Psychiatrie weg … und wer is grade auf der Hallig?!« Thies ist nicht seekrank, dafür hat er jetzt seinen Kuhblick aufgesetzt. »Dieser ehemalige Doktor, mit dem ich vorhin telefoniert hab, Doktor Lohmis, hält ihn für hochgradig gefährlich. Und er ist fest davon überzeugt, dass er in seinem Blaumann mit 'm Boot unterwegs zur Hallig ist. Hundert Prozent, hat der Doktor gesagt.«

Nicole atmet heftig. Es wirkt so, als höre sie Thies gar nicht richtig zu.

»Das Mordopfer Sabine von dieser Hellsehertruppe kannte er von früher, als dat noch Kinderheim war. Er hat da wohl noch so 'n Traum von damals zu verarbeiten, meint der Doktor.«

»Ein Trauma«, haucht Nicole kaum hörbar gegen den Sturm.

»Und Marret hat wohl auch mit diesem … Traum-a zu tun.«

»Ich weiß nicht recht.« Nicoles Gesichtsfarbe wechselt von Grün zu Kalkweiß. »Traumata, Hellseherinnen, spiritistische Sitzungen und Zimmer, auf denen ein Fluch liegt? Ich glaub da nicht dran.« Sie klammert sich an die Reling.

»Auf der Hallig soll dat ja angeblich wiederauferstandene Krustentiere und Piraten geben.« Thies hat trotz des Sturms schon wieder seinen intuitiven Gesichtsausdruck.

»Na klar, Thies, und die Piraten haben alle 'n Blaumann an.« Nicole schüttelt den Kopf. »Ich schätze mal, die haben alle ein bisschen zu viel von Bountys Kräutertee getrunken.«

»Aber mit einem Tatverdächtigen in einem blauen Overall haben wir es trotzdem zu tun«, stellt Thies klar.

»Vielleicht haben wir es sogar mit zwei blauen Overalls zu tun, vielleicht haben wir zwei Mörder. Ich habe ja schließlich auch noch einen Blaumann auf Lager …« Weiter kommt Nicole nicht. Sie atmet tief ein und aus und fixiert verzweifelt den Horizont.

»Wieso geht dat hier nich voran?!« Thies sieht zum Steuerhaus. »Telje und Tadje und Marret sind in Lebensgefahr!«

Und dann bekommen beide Polizisten eine heftige Dusche über ihr Ölzeug. Gissssschhh.

Telje und Tadje sind durch sämtliche Gänge des weitver-
zweigten Kellers gelaufen. Für einen Moment hatten sie
den blauen Overall abgehängt. Inzwischen ist es ja offensichtlich Meinhard Meyer, der dem Blaumann auf den
Fersen ist. Nach ihrer Odyssee durch den Keller sind die
Zwillinge zur Abwechslung mal wieder in der Küche gelandet. Sie sind ratlos, was sie jetzt tun sollen. Wo und wie
sollen sie sich hier in Sicherheit bringen?

Sie lassen das Licht ausgeschaltet. Die Stapel mit abge-
waschenem Geschirr, Besteck und Gläsern sind nur un-
deutlich zu erkennen. Im ersten Moment bemerken sie gar
nicht, dass die Tür nach draußen geöffnet ist und Tadjes
Freund, der Seehundheuler, unter dem Küchentisch liegt.
Er sieht Tadje aus großen runden Augen an, so viel können die beiden Mädchen in der Dunkelheit sehen.

»Sag mal, was machst du denn hier drinnen? Wer hat dich
denn reingelassen?« Weiter kommt Tadje gar nicht. Denn
von einem Moment zum anderen steht der Blaumann in
dem dunklen Türeingang zum Flur. Er tritt einen Schritt
nach vorn, sodass vom Fenster ein Mondlichtreflex auf die
weiße Maske und die weißen Flecken seines Anzugs fällt.

Telje will schreien, aber ihre Kehle ist wie zugeschnürt.
Dafür stößt Tadje einen kurzen durchdringenden Schrei
aus. Der Overall bleibt einen Augenblick stehen. Es sieht

aus, als starre er die beiden durch seine Maske an. Dann schaut er langsam zwischen Telje und Tadje hin und her, als vergleiche er sie. Die Ähnlichkeit zwischen den Zwillingen muss ihm aufgefallen sein, denn seine heftige Atmung verrät die plötzliche Erregung. Das ist dieser Michi Meyer, Tadje ist sich auf einmal ganz sicher.

Dann sieht er sich in der Küche um. Er tastet auf dem Küchentisch umher. Dabei reißt er einen Stapel Teller herunter, der auf dem Steinboden krachend zersplittert. Und dann greift er zu dem großen Küchenmesser. Die breite Klinge blinkt im hereinfallenden Mondlicht auf. Mit wankenden behäbigen Schritten steuert er zunächst auf die schreiende Tadje zu. Die Zwillinge schießen auseinander und laufen getrennt um den Küchentisch und vor der Spüle und dem großen Herd hin und her. Sie schaffen es gerade immer, ihm und seinem Messer auszuweichen, aber sie kommen nicht an ihm vorbei zum Ausgang. Seine Bewegungen wirken plump und behäbig, aber plötzlich kommt er Telje auf einmal doch ganz nahe. Sie ist kaum mehr als eine Armlänge von ihm entfernt. Er streckt die Hand mit dem großen Messer nach ihr aus. Mit dem nächsten Schritt würde er sie erreichen. »Telje! Nein!«, schreit ihre Schwester.

Und dann stolpert der Mann mitten in der Bewegung. Er scheint selbst vollkommen überrascht. Unter ihm heult der Seehund, der ein Stück unter dem Küchentisch hervorgerobbt ist, kurz auf. Der Typ mit der Maske schlägt auf dem Küchenboden lang hin und bleibt benommen einen Moment liegen. Der Seehund sieht ihn erstaunt an. Tadje macht Anstalten, sich um den Heuler zu kümmern.

»Spinnst du?!«, faucht Telje sie an. »Los, schnell weg hier!«

Die Zwillinge überlegen kurz, wieder nach draußen ins Freie zu laufen oder zur Bibliothek. Aber da hören sie auch keine Stimmen mehr, und dort würde sie der Blaumann sicher gleich finden. Viel Zeit bleibt ihnen nicht. Kurzentschlossen wollen sie in den unbewohnten Trakt des Hotels flüchten, in dem Tadje bislang noch gar nicht war. Er liegt abseits der derzeit genutzten Zimmer und ist auch weit entfernt von Zimmer zweihundertsiebenunddreißig.

65

Der Sturm hat etwas nachgelassen. Das Boot der Küstenwache wird nicht mehr ganz so heftig hin und her geworfen. Das Mondlicht lässt die Schaumkronen als weiße Bänder in der schwarzen See schimmern. Von einer anderen Hallig blinken Lichter herüber. Nicole hat wieder etwas Farbe im Gesicht. Sie atmet ein paarmal tief durch.

»Es kann ja gut sein, dass tatsächlich zwei Verrückte in blauen Overalls auf der Hallig unterwegs sind. Aber ich habe vor allem den Büsumer Fischhändler im Blick.«

»Dat sagst du, weil du eben in Büsum warst.« Thies nimmt die Kapuze seiner Öljacke vom Kopf.

»... und von dort mit neuen Erkenntnissen zurückgekommen bin.« Nicole wendet sich ihrem Kollegen zu. »Was soll dieser verrückte Michi Meyer für ein Motiv haben, die Tante vom Schimmelreiter zu ermorden? Kannst du mir das mal verraten?«

»Na ja, er war beim Einbruch von dieser Gang dabei, und da is dann wat schiefgelaufen.« Ganz so überzeugt klingt Thies allerdings nicht mehr.

»Ein Einbruch, den unser Freund Marvin Manolo vehement leugnet und der vielleicht auch gar nicht stattgefunden hat. Nee, das ist mir ein bisschen zu dünne. Dagegen hat Freddy ein richtig lupenreines Motiv. Er wollte an die Erbschaft, den Fischhandel ran. Dazu musste er die Vorerbin, die Schwester des Verstorbenen Henry, aus dem Weg räumen.« Nicole kommt jetzt richtig in Schwung, die Seekrankheit ist momentan vergessen. »Und damit niemand Verdacht schöpft, wollte er die Benachrichtigung vom Nachlassgericht unbedingt abfangen. Deshalb hat er Klaas auch überfallen und seine Post geklaut.«

»Aber dann verrat du mir mal, warum Fischhändler Freddy den Figaro mit den Scherenhänden erdolcht hat? Der hat mit den Heringshappen ja nu gar nix am Hut, war aber in der Gang von Manolo.« Thies versucht mühsam, die Fakten des Falls zu sortieren.

»Eddie, die Schere, war Zeuge. Zusammen mit Marret hat er beobachtet, wie der Mustang des Schimmelreiters mit Telse auf dem Beifahrersitz die Dorfstraße langgefahren ist. Wahrscheinlich hat er auch den Fahrer erkannt und musste deshalb sterben.«

»Aber Marret lebt noch.« Thies überlegt. »Sie is in Lebensgefahr.« Er sieht mit meditativem Blick über die See, auf der im fahlen Mondlicht gerade die Silhouette der Hallig Westeroog mit dem hoch aufragenden Hotel auftaucht.

»Na, Thies, kannst du es fühlen?« Nicole versucht ein spöttisches Grienen, das ihr diesmal gründlich misslingt.

»Bei dem Wetter gar nich so einfach.« Der Polizeihauptmeister überlegt. »Für Marret haben beide ein Motiv. Michi Meyer wegen des Traumas und der Fischhändler, weil sie Zeuge war.«

Der kleine Käpt'n klopft an die Scheibe des Steuerhauses und zeigt Richtung Hallig.

»Aber, Nicole, irgendwie hab ich dat Gefühl, Telje und Tadje sind auch in Gefahr.«

66

Nebeneinander stürmen Tadje und Telje die Treppen hinauf in den ersten und dann in den zweiten Stock. »Los, komm, noch höher!«, ruft Telje. Sie stürzen so schnell die Stufen hinauf, dass sie ein paarmal stolpern. Den blauen Overall haben sie im Augenblick abgehängt. Im dritten Stock entdecken sie gleich einen großen Raum. Er ist mit allerlei Gerümpel, alten Bettgestellen und einem ganzen Lager muffiger Matratzen vollgestellt.

»Gar kein schlechtes Versteck, Tadje, komm hier rein.« In dem Raum sind außerdem Wäscheleinen aufgespannt, an denen alte Matratzenunterlagen und Wolldecken zum Lüften hängen. Eine Sturmbö, die durch ein geöffnetes bodentiefes Fenster in den Raum kommt, bringt die muffigen Textilien zu einem trägen Flattern. Die Zwillinge verschanzen sich hinter mehreren Matratzen, wo sie so schnell nicht zu entdecken sind.

Nachdem sie dort eine Weile gesessen haben, wird Telje ungeduldig. »Wir können hier nicht ewig sitzen bleiben. Was sollen wir denn jetzt machen?« Sie lauschen dem Klappern des geöffneten Fensters, das immer wieder gegen den Rahmen schlägt. Dann hören sie Schritte und Stimmen. An den Matratzenstapeln vorbei können sie beobachten, wie Michi Meyer mit schweren unbeholfenen Schritten in den Raum stolpert, verfolgt von seinem Vater,

Meinhard Meyer, der immer noch seine Axt in den Händen hält. Der maskierte Michi tapert zwischen den aufgehängten Decken hindurch, bis er am Fenster angekommen ist. Der großgewachsene Hotelier taucht unter den Wäscheleinen hindurch und bleibt ein Stück vor ihm stehen. Er fixiert seinen Sohn. Meinhards Hand mit der gewaltigen Axt hängt herab.

»Ich habe jede Nacht dafür gebetet, dass du ausbrichst.« Seine tiefe Stimme mischt sich mit dem Heulen einer Sturmbö, die durch das offene Fenster hereinbläst. »Damit du auf die Hallig zurückkehrst und ich dich umbringen kann. Ich habe mich lange auf diese Nacht vorbereitet.« In seinem Vollbart zeigt sich ein irres Grinsen, das seine großen Zähne zeigt.

Die Zwillinge halten sich hinter ihren Matratzen ängstlich an den Händen. Telje kann es immer noch nicht fassen. Wo sind sie und ihre Schwester da hineingeraten? Was spielt sich hier ab?

»Hast du die Frau in der Toilette ermordet?«, poltert Meinhard Meyer und tritt einen Schritt auf Michi zu. Der sagt zwar nichts, schüttelt aber den Kopf.

»Willst du das leugnen?«, brüllt der alte Meyer. Sohn Michi hebt die Hände und lässt das Messer fallen. Und dann geht alles ganz schnell.

Meinhard Meyer schwingt seine Axt. Die Klinge fliegt auf seinen Sohn zu. Halb wird dieser von der Axt getroffen, halb stürzt er rücklings über das Geländer des bodentiefen Fensters. Kein Schrei ist zu hören, nur der dumpfe Aufprall eines Körpers auf dem Boden.

Im ersten Augenblick wagen sich Telje und Tadje nicht

aus ihrem Versteck heraus. Dann krabbeln sie zögernd hinter den Matratzen hervor und sehen den Hotelier angsterfüllt an. Sie wissen nicht, was sie sagen sollen. Meyer nimmt sie nur beiläufig wahr, als sei es fast selbstverständlich, dass sie hier sind.

»Was ist mit ihm?«, stammelt Tadje schließlich.

»Es ist vorbei«, brummt Meinhard Meyer. Er sieht jetzt nicht mehr wahnsinnig aus, sondern nur noch vollkommen erschöpft. »Ich habe ihn erschlagen, und dann ist er hier hinuntergestürzt, das hat er nicht überlebt. Der Spuk ist vorbei.«

Tadje geht zu dem offenen Fenster und sieht hinunter. In dem hohen feuchten Gras sind noch die Umrisse eines Menschen zu erkennen.

»Aber … da liegt niemand.«

67

Thies springt mit dem Tau in der Hand von Bord, um das Boot von der Küstenwache an dem Anleger auf der Hallig festzumachen. Die Wellen lassen die Bordwand immer wieder an den hölzernen Steg schlagen. Am Anleger liegen bereits zwei kleinere Boote. Thies macht die Tampen an Bug und Achtern fest und auch Nicole springt von Bord. In dem Moment kommt der kleine Käpt'n aus seinem Steuerhaus heraus und zeigt aufgeregt auf den Weg, der zu dem Hotel führt.

Dort sieht man eine Gestalt im blauen Overall und mit weißer Maske vor dem Gesicht, die gespenstisch durch die Mondnacht leuchtet, den Weg entlangstolpern. Mit einer Hand hält er sich die Schulter. Es sieht aus, als blute er.

Auch Thies deutet sofort zu ihm. »Nicole, wat hab ich gesagt!«

Der Mann mit der Maske hat das angelandete Boot jetzt auch bemerkt. Er hält inne und weiß nicht recht, wohin. Als Thies und Nicole auf ihn zulaufen, dreht er sofort um und rennt jetzt Richtung Kapelle und Tierfriedhof.

Aber Michi Meyer ist schlecht zu Fuß. Die beiden Polizisten haben ihn nach ein paar Metern schon erreicht. Die Kommissarin hat ihre Waffe gezogen. Doch der Mann mit der Maske scheint unbewaffnet und leistet auch keinen

Widerstand. An seiner Schulter suppt Blut aus dem blauen Overall. Thies legt ihm sofort Handschellen an.

»Gibt es Tote?«, fragt er aufgeregt mit Blick auf die blutende Schulter. »Gibt es weitere Opfer im Hotel?« Die Frage klingt, als hätte dort eine Naturkatastrophe stattgefunden.

Michi Meyer sagt keinen Ton, sondern atmet nur schwer. Ch-ch... ch-ch... ch-ch. Dann schüttelt er langsam den Kopf mit der weißen Maske.

»Sie müssen tatsächlich nichts sagen, wenn Sie sich mit einer Aussage selbst belasten«, belehrt Nicole ihn vorschriftsmäßig.

»Ja, und dann hat er auch noch dat Recht, 'n Anwalt anzurufen. Mann, Mann, Mann«, mault Thies mit ärgerlichem Blick auf die Kollegin. »Aber wo willst du hier auf der Hallig so schnell 'n Anwalt herkriegen?«, brummt er mehr zu sich selbst, »und Telefon geht auch nich.«

»Würden Sie bitte die Maske abnehmen.« Nicole kommt diese Frage lächerlich vor. Aber sie will jetzt wissen, ob es wirklich Michi Meyer ist und nicht der Fischhändler aus Büsum.

»Komm, nimm mal die Maske runter, aber schnell!« Thies ist nervös. Er weiß immer noch nicht, was mit seinen Töchtern und mit Marret ist.

Erst hält Michi sich abwehrend die Handschellen vor das Gesicht. Aber dann kann Thies ihm die Maske herunternehmen. Michi Meyer stiert die beiden mit stechendem Blick aus eingefallenen Augenhöhlen an. Seine Haut ist kalkweiß, dagegen sieht Nicole wie das blühende Leben aus. Die filzigen Haare auf der hohen Stirn sehen aus wie eine Perücke. Ein Tropfen Spucke läuft ihm aus dem Mundwinkel.

Thies und Nicole starren den Mann einen Moment lang entgeistert an. Irgendwie ist er ihnen unheimlich. Aber sie haben jetzt wirklich keine Zeit. Thies bringt den Mann zum Steg ans Boot und macht ihn mit einer Handschelle an der Reling fest. »Käpt'n, haste mal n' Auge auf ihn hier?!«

»Dat fällt aber nich in meinen Zuständigkeitsbereich«, protestiert der kleine Mann mit der Schippermütze.

»Hast doch Verbandzeug an Bord?« Es klingt nicht wie eine Frage, sondern wie eine Dienstanweisung. »Kannst die Erstversorgung übernehmen. Fester Druckverband, damit die Blutung gestillt ist.«

»Na, ihr macht mir vielleicht Spaß.« Der Käpt'n ist bedient.

Dann stürmen Thies und Nicole zum Hotel. Über die Salzwiese kommen ihnen Telje und Tadje entgegengelaufen. Thies fällt ein ganzer Steinbruch vom Herzen. Er weiß gar nicht, wen er zuerst umarmen soll, und hat dann beide gleichzeitig im Arm.

»Mann, Papa, das is so voll gruselig hier.« Tadje ist den Tränen nahe.

»Ja, ich weiß, deshalb müssen wir jetzt ...« Er lässt seine Töchter los. »Habt ihr hier noch so 'n zweiten Blaumann gesehen?« Er sieht sie eindringlich an. »Und vor allem, habt ihr Marret gesehen?«

»Zweiter Blaumann?« Telje sieht ihren Vater zweifelnd an.

»Marret? Wieso?« Tadje wirkt schon wieder ganz gefasst. »Die hatten doch heute spiritistische Sitzung. Aber ich glaube, mit Hellsehen sind die für heute durch.«

Und dann stürmen Thies und Nicole auch schon den Weg über die Salzwiese zum Eingang des Hotels.

68

Marret kann derart eingezwängt und mit eingezogenem Kopf in dem engen Spind kaum noch stehen. Aber das Ziehen in ihrem Nacken und auch die lästigen Kleiderbügel nimmt sie kaum wahr. Eben war ihr noch kalt, jetzt schwitzt sie. Das metallische Kratzen und Schaben in dem Türschloss dröhnt ihr im Kopf. Die unheimliche Gestalt im Flur gibt einfach nicht auf. Die Panik pulsiert inzwischen durch ihren ganzen Körper. Wo bleibt Heidrun eigentlich? Allmählich wird es für sie doch auch mal Zeit, ins Bett zu gehen, ein Zimmer weiter im selben Flur. Oder schläft Heidrun heute Nacht vielleicht gar nicht in ihrem Bett? Und dann hört sie statt des Kratzens auf einmal ein Klacken des Schlosses. Die Zimmertür öffnet sich und jemand betritt mit schweren schlurfenden Schritten den Raum.

Durch die schmalen Luftschlitze vor ihrem Gesicht sieht Marret einen kleinen Ausschnitt der gegenüberliegenden Wand. Das Mondlicht wirft den Schatten des Fensterkreuzes auf die ausgeblichene Blümchentapete. Für einen Moment schiebt sich ein diffuses Blau ganz nahe an den Luftschlitzen vorbei. Sie meint, den schweren Atem des Mannes zu hören. Sie bildet sich ein, sauren Hering riechen zu können. Die Übelkeit und der Schwindel haben sich inzwischen in ihrem ganzen Körper ausgebreitet. Sie ist kurz davor, in ihrem Spind zusammenzuklappen. Und dann sieht sie einen großen unförmigen Schatten an der vom Mondlicht beschienenen Zimmerwand aufsteigen. Sie spürt einen glühenden Ball in ihrem Magen, das Herz schlägt ihr bis zum Hals. Sie duckt sich, aber im selben Augenblick merkt sie, wie unsinnig das ist. Plötzlich erinnert sie sich daran, wie sie als Mädchen damals im Kinderheim in diesen Spinden standen und Michi Meyer erschreckten. Es ist wie ein Flashback. Sie hat die Situation wieder ganz deutlich vor Augen.

Marret überlegt nicht lange. Sie nimmt ein paar tiefe Atemzüge. Dann drückt sie die Blechtür mit einem Schwung auf und springt mit einem lauten Schrei und viel Gepolter aus dem Spind. Der Mann im blauen Overall schreckt verblüfft zurück. Im selben Moment stürzt Marret auch schon aus dem Zimmer.

Sie hat den Mann nur kurz und schemenhaft im Gegenlicht des Mondes wahrgenommen. Aber der Typ in ihrem Zimmer kann nicht Michi Meyer sein, da ist sie sich sicher. Doch sie kennt ihn trotzdem. Es ist der Mann, den sie zusammen mit Telse im Auto des Schimmelreiters gesehen hat und der ihr eben bei der Séance wieder erschienen ist. Auf einmal sieht sie alles klar und deutlich vor sich.

Zuerst weiß Marret nicht, wo sie hinlaufen soll. Sie hastet ein Stück den Gang hinunter, dann stürzt sie die Treppen hinauf in den zweiten Stock. Als sie schon fast oben ist, fällt ihr das Zimmer zweihundertsiebenunddreißig mit der rätselhaften REDRÖM-Aufschrift ein. Das muss doch auf dieser Etage sein. Verzweifelt läuft sie weiter und bekommt gleich den nächsten Schreck. Der Gang ist nach wenigen Metern zu Ende. Und jetzt hört sie schon wieder die schweren Schritte hinter sich. Wo soll sie hin? Sie sitzt in der Falle.

Ehe ihr Verfolger den Gang erreicht, geht sie in einem Türrahmen in Deckung. Sie presst sich dicht hinein. Sie steht zwar im Schatten, aber neben ihr fällt aus einem gegenüberliegenden Fensterschlitz kaltweißes Mondlicht auf die Tür. Aus den Augenwinkeln sieht sie die Zahl zweihundertsiebenunddreißig und die Buchstaben REDRÖM. Marret hält den Atem an, ihr Herz klopft, als wolle es aus der Brust herausspringen. Sie betet, dass der blaue Overall an ihr vorbeigeht, ohne sie zu bemerken. Dann könnte sie schnell wieder zurücklaufen nach unten und ihm vielleicht entwischen.

Die schweren Schritte kommen jetzt bedrohlich näher. Und dann steht der Mann auf einmal neben ihr. Vor dem blauen Overall blinkt die lange Klinge eines Messers auf, wie man es zum Filetieren und Ausnehmen von Fischen hat. Mit einem Ruck dreht er sich zu ihr um und starrt sie durch seine dicke Brille an. Seine Augen sind stark vergrößert, und hinter dem klobigen Kassengestell zieht sich eine große Narbe über eine Gesichtshälfte. Auf der Brusttasche des Overalls prangt das Logo von »Henrys Heringshappen« mit dem lachenden Fisch. Jetzt hat Marret auch wieder den penetranten Geruch von saurem Hering in der Nase.

»Hab ich dich doch noch zu fassen gekriegt«, grunzt er bedächtig mit rollendem R. Marret hat es im Augenblick die Sprache verschlagen.

»Was mussten du und dieser alberne Friseur mit den

Scherenhänden auch so dämlich glotzen?« Er schnauft schwer.

»Ich ha-hab nichts gesehen«, stottert Marret. »Und Sa... Sa-Sabine doch erst recht nichts!«

»Wat musstet ihr dämlichen Gänse mich mit euren Frisuren auch durcheinanderbringen? Selbst schuld.« Es klingt wie eine Rechtfertigung. »Du dachtest wohl, ich finde dich mit deiner neuen Frisur nicht.«

Marret weiß im ersten Moment gar nicht, was er meint, während er ihr immer näher auf die Pelle rückt. Und dann hört sie aus einem entfernteren Trakt des weitläufigen Hotels eine Stimme, die sie sofort erkennt. Das ist Thies!

»Marret, wo steckst du? Ma-a-a-rret!«

Sie will schreien, aber sie kann nicht.

Fischhändler Freddy ist ihr mit seinem Gesicht jetzt ganz nahe. Sein Fischgeruch ist unerträglich. Sie muss sich fast übergeben. Und dann kann sie auf einmal doch schreien. »Thiiiiieees!!!«

Während der Schrei den Gang entlanghallt, spiegeln sich in Freddy Krügers dicken Brillengläsern Marrets weit aufgerissene Augen und die neue Frisur aus dem »Salon Alexandra«. Dahinter erscheinen in Spiegelschrift die Buchstaben auf der Tür: MÖRDER.

69

Thies und Nicole hätten keinen Moment später kommen dürfen. Marret hatte Freddy Krügers Messer bereits an der Kehle. Nicole hat sofort ihre Dienstwaffe gezogen, und Thies hat Freddy todesmutig das lange Filetiermesser aus der Hand geschlagen.

»Er ist es!«, hatte Marret mit angsterfülltem Blick gestammelt. »Er ist der Mörder! Hier auf der Tür steht es!«

»Unsere Ermittlungen haben es inzwischen auch ergeben«, hatten die beiden Polizisten bestätigt und einen irritierten Blick auf die Tür geworfen.

»Marret, ich will ja nix sagen«, hatte Thies nach einer Weile vorsichtig angemerkt. »Aber da steht nur die Zimmernummer, zweihundertsiebenunddreißig, und selbst die kann ich kaum erkennen.«

Der Büsumer Fischhändler hatte sich sofort ergeben. Thies hatte ihn in Handschellen abgeführt und anschließend zusammen mit Michi Meyer aufs Festland abtransportiert. Auf der stürmischen Schiffspassage beäugten sich die beiden Männer im blauen Overall argwöhnisch, aber auch respektvoll.

Nachdem Telje die Erstversorgung seiner Wunde übernommen hatte, wurde Michi Meyer für einige Tage stationär in der Nordseeklinik Husum aufgenommen. Wie er den Sturz aus dem zweiten Stock des Hallig-Hotels überleben konnte, blieb den Ärzten ein Rätsel. Seitdem befindet er sich wieder in der »Geschlossenen« und bastelt in der Werkstatt Masken.

Freddy Krüger wurde wegen vierfachen Mordes zu lebenslanger Haft verurteilt. Freddy war geständig. Um in den Besitz des Fischhandels zu kommen, hatte er nicht nur die Vorerbin Tante Telse, sondern vorher schon seinen Adoptivvater Henry sowie den Zeugen Eddie ermordet. Und Sabine hatte aufgrund einer fatalen Frisuren-Verwechslung grausam sterben müssen. Eigentlich hatte Freddy es auf die Zeugin Marret abgesehen.

Den intensiven Visionen und Halluzinationen der Halloween-Gäste auf der Hallig wurde nie ganz auf den Grund gegangen. Im »Nordfriesland Boten« wurde über eine Massenpsychose spekuliert. Bounty sprach dagegen von einem kollektiven Horrortrip. In kleiner Imbissrunde räumte er ein, dass er bei der Zusammenstellung seines »Fredenbüller Biokräutertees« selbst »ziemlich dicht« war, wie er sich ausdrückte. Beim Eintüten müssen versehentlich ein paar seiner speziellen Pilze in die Mischung hineingeraten sein. Der Schimmelreiter rückte die Dinge mit einem Konfuzius-Zitat zurecht: »Am Rausch ist nicht der Wein schuld, sondern der Trinker.«

Hauke Schröders Mustang King Cobra konnte modellgetreu restauriert werden und wirkt in der neuen Original-Metallic-Lackierung »Dynasty Green« fast noch schneller. Durch die neuen Fußmatten aus den üppigen Teppichresten haben die großen Boxen im Heck deutlich weniger Hall. Bei der Renovierung des geerbten kleinen Häuschens konnte Teppichexperte Hauke allerdings gerade mal die Hälfte der bestellten Meter verlegen. So wurde neben der »Hidden Kist« halb Fredenbüll mit neuen Fußmatten im Muster »Shining« ausgestattet. Der Schimmelreiter ist jetzt nicht nur stolzer Hausbesitzer. Weil Freddy Krüger durch die Morde »erbunwürdig« geworden ist, hat Hauke als Tante Telses Erbfolger auch »Henrys Heringshappen« geerbt und ist dadurch in seiner Karriereplanung schwer durcheinandergeraten. Zurzeit ist der Schimmelreiter zwischen Teppichmustern und Heringen hin- und hergerissen.

Tadje hat das Angebot von Meinhard Meyer, das Hotelmanagement und die Organisation von »Heringstagen auf der Horror-Hallig« zu übernehmen, dankend abgelehnt. Eines Nachts hat sie noch einmal von der Hallig geträumt. Im Traum betreibt sie dort mit Bounty zusammen ein »Wirelessless«-Biohotel, das der Schimmelreiter in psychedelischen Farben eingerichtet hat. Morgens nach dem Aufwachen sucht sie ihr Bett manchmal noch verängstigt nach Muscheln, Sand und Blutflecken ab. Und einmal soll sie nachts schlafwandelnd über die Fredenbüller Dorfstraße gelaufen sein. Zur Beruhigung ging sie im nächsten Sommer in Neutönninger Siel mit ihrem Seehund von der Hallig Westeroog baden. Er hatte zumindest eine erstaunliche Ähnlichkeit.

Nach dem dramatischen Ableben von »Eddie, der Schere« hat sich Janine in den Pixie Cut und in ein paar andere seiner Haarkreationen eingearbeitet. Dabei verzichtet die bodenständige Jungfriseurin aus dem »Salon Alexandra« allerdings auf die zweite Schere. So ist auch Heike zwischenzeitlich zu ihrem Pixie Cut gekommen.

Nachdem Thies seine Frau auf der Dorfstraße kaum erkannt hat, ist sie inzwischen wieder zu ihrem obligatorischen Heuwagen zurückgekehrt.

Statt Piet Paulsens Fußballalbum, das wieder beim glücklichen Besitzer gelandet ist, werden jetzt Eddies Effilierschere und zwei Tranchiermesser des Geflügelzüchters Dossmann bei Ebay versteigert. Das beliebteste Kostüm beim letzten Reusenbüller Kinderfasching waren kleine blaue Overalls, die die Großmütter ihren Enkeln geschneidert haben. Telje und Tadje dagegen gingen bei einer Bad-Taste-Horror-Party in hellblauen Kleidchen mit rosa Rüschen als ›Shining‹-Zwillinge. Frau Lammers-Lindemann hat in dem Fortgeschrittenen-Workshop »Sehen, ohne die Augen zu öffnen« eine neue spirituelle Ebene erreicht. Udo Schmelzer unternimmt mit Rotschenkel Heidrun an gemeinsamen Wochenenden vogelkundliche Expeditionen in den Knüllwald. Marvin Manolo kam nach den Einbrüchen mit einer Haftstrafe auf Bewährung davon und arbeitet im Rahmen einer Resozialisierungsmaßnahme jetzt bei »Henrys Heringshappen« als Fischfiletierer.

Mit dem gemeinsamen Reetdachhaus von Nicole und Oberstudienrat Niggemeier hat es bisher nicht geklappt. Kurz vor dem Notartermin hat Niggi mal wieder gekniffen. Finn erkundet derweil an Stehtisch Zwei, zusammen mit Piet, Antje und Bounty, im Wimmelbuch die Geheimnisse der Nordsee. Thies hat auf der Rückbank seines Dienstfahrzeuges mittlerweile eine praktische Geschirrbox stehen, damit die wiederverwertbaren Coffee-to-go-Becher ordentlich aufgeräumt und besser transportierbar sind.

Das Verhältnis zwischen Piet Paulsen und Alexa wurde

in den Wochen nach den turbulenten Ereignissen leider immer schwieriger. Aus kleinen Unstimmigkeiten wurden handfeste Streits. »Manchmal is eine Trennung für beide Seiten die beste Lösung«, hatte Antje schon seit Längerem gemeint. Besonders die ständigen Kontroversen über den Speiseplan hatten den ehemaligen Landmaschinenvertreter zermürbt. Eines Morgens kam es dann zum Eklat.

»Piet, für das heutige Rezept des Tages, ›Tofu-Brokkoli-Falafel mit einem aromatischen Shiso-Kresse-Salat‹, benötigst du siebzig Minuten. Soll ich dir das Rezept vorlesen?«

Piet Paulsen sieht die leuchtende Box über seine Gleitsichtbrille hinweg fast etwas wehmütig an. »Alexa, ich habe eine traurige Nachricht für dich. Ich zieh jetzt den Stecker, dann kommst du zurück in 'n Karton, und ich ess gleich mal 'n schönes Putenschaschlik ›Hawaii‹ in ›De Hidde Kist‹.«

KÜRBIS, KOHL UND
KRUSTENTIERE

Tadjes Halloween-Kürbissuppe

Zwiebeln, Knoblauch und grob gewürfelten Hokkaido-Kürbis anbraten. Mit Brühe, Weißwein, Kokosmilch und einem Schuss Essig ablöschen. Mit Chili und etwas Curry oder Kurkuma würzen. Köcheln lassen, bis der Kürbis weich ist, pürieren und eventuell etwas Brühe zugießen. Mit Croutons oder auch mit Nordseekrabben servieren.

Knieper mit Zitronen-Aioli

Frische Knieper (Krebsscheren) unter kaltem Wasser säubern, dann in sprudelndem Salzwasser ca. zehn Minuten kochen. Abtropfen und abkühlen lassen. Mit Zange oder Hammer die Schalen anknacken und in den Schalen servieren. Mit Hummergabeln (zur Not tut es auch ein Schaschlik-Spieß aus der »Hidden Kist«) das Krebsfleisch aus den Schalen herausholen.
Dazu gibt es geröstetes Brot und **Tadjes Zitronen-Aioli:**
Fertige oder selbstgemachte Mayonnaise, eventuell auch mit etwas Joghurt mischen und mit nordfriesischem Raps-öl (oder vielleicht doch lieber mit italienischem Olivenöl)

verlängern. Mit Zitronenschale und Saft, Knoblauch, Chili, etwas Senf, Salz und Pfeffer abschmecken.

Krabbencocktail

Das Aioli ist auch eine gute Basis für einen Krabbencocktail. Piet Paulsen und sein Amrumer Freund Knut Boyksen essen den am liebsten pur mit frisch gepulten Nordseekrabben. Lässt sich aber auch wunderbar mit Spargel, Champignons, Erbsen, mit Schnittlauch oder Koriander (für den asiatischen Touch) kombinieren. Der Fantasie sind da keine Grenzen gesetzt. In kleinen Schälchen mit geröstetem Brot servieren. Statt Krabben schmeckt das auch wunderbar mit ausgelöstem Krebsfleisch.

Tante Telses Kohlrouladen

Weiß- oder Spitzkohlblätter blanchieren. Gemischtes Hack mit Zwiebeln, etwas Knoblauch, Schnittlauch, evtl. sehr feingehackten Wurzeln (Möhren) und Sellerie, einem Ei und etwas Tomatenmark mischen, salzen, pfeffern und gut durchkneten. Jeweils eine Hackfüllung auf ein Kohlblatt geben, einrollen, mit einem Faden umwickeln und verknoten. Im Topf von allen Seiten anbraten, mit Brühe und etwas Wein ablöschen. Eine halbe Stunde schmoren lassen. Bei Tante Telse gab es dazu Bratkartoffeln.

Henrys Heringshappen »Lukullus«

Joghurtdip mit einem Spitzer Zitrone, Senf, Pfeffer, Salz, kleingehacktem Dill und vielleicht ein paar Kapern anrühren. Matjes kleinschneiden, Apfel würfeln und mit Zitronensaft beträufeln, Zwiebeln in feine Monde schneiden. Alle Zutaten in den Dip geben, etwas ziehen lassen und auf geröstetem Schwarzbrot reichen.

Antjes Hirsetaler

Alexa bestellt fertige Hirsetaler im Internet. Antje macht sie natürlich selbst: Zwiebeln und Knoblauch anbraten, Hirse dazugeben, Brühe angießen, ca. fünfzehn Minuten köcheln lassen, evtl. etwas Brühe nachgießen, weitere Viertelstunde quellen und abkühlen lassen. Geraspelte Möhren, Petersilie und Ei unterrühren, Taler formen und in der Pfanne ausbacken.

Piets Begeisterung hielt sich in Grenzen, Thies fand die Taler »richtig lecker«, und Susi hat sie verschlungen.

LESEPROBE

ISBN 978-3-423-21939-6

I

Über dem Wasser liegt ein sommerliches Flirren. Die müde warme Meeresbrise verweht in einem Duftcocktail verschiedener Sonnenöle. An dem Aufgang in Nebel stehen dicht gedrängt die Strandkörbe. Dazwischen pesen dünne Jungen mit Keschern hindurch. Einem kleinen Mädchen rutscht das Eis vom Stiel in den Sand. Ihr Schluchzen geht in dem Johlen anderer Kinder unter. Das Klackern vom Strandtennis und Boccia mischt sich mit den Kommandos des Surflehrers, dessen Schüler mit ihren Brettern auf dem Wasser dümpeln. Rufen, Lachen und Kinderschreien verbindet sich mit dem Klatschen gebaggerter Volleybälle und dem trägen Flattern eines Drachen zu einer Toncollage. Es klingt wie in einem überfüllten Freibad. Auch im Wasser sieht es aus wie in der Badeanstalt. Das flache Ufer ist dicht bevölkert von Kindern mit Taucherbrillen, von Familienvätern, die mit kalkweißen Beinen im knietiefen Wasser verharren, von riesigen, auf den Wellen schaukelnden Gummischwänen und Sonnenbadenden auf Luftmatratzen, die mit den Surfschülern kollidieren. Weiter draußen treibt eine Gummibadeinsel, von der zwei Jungs immer wieder johlend herunterspringen. Und noch ein Stück weiter pflügt kraulend ein betagter Fahrtenschwimmer mit Badekappe und Nasenklammer durchs Wasser.

Die Flagge am DLRG-Häuschen hängt schlapp am Mast herunter. Die beiden Bademeister stehen mit verspiegelten Sonnenbrillen auf ihrem Beobachtungsstand. Einer blickt gebannt in die weite Ferne, als würde vor Helgoland gerade jemand ertrinken. Der andere sieht den vorbeilaufenden Mädchen hinterher, die sich kichernd nach ihm umdrehen.

Die Fredenbüller Imbisswirtin Antje und ihr Stammgast Piet Paulsen beobachten die Sommerszenerie von ihrem Strandkorb aus. Finn, der kleine Sohn der Husumer Kriminalhauptkommissarin Nicole Stappenbek, verbringt mit Quasi-Patenonkel Piet und Antje vor seiner Einschulung eine Ferienwoche an der See. Während Finn mit ein paar anderen Kindern zusammen begeistert im nassen Sand buddelt, döst Imbisshündin Susi im Schatten des Strandkorbs vor sich hin. Die blonde Frau im benachbarten Strandkorb dagegen hält ihr glänzendes Gesicht der gleißenden Mittagssonne entgegen. Ihr schwitzender Gatte daneben beschränkt das Sonnenbad auf den bereits dunkelbraun gerösteten Bauch. Über den Beinen liegt ein Badehandtuch und auf dem Kopf die Titelseite der Zeitung mit der Schlagzeile »Schon wieder Jahrhundert-Sommer!«.

Während Antje für Piet ein Krabbensandwich und ein kühles Getränk aus der schicken neuen Kühltasche mit dem Kirschmuster zaubert, schaufelt Finn zusammen mit Emma, August und seinem neuen Freund Karlchen aus dem Kinderheim freudestrahlend einen Kanal in den Sand. Finn und August schwingen die Kinderschaufeln. Der nasse Sand fliegt durch die Luft.

Die Mutter von Emma und August kann das gar nicht mit ansehen. »Auuuugust! Achtung! Die Schaufel! Das ist gefääährlich!« Es sieht tatsächlich aus, als würde die überbesorgte Helikoptermutter aus ihrem Strandkorb herausfliegen. Aufgebracht zeigt sie auf die Kinderschaufel. Am liebsten würde sie Finn die gefährliche Waffe gleich aus der Hand reißen.

»Seid ihr verrückt? Damit könnt ihr euch verletzen!«

Antje und Paulsen drehen sich staunend zu ihr um. Die Kinder bekommen es in ihrem Eifer gar nicht mit.

»Abenteuerurlaub mit August«, raunt Antje mit einem Grienen.

»Schon komisch.« Piet wischt sich mit dem Handtuch ein paar Schweißperlen von der Stirn. »Emma und August, dat waren doch früher die Namen von den Großeltern.«

»Stimmt. Und die haben ihre Kinder dann Piet und Antje genannt …« Die Imbisswirtin reicht Piet das Krabbensandwich. »… oder nachher auch Janine und Kevin.«

»Dann können ja die Enkel August und Emma demnächst mit Opa Kevin an den Strand losziehen.«

Jetzt widmen sich Antje und Piet erst mal ihrem Imbiss und genießen mit Blick aufs Wasser ihr Krabbensandwich. So voll haben sie den Amrumer Badestrand noch nie erlebt. Es gibt keinen freien Meter. Zwischen den plantschenden Kindern mit Schwimmflügeln stelzen die Sonnenbadenden, die sich nur kurz abkühlen wollen, in geschlossener Formation ins auflaufende Wasser. Für die Boards der Windsurfer gibt es kaum ein Durchkommen. Überall spritzt das Wasser, und in den Tropfen glitzert die hochstehende Sonne.

Die beiden Lifeguards von der DLRG lassen ihren Blick gelangweilt über das ausgelassene Badeleben schweifen und reiben sich ihre trainierten Waschbrettbäuche mit Sonnencreme ein. Sie fühlen sich im Augenblick wenig gefordert. Jan, der große Dunkelhaarige, der mit seinem Undercut wie ein GI aus den Sechzigern aussieht, nimmt aus lauter Langeweile das Fernglas zur Hand. Langsam fährt er damit den Horizont ab und bleibt dann an einem weißen Etwas im Wasser neben der Badeinsel mit den beiden Jungs hängen. Was ist das? Ein weißer Fisch? Er sieht riesengroß aus. Die aufgeblasene Gummibadeinsel kommt gefährlich ins Schwanken. Die badenden Jungs haben es noch gar nicht mitbekommen. Aber ein Wal kann es doch nicht sein, oder?

»Hörbi, was is 'n das für 'n Fisch?«, nuschelt der Dunkelhaarige. »Du kennst dich doch aus. Wat is dat?«

Der zweite Bademeister greift jetzt ebenfalls zum Fernglas

»Keine Ahnung.« Hörbi stellt sein Fernglas scharf.

»Du hast doch diese Fisch-App.« Dabei behält Jan den weißen Fisch immer im Blick.

Hörbi hat sofort sein Handy gezückt und die Fischbestimmungs-App aufgerufen. »Ich muss was eingeben… Gruppe, Größe oder Vorkommen… Keine Ahnung.«

»Ja… Nordsee. Gib schon ein!«

»Da kommt gleich Scholle.«

»Verdammt, Hörbi, das is keine Scholle.« Der Rettungsschwimmer mit der modischen GI-Frisur ist nervös. Er sieht, wie der große Fisch unter die Badeinsel taucht und sie zum Kippen bringt.

»Na ja, dat meiste hier im Wattenmeer sind Schollen, Sandschollen … ich kann hier die Größe eingeben.«

»Ja, mach hin! Gib die Größe ein!« Jan sieht jetzt, wie die beiden Jungs neben der Badeinsel und dem weißen Fisch im Wasser zappeln.

»Wie groß?« Hörbi tippt und streicht weiter auf seinem Smartphone herum. »Steinbutt? Bis zu siebzig Zentimeter?«

»Größer!« Jan sieht gebannt durch sein Fernglas. »Er kommt jetzt auf das Ufer zu. Verdammt, was ist das?« Er sieht eine dreieckige Schwanzflosse aus dem Wasser ragen.

»Hier steht auch was von Laichzeit und den passenden Ködern zum Angeln.«

»Scheiße, Hörbi, uns interessiert nicht die Laichzeit. Wir wollen wissen, was das ist und wie gefährlich dieser weiße Monsterfisch ist.«

»Ein bis zwei Meter?« Hörbi ist in der nächsten Kategorie gelandet.

»Größer. Wesentlich größer!« Mit Entsetzen beobachtet Jan, wie der Fisch jetzt auf die Luftmatratze mit einem Mädchen zusteuert. »Der ist dreimal so groß wie das Mädchen auf der Luftmatratze. Mindestens.«

»Hier … der Weiße Heilbutt.« Hörbi ist fündig geworden. »Wird bis zu fünf Meter groß. Der König der Raubfische. Gehört nicht zur Familie der Butte, sondern der Schollen. Wat hab ich gesagt.« Er zeigt seinem Kumpel das Foto des Fisches.

»Scheiße, was ist das denn? Abartig. Sieh dir dieses riesige Maul an!« Und dann sieht Jan wieder aufs Wasser. »Neiiin, er hat das Mädchen von der Luftmatratze geworfen! Ich bin mir nicht sicher, ob die schwimmen kann. Sieht mir nicht danach aus.«

Auch Hörbi zückt wieder sein Fernglas. »Der Monsterbutt nimmt Kurs auf die Windsurfer. Was hat der vor?«

»Verdammt, wir müssen die Leute aus dem Wasser holen.« Den beiden coolen DLRG-Jungs steht die Panik im Gesicht.

»Erst mal die rote Flagge hissen«, stammelt Hörbi.

»Hörbi, einer von uns beiden muss da raus, das Mädchen ersäuft uns.« Der athletische Jan mit der Militärfrisur ist unter der Sonnenbräune blass geworden.

»Das Mädchen hol ich raus.« Hörbi sieht aufs Wasser und zögert. »Aber der Fisch …«

»Okay, ich schwimm raus.« Jan nimmt seine Spiegelsonnenbrille ab, und die beiden verlassen hektisch das DLRG-Häuschen. »Aber dann musst du die anderen Leute hier aus dem Wasser holen.« Hörbi sieht ihn fragend an. »Und zwar möglichst ohne dass eine Panik entsteht.«

»Ja, Scheiße, was soll ich den Leuten erzählen, warum sie bei dem Wetter nich baden dürfen?«

Die Badenden und auch die Leute am Strand haben von dem großen Fisch weiter draußen tatsächlich noch nichts mitbekommen. Und Hörbi ist sich nicht so sicher, ob sie wirklich gleich Alarm schlagen sollen und damit möglicherweise eine Panik auslösen. »Ich wart noch mal und behalt unseren Freund im Auge.« Hörbi hat das Fernglas dabei und die Fisch-App aufgerufen, während Jan sich in die Fluten stürzt und zu dem Mädchen hinauskrault, dessen Kopf immer wieder unter der Wasseroberfläche verschwindet.

Währenddessen geht der Strandbetrieb unbeirrt weiter.

Finn und August sind nicht zu bremsen. Wie besessen schaufeln sie an ihrem Kanal. Die Sandspritzer landen in Emmas und Karlchens Gesicht. Die Mutter ist dem Nervenzusammenbruch nahe. Dann füllt sich die ausgehobene Rinne mit Wasser. Die Kinder juchzen. Emma setzt sofort ihre Plastikente auf den kleinen Kanal. Finn gräbt derweil immer weiter. Antje und Paulsen beobachten amüsiert das Spektakel und beißen genüsslich in ihre Krabbenbrötchen.

»Wo will ihr Kollege denn hin?«, fragt ein Mann Baywatcher Hörbi.

»Der sieht nur mal nach dem Rechten … bei der Luftmatratze dahinten. Keine Panik.« Dabei steht Hörbi die Panik mittlerweile deutlich im Gesicht.

Eine Frau zeigt ebenfalls aufs Wasser. »Was ist das Weiße da? Delfine? Die sind doch gar nicht weiß … und auch nicht so groß.«

Jetzt deuten schon mehrere Leute nach draußen aufs Wasser und rufen aufgeregt durcheinander.

Bei Finn und seinen Freunden dagegen wird es plötzlich ganz still. Das auflaufende Wasser spült ein seltsames Etwas in die ausgehobene Rinne. Emmas kleine Gummiente gerät sofort in Turbulenzen. Das schüchterne Karlchen zeigt erschrocken auf das merkwürdige Teil. Finn unterbricht sofort die Grabungsarbeiten, um das Ding näher zu untersuchen. Was ist das? August fischt neugierig mit der Schaufel danach. Das ist keine Qualle, kein angeschwemmtes Stück Zellophan oder Plastik und auch kein toter Fisch. Den Kindern ist es ein Rätsel, was da in ihrem Kanal schwimmt. Mit der Schaufel bekommt

August das Ding nicht zu fassen. Finn hüpft kurzentschlossen in den selbstgebauten Wassergraben und greift sich mutig das geheimnisvolle Objekt.

Mittlerweile deuten immer mehr Leute zu dem weißen Riesenfisch und dem Rettungsschwimmer, der das Mädchen jetzt erreicht hat. Auch die Volleyballer sind ans Wasser gelaufen. Alle zeigen und rufen durcheinander. Sie wissen gar nicht, wo sie zuerst hinsehen sollen. Und auf einmal hat Finn ihre ganze Aufmerksamkeit.

Fassungslos hält der Kleine das nasse Fundstück in beiden Händen vor seinem schmächtigen Oberkörper. Die anderen Kinder starren jetzt gebannt darauf. Der neugierige Blick schlägt augenblicklich in blankes Entsetzen um. Sie können nicht fassen, was sie da in Finns Händen sehen. Es sieht aus wie ein menschlicher Fuß, ein abgetrennter Frauenfuß mit einer ausgewaschenen zerfransten Wunde. Die rosalackierten Fußnägel leuchten unwirklich auf den Zehen des bleichen Körperteils.

Finn möchte es am liebsten sofort wieder fallen lassen, aber irgendwie traut er sich nicht. »W-w-was is das?«, stammelt der Junge. Er streckt das Ding noch ein Stück weiter von sich, behält es aber tapfer in den Händen.

»Das ist ein Fuß«, stellt Karlchen aus dem Kinderheim mit staunendem Blick fest.

»Mama«, ruft der eben noch so unternehmungslustige August.

Die überbesorgte Mutter stößt einen spitzen Schrei aus, der über den breiten Strand gellt und sofort alles übertönt. Für einen Wimpernschlag scheint alles erstarrt, dann bewegen sich die Dinge für einen Moment wie in

Zeitlupe, der Aufschlag beim Beachvolleyball, der mit seinem Board unter dem Arm vorbeilaufende Surfer, das Mädchen, das seine blonde Mähne durch die sonnendurchflutete Luft wirft. Entsetzensschreie hallen verzerrt wie in einer zu langsam abgespielten Tonspur über den Strand.

»Aaaantjeeee«, ruft Finn, und Emmas Ente nickt dazu wie in Trance.

Und dann geschieht auf einmal alles ganz schnell, so als müsse die verlorene Zeit aufgeholt werden. Die Mutter greift sich ihre beiden Kinder Emma und August und zerrt sie ein Stück von Finn und dem Frauenfuß weg, nur so weit, dass sie selbst alles weiter im Blick hat. Aus den anderen Strandkörben und aus dem Wasser, vom ganzen Strand strömen Schaulustige heran und wollen den spektakulären Fund bestaunen. Andere wiederum zeigen aufs Wasser. Mehrere junge Leute und auch eine nicht mehr ganz so junge Frau haben sofort ihre Smartphones gezückt und machen Fotos und Videos. Die Menschen schreien durcheinander.

»Das war der Fisch dahinten«, stammelt eine Frau. »Der weiße Fisch. Was ist das?«

»Verdammt, die Kinder müssen aus dem Wasser, schnell!«, ruft eine der Volleyballerinnen. »Mach was!«, pflaumt sie Hörbi an.

»Ja wat denn? Die rote Flagge ist oben.« Aber dann schreitet Hörbi zur Tat. »Keine Panik!«, ruft er über das Wasser und dann im amtlichen Ton. »Bitte alle langsam und geordnet aus dem Wasser kommen. Dies ist eine reine Vorsichtsmaßnahme. Also, keine Panik!«

Jetzt watet auch Rettungsschwimmer Jan mit dem kleinen Mädchen auf dem Arm zurück ans Ufer. Die Kleine hat blaue Lippen, sagt keinen Piep, ist aber ansonsten wohlauf.

»Ihr müsst den Strand sperren«, ruft jemand. »Das ist ein Wahnsinn!«

Finn stapft mit zittrigen Knien, aber unbeirrt weiter zum Strandkorb von Antje und Piet Paulsen und präsentiert ihnen stolz seinen Fund. Augenblicklich kommt es vor dem Strandkorb zu einem Menschenauflauf.

»Das war der Weiße Heilbutt«, konstatiert ein Nackter, der sich vom FKK-Strand verlaufen hat. »Einige Exemplare werden bis zu fünf Meter lang und vierhundert Kilo schwer.«

»Ja, dat is uns auch bekannt!«, schnauzt Hörbi ihn an.

»Der große Räuber der Nordsee«, weiß der Nackte, der als einziges Textil eine Schirmmütze aus hellblauem Frottee trägt.

»Ziehen Sie sich doch erst mal etwas an«, faucht die Mutter von August den Nackten an. Irgendwie findet sie die fehlende Bekleidung angesichts des Damenfußes pietätlos.

»Achtung! Lebensgefahr!«, ruft ein anderer Mann, ebenfalls mit Sonnenhut, aber mit Hose. In Panik läuft er vor den Strandkörben hin und her und stolpert dabei kurz über eine Sandburg.

Die Badenden kommen nur zögernd aus dem Wasser. Ein Kleinkind mit Schwimmflügeln wird aus den Wellen gehoben. Ein paar Luftmatratzen und ein Gummidino werden enttäuscht an Land gezogen. Aber der weiße

Monsterfisch hat sich mittlerweile Richtung Sylt verzogen. Alles schreit hysterisch durcheinander.

»Achtung! Schnell raus aus dem Wasser!«

»Wo ist der Fisch denn? Ich seh gar nichts!«

»Keine Panik!«

Überall klicken die Handys. Vor Antjes und Piets Strandkorb stehen die Urlauber inzwischen in mehreren Reihen. Paulsen fällt in dem Tohuwabohu sein Krabbenbrötchen in den Sand.

»Mensch, Piet, dat schöne Brötchen!« Antje sieht ihn tadelnd an.

»Ja, jetzt is dat tatsächlich 'n ›Sand-witsch‹«, bemerkt Piet.

Aber Antje überhört das Wortspiel. Sie widmet sich gleich wieder Finn und dem unheimlichen Frauenfuß, den der Junge immer noch angeekelt, aber auch irgendwie stolz vor sich hält. Eine junge Frau bannt das in Großaufnahme auf ihr Handy.

»Wat machen wir denn jetzt nur?« Antje ist ratlos und besorgt. »Finn, igitt, lass dat mal los …« Aber wo er mit dem Fuß bleiben soll, weiß die Imbisswirtin auch nicht. »Ich hab mal gehört, so wat muss kühl gehalten werden.« Antje zückt kurzentschlossen die hellgrüne Kühltasche mit dem Kirschmuster. Sie öffnet die Tasche.

Piet Paulsen klappt den Sonnenaufsatz seiner Gleitsichtbrille hoch und wirft Antje einen kritischen Blick zu. »Antje, aber nich zusammen mit den Krabbenbrötchen!«